TOUT CE QUI BRILLE

ŒUVRES DE DANIELLE STEEL
AUX PRESSES DE LA CITÉ

Album de famille
La Fin de l'été
Il était une fois l'amour
Au nom du cœur
Secrets
Une autre vie
La Maison des jours heureux
La Ronde des souvenirs
Traversées
Les Promesses de la passion
La Vagabonde
Loving
La Belle Vie
Kaléidoscope
Star
Cher Daddy
Souvenirs du Vietnam
Coups de cœur
Un si grand amour
Joyaux
Naissances
Le Cadeau
Accident
Plein Ciel
L'Anneau de Cassandra
Cinq Jours à Paris
Palomino
La Foudre
Malveillance
Souvenirs d'amour
Honneur et Courage
Le Ranch
Renaissance
Le Fantôme
Un rayon de lumière
Un monde de rêve
Le Klone et Moi
Un si long chemin
Une saison de passion
Double Reflet
Douce-Amère
Maintenant et pour toujours
Forces irrésistibles
Le Mariage
Mamie Dan
Voyage
Le Baiser
Rue de l'Espoir
L'Aigle solitaire
Le Cottage
Courage
Vœux secrets
Coucher de soleil à Saint-Tropez
Rendez-vous
À bon port
L'Ange gardien
Rançon
Les Échos du passé
Seconde Chance
Impossible
Éternels Célibataires
La Clé du bonheur
Miracle
Princesse
Sœurs et amies
Le Bal
Villa numéro 2
Une grâce infinie
Paris retrouvé
Irrésistible
Une femme libre
Au jour le jour

(Suite en fin d'ouvrage)

Danielle Steel

TOUT CE QUI BRILLE

Traduit de l'anglais (États-Unis)
par Sophie Pertus

Les Presses de la Cité

L'édition originale de cet ouvrage a paru en 2020 sous le titre *All That Glitters* chez Delacorte Press, Random House, Penguin Random House Company, New York.

Les Presses de la Cité, un département Place des Éditeurs
92, avenue de France – 75013 Paris

ISBN : 978-2-258-20350-1
Dépôt légal : novembre 2024

À mes merveilleux enfants très aimés,
Beatie, Trevor, Todd, Nick,
Samantha, Victoria, Vanessa,
Maxx et Zara,

On adore tout ce qui brille
Mais ne vous laissez pas éblouir ni aveugler ;
Cherchez toujours le vrai, et à être vrais vous-mêmes
Comme je sais que vous l'êtes.

Puissent les leçons que vous recevrez être douces.

Je vous chéris de tout mon cœur et de tout mon être,

Maman/D S

1

Nicole Martin, ou Coco pour les intimes, était une superbe brune aux yeux verts. Mais plus que par sa silhouette ou sa grâce, c'était par sa modestie que se distinguait la jeune femme. Coco ne semblait pas du tout consciente de sa beauté et elle avait beau attirer les regards des hommes depuis des années, elle ne s'en rendait pas compte. Quant aux femmes, elles l'auraient sans doute jalousée si Coco n'avait pas fait montre, en toutes circonstances, d'une telle gentillesse qu'il était impossible de ne pas l'aimer. À 21 ans, elle venait d'achever sa troisième année de journalisme à l'université de Columbia et avait dans la foulée décroché un stage d'été au *Time*. C'était un joli coup, car le stage était normalement réservé à un étudiant déjà diplômé. Mais elle avait décidé de tenter le tout pour le tout en répondant à l'annonce punaisée sur le panneau d'affichage de sa fac et, lors des entretiens, elle avait fait si bonne impression et si bien prouvé sa maturité qu'elle avait été choisie. Cela faisait deux semaines qu'elle avait commencé, et elle était aux anges. Quelle chance de travailler dans un magazine aussi prestigieux !

Il faisait chaud, en ce vendredi de juillet, quand elle monta dans le car qui faisait la navette entre New

York et Southampton. Elle allait rejoindre ses parents pour un week-end au bord de la mer. Fille unique, elle était exceptionnellement proche d'eux depuis son plus jeune âge. Il faut dire qu'ils l'avaient toujours traitée comme une adulte et emmenée partout avec eux. Ensemble, ils avaient fait de merveilleux voyages. Elle les accompagnait même chez leurs amis lorsqu'ils sortaient. Tous les trois s'entendaient merveilleusement bien.

L'histoire de Tom et Bethanie sortait de l'ordinaire. Ils s'étaient rencontrés très jeunes, à l'université. Malgré les milieux très différents dont ils étaient issus, ils étaient tombés fous amoureux. Né dans le Midwest, Tom Martin avait grandi dans le dénuement et ne s'en cachait pas. Ses parents se seraient amplement satisfaits de le voir mener une carrière de plombier ou d'électricien, peut-être de comptable. Mais Tom voyait plus grand. Il avait décroché une bourse qui lui avait permis de faire ses études à Princeton. Et cela lui avait changé la vie. Là-bas, il avait compris grâce à ses copains de fac qu'il était bien plus simple de réussir en gérant la fortune des autres qu'en s'en constituant une en partant de rien. Il avait donc décidé de devenir conseiller en investissements, et avait en peu de temps compté parmi les plus réputés de New York. À la différence de son associé, Edward Easton, l'une des stars de la profession, Tom restait malgré tout discret et réservé.

Quant à Bethanie, belle comme le jour, pleine de vie et créative, elle avait tout pour elle. Lorsqu'ils s'étaient rencontrés dans une soirée, à 19 ans, elle étudiait à l'université Brown la photographie, un art dans lequel elle montrait un réel talent. Elle avait fait son entrée dans le monde l'année précédente, comme il était de coutume dans la bonne société new-yorkaise dont elle était issue. Bethanie et Tom étaient tombés amoureux au premier regard et ne s'étaient jamais quittés.

Lorsque Bethanie – enfant unique, comme lui – avait annoncé à ses parents son intention d'épouser Tom dès la fin de leurs études, ils s'y étaient opposés avec acharnement. Ils étaient persuadés que Tom ne ferait jamais rien de sa vie. Alors qu'ils voulaient pour elle un garçon de leur milieu ; pas un sans-le-sou aux rêves trop ambitieux. Mais Bethanie connaissait les qualités et la valeur du jeune homme, en qui elle avait entièrement confiance. Et de toute façon, la réussite matérielle lui importait peu. Elle l'aimait, et l'aimerait toujours.

Hélas, ses parents étaient demeurés inflexibles. Aussi, deux semaines après la remise des diplômes, Tom et Bethanie avaient réuni leurs économies pour se rendre à Las Vegas, où ils s'étaient dit oui dans la chapelle Elvis. Quand ils l'avaient appris, les parents de la jeune femme n'avaient pas bien réagi.

Tom avait aussitôt accepté un poste modeste dans une grande banque new-yorkaise, et trouvé un deuxième boulot de serveur. Bethanie, quant à elle, avait renoncé à la somme mensuelle que lui allouait jusque-là son père. Désormais photographe indépendante, elle travaillait également comme serveuse. Ils vivaient de peu pour économiser au maximum car l'idée était que Tom puisse compléter sa formation par une école de commerce. Il avait bientôt été admis à la Wharton School, l'une des écoles les plus prestigieuses au monde, et sa détermination et sa réussite naissante avaient fini par forcer le respect et l'admiration des parents de Bethanie.

Dès qu'il avait été en mesure de le faire, Tom avait offert aux siens une maison digne de ce nom et, dans l'intervalle, Coco était née. Bethanie avait deux règles de vie qu'elle avait inculquées à sa fille dès son plus jeune âge. « Ne te plie pas à la volonté des autres » et « Sors des sentiers battus ». Selon elle, il n'y avait rien de pire que vivre en tournant le dos à ses rêves. Ainsi les parents de Coco l'avaient-ils élevée dans l'idée qu'elle pourrait accomplir tout ce qu'elle désirait pourvu qu'elle se donne suffisamment de mal pour relever les défis que la vie ne manquerait pas de placer sur son chemin.

Tom et Bethanie lui avaient offert les meilleurs exemples de persévérance et de courage, ainsi qu'une preuve vivante de réussite grâce au travail. Eux-mêmes n'avaient jamais renoncé à leurs rêves ni perdu confiance l'un en l'autre. Et, après vingt-quatre ans de mariage, ils s'aimaient comme au premier jour. Tom conservait intacte son adoration pour sa sublime épouse, qui était restée à ses côtés dans la richesse comme dans la pauvreté, ainsi qu'elle en avait fait vœu dans la chapelle Elvis. Ils souriaient encore avec émotion en regardant leurs photos de mariage.

Les parents de Tom et Bethanie, qui les avaient eus relativement tard, étaient tous les quatre décédés dans la petite enfance de Coco. Elle avait donc grandi sans grands-parents, sans les avantages ni les complications qui vont avec. Ses parents constituaient tout son univers et elle évoluait au centre de leur amour et de leur attention.

La fortune venant, Tom, guidé par Bethanie, avait acquis une patine de sophistication. Ils habitaient Manhattan, dans un magnifique appartement de la Cinquième Avenue donnant sur Central Park, et possédaient une résidence secondaire à Southampton, en bord de mer. Coco adorait y séjourner avec eux.

Ils avaient choisi pour elle l'une des meilleures écoles privées de New York, où elle avait fait toute sa scolarité. Elle y avait rencontré des camarades mais, d'une nature assez indépendante, elle passait le plus clair de son temps avec Samuel Stein, son meilleur ami depuis la primaire. Sam et elle étaient inséparables, à l'école comme en dehors. Bien que de genre, de religion et de milieu différents, ils se voyaient pourtant comme des doubles, des âmes sœurs. Elle lui confiait tout, et réciproquement. Grand frère (il avait un an de plus qu'elle) et ami fidèle, il comblait son besoin de compagnie masculine, et il lui avait prodigué de précieux conseils quand elle avait commencé à sortir avec des garçons.

Leur amitié déplaisait aux parents de Sam, juifs orthodoxes qui ne comprenaient pas qu'un garçon et une fille puissent être à ce point liés. Sa mère, en particulier, craignait par-dessus tout qu'en grandissant leurs sentiments évoluent, qu'ils tombent amoureux et veuillent se marier. Le moment venu, Zippora souhaitait que Sam épouse une fille de la même religion. Chez les Stein, on mangeait casher, on célébrait shabbat, et Sam était contraint d'aller à la synagogue. Aîné de quatre enfants, il avait deux sœurs et un frère qui avaient, eux, été scolarisés dans un établissement religieux de Brooklyn. Les Stein n'étaient pas convaincus d'avoir fait le meilleur choix en envoyant Sam dans une école laïque et plus libérale. Mais le fait est qu'il s'y était épanoui et avait très bien réussi sa scolarité, ce qui était leur principal objectif.

Finalement c'était la deuxième, Sabra, qui leur causait le plus de souci. Elle était tombée amoureuse de Liam, un catholique irlandais qu'elle avait rencontré lors d'une conférence interscolaire sur la diversité, et comptait bien l'épouser dès la fin de ses études. Elle envisageait même de se convertir pour lui. Cette situation les inquiétait tant qu'elle leur faisait oublier leurs réserves concernant l'amitié entre Sam et Coco.

Coco les avait vus à la remise de diplôme de Sam, qui venait d'achever ses études d'économie à la NYU. Malgré la politesse avec laquelle les Stein la traitaient toujours, la jeune femme savait parfaitement à quoi s'en tenir. Ils ne voyaient pas leurs liens d'un bon œil et ne cessaient de sermonner leur fils à ce sujet.

Mais il tenait bon. Il l'avait toujours fait. Ainsi, à 13 ans, il avait tenu à inviter Coco à sa bar mitzvah. Elle avait même assisté à la cérémonie religieuse – qui avait duré quatre heures – avant de se rendre à la réception de deux cents personnes au Plaza. Ç'avait été la première fois que Coco sortait sans Bethanie et Tom, et elle en était très fière. C'était aussi la première bar mitzvah à laquelle elle assistait. Quelle belle cérémonie... Elle avait particulièrement aimé le moment où l'on avait fait faire le tour de la salle à la mère de Sam, juchée sur une chaise, sur une musique endiablée et sous les applaudissements joyeux de l'assistance. En rentrant, elle avait annoncé qu'elle aussi voulait faire sa bar mitzvah.

Coco, tout comme ses parents, était catholique mais pas pratiquante. Sam, quant à lui, envisageait de cesser de suivre le shabbat dès qu'il serait adulte. Surtout, il détestait être contraint de manger casher et se jetait sur le bacon dès que l'occasion se présentait – en cachette, bien sûr. Il jugeait la ferveur de sa mère étouffante. Comme lui, ses sœurs se révoltaient. Il n'y avait que leur frère, Jacob, qui s'évertuait à se conformer aux souhaits de leurs parents et déclarait vouloir devenir rabbin. Extrêmement studieux, il y parviendrait certainement.

Il était prévu que Sam rejoigne le cabinet d'experts-comptables de son père. Il projetait de compléter sa formation par une école de commerce, mais il lui fallait d'abord engranger quelques années d'expérience professionnelle.

Parce qu'ils étaient restés à New York pour leurs études – lui à NYU et elle à Columbia –, Sam et Coco avaient pu continuer à se voir régulièrement, en parallèle de leur vie sociale d'étudiants. Parfois même, ils travaillaient ensemble. Sam aidait Coco en maths, économie et statistiques, et elle lui avait rédigé plus d'un devoir de psychologie et de littérature. En unissant leurs forces, ils avaient toujours décroché de très bonnes notes. De ce côté-là, les parents de Sam auraient eu bien du mal à blâmer leur amitié.

L'une des grandes différences entre les Martin et les Stein, c'était que ces derniers tenaient à ce que leur fils se conforme à leurs règles, à leurs attentes et à leur mode de vie. Il n'était pas question qu'il fasse ses propres choix, et ils avaient clairement défini leurs projets pour lui en matière de mariage et de carrière. Tandis que Tom et Bethanie souhaitaient seulement voir leur fille s'épanouir, laisser s'exprimer sa créativité et vivre selon ses goûts. C'était ce qu'ils avaient fait eux-mêmes – Bethanie en épousant un garçon d'un autre milieu ; Tom par son exceptionnelle réussite professionnelle, qui avait dépassé tout ce que les siens auraient pu imaginer. Ils encourageaient donc Coco à voler de ses propres ailes sans se laisser influencer par l'étroitesse de vue des autres. Elle pouvait ainsi envisager son avenir sans œillères. Quant à ses liens avec Sam, ils n'avaient jamais rien trouvé à y redire, d'autant qu'ils l'estimaient tout à fait capable de choisir ses amis.

Sam lui enviait l'ouverture d'esprit de ses parents autant qu'il redoutait la confrontation avec les siens. Une confrontation qui lui semblait inévitable, dans la mesure où il ne se voyait pas choisir sa future épouse parmi les jeunes filles qui auraient leur bénédiction. Ils tiendraient forcément à ce qu'elle soit juive orthodoxe ; toute autre option serait exclue. Pire, sa mère ne cessait de l'exhorter à se marier jeune et à fonder une famille nombreuse, comme le voulait la tradition.

Ce n'était pas du tout ce à quoi Sam aspirait. Diplômé depuis un mois à peine, il devait commencer à travailler au cabinet paternel quinze jours plus tard et y allait à reculons. Mais ses parents comptaient sur lui et il ne voulait pas les décevoir.

Coco, elle, était enchantée de la perspective de sa dernière année à Columbia et de son stage estival. Seule ombre au tableau, elle savait que ses parents avaient un peu de peine qu'elle ne puisse les accompagner en Europe comme tous les étés. Ce serait la première fois. Mais au moins allait-elle pouvoir passer le dernier week-end avant leur départ avec eux.

Les Stein habitaient Central Park West, dans un immeuble cossu – même s'il n'était pas du standing des plus cotés, au sud, où vivaient acteurs, producteurs et écrivains célèbres. Les deux filles partageaient une chambre, de même que les deux garçons. Sam n'avait pas encore mis suffisamment d'argent de côté pour déménager. Et sans doute lui faudrait-il patienter quelques années encore car le salaire que lui proposait son père était bas. Ce ne serait guère plus que de l'argent de poche pour les sorties avec ses amis et inviter de temps en temps une fille au restaurant. Il ne lui permettrait en aucun cas de gagner son indépendance.

Même en travaillant dur, ce qu'il comptait bien faire, la liberté lui semblait encore loin.

Coco, quant à elle, comptait déménager dès qu'elle aurait son premier emploi. Au début, elle devrait certainement vivre dans une colocation. Cela ne la dérangeait pas, et d'ailleurs c'était déjà le cas à la résidence universitaire. Mais même ainsi, ce serait difficile sans le soutien de ses parents. Ils lui avaient de toute façon promis de l'aider après ses études. Si cette générosité faisait envie à Sam, il n'était pas pour autant jaloux de Coco. Il trouvait juste qu'elle avait beaucoup de chance, ce dont bien sûr elle convenait. Parfois, tout de même, l'intensité de l'attention exclusive que lui portaient Tom et Bethanie l'étouffait un peu. Elle espérait qu'ils relâcheraient leur vigilance dans les années à venir... Même si elle regrettait un peu de ne pas pouvoir partir avec eux, elle se sentait aussi très adulte de rester seule à New York pour travailler. D'autant que son stage lui plaisait énormément. Elle se voyait bien travailler dans la presse, par la suite. Pour cela, elle envisageait de suivre des cours de journalisme en dernière année.

Son père l'attendait à la descente du car. Grand et mince, il faisait jeune malgré ses tempes argentées. Son visage s'éclaira dès qu'il aperçut Coco. Elle aussi était heureuse de le retrouver. Ils s'embrassèrent et bavardèrent avec animation durant tout le trajet jusqu'à la maison. En les attendant, Bethanie avait préparé un dîner léger et dressé une jolie table dans le patio près de la piscine. Cordon-bleu et maîtresse de maison accomplie, elle faisait preuve de goût, de créativité et de raffinement et excellait dans tout ce qu'elle entreprenait. Elle s'était d'ailleurs essayée au métier de décoratrice, avec succès. Quand la carrière de Tom avait réellement décollé et qu'il s'était mis à gagner beaucoup d'argent, elle avait décidé de cesser ses activités professionnelles pour être plus disponible pour les siens. Elle n'en avait pas perdu pour autant son sens du style ni son goût du beau, dont Coco avait d'ailleurs hérité. Nourrie de l'exemple de ses parents mais libre d'être elle-même et de choisir sa voie, elle avait reçu une éducation à l'opposé de celle de Sam, à qui ses parents dictaient constamment sa conduite – quand ils n'essayaient pas de le brider.

Ainsi les deux amis se complétaient-ils parfaitement. Sam aidait Coco à garder les pieds sur terre tandis qu'elle l'encourageait à élargir ses horizons en dépit des limites que lui imposaient ses parents. Mais elle avait beau s'efforcer de l'aider à prendre son envol, il se sentait bien terre à terre à côté d'elle. Plein d'admiration pour l'audace de Coco, il aurait lui aussi voulu être capable de prendre son essor pour faire de nouvelles expériences.

Bethanie, Tom et Coco passèrent une délicieuse soirée tous les trois. Après le dîner, ils allèrent marcher sur la plage et se couchèrent de bonne heure. Le samedi, ils se baignèrent dans l'océan, paressèrent au bord de la piscine et, le soir, sortirent tester un nouveau restaurant. À table, Coco leur raconta son stage. Ses parents étaient fiers d'elle. Ils l'avaient toujours soutenue, encouragée à avoir confiance en elle, et sa mère lui répétait souvent que rien n'était impossible quand on s'en donnait la peine. Dans cette atmosphère, la jeune femme s'était naturellement épanouie.

De leur côté, Bethanie et Tom étaient tout à la joie de leur départ imminent pour l'Europe. En les entendant évoquer leur voyage en France, Coco se rendit compte qu'elle regrettait plus qu'elle n'aurait cru de ne pas y prendre part. Elle avait de si merveilleux souvenirs de tous les séjours qu'ils avaient faits pendant son enfance et son adolescence...

— Tu as fini tes bagages, maman ? s'enquit-elle.

— À peu près, répondit l'intéressée avec un petit rire coupable en coulant un regard à Tom, qui s'esclaffa.

— Tu connais ta mère... Elle va trouver le moyen d'ajouter encore des choses dans sa valise, et puis elle en fera apparaître une autre comme par magie au moment du départ.

Il faisait toujours semblant d'être effaré de tout ce qu'elle emportait. À la vérité, cela lui était bien égal. Sa femme aimait les jolis vêtements, et lui était ravi de la voir heureuse. Du reste, elle ferait certainement du shopping à Paris et dans le Midi. Coco avait aussi hérité ça de sa mère. Alors que son père, lui, voyageait léger – il n'avait besoin que de jeans blancs, de quelques vestes de lin, d'un blazer et d'un ou deux costumes. Mais comme Bethanie le lui faisait souvent observer, c'était bien plus facile pour les hommes. Elle devait souvent prendre une valise rien que pour les chaussures et les sacs à main à assortir avec ses tenues. Il faut dire que, au Cap d'Antibes, ils avaient pour habitude de descendre dans un hôtel dont la clientèle, aisée et d'un certain âge, était particulièrement élégante.

Le dimanche, pour achever ce week-end ressourçant, Bethanie leur concocta un copieux brunch. Puis Tom accompagna Coco à la gare routière où elle reprit le car pour New York, laissant ses parents à leurs derniers préparatifs. Leur avion décollait à 21 heures. Après une escale de quelques jours à Paris consacrée aux amis, aux galeries d'art – ils étaient passionnés et grands collectionneurs –, aux musées et aux restaurants, ils séjourneraient dans le Sud. Puis suivraient quelques jours à Venise avant de terminer, comme toujours, à Londres. Ils seraient absents presque trois semaines, un luxe que leur fille ne pouvait se permettre cette année.

Ce week-end en famille l'avait mise de joyeuse humeur et le soir, Coco alla au cinéma avec deux amies de Columbia. Sam, quant à lui, devait sortir avec la fille d'amis de ses parents, une perspective qui ne l'emballait guère.

— Alors ? lui demanda-t-elle quand il l'appela une fois rentré.

— Pénible… Elle est mignonne, mais rasoir comme tu n'as pas idée. Comme tu sais, l'unique critère de mes parents, c'est que la fille soit juive. Elle n'a pas dû décrocher dix mots de la soirée. À 22 heures, j'étais à la maison.

Ils se calèrent un dîner suivi d'un cinéma la semaine suivante, et bavardèrent encore un peu : ils n'étaient jamais à court de sujets de conversation. En raccrochant, elle songea à ses parents qui volaient vers l'Europe. Ils l'avaient appelée de l'aéroport pour lui dire au revoir. Puis elle regarda un peu la télévision dans le salon et alla se coucher. Elle voulait être en forme pour son stage le lendemain.

La semaine fila si vite que ses parents n'eurent pas le temps de lui manquer. Ils l'appelèrent plusieurs fois de Paris pour lui raconter leur séjour, et à nouveau quand ils furent installés dans le Midi, dans leur hôtel favori.

Le week-end suivant, Sam emprunta la voiture de son père – il ne s'en servait pas pendant shabbat – et ils se rendirent à Southampton où ils passèrent leur temps à se reposer et se baigner. Depuis toujours, ils dormaient chastement dans des chambres séparées et jamais il n'y avait eu l'ombre d'une idylle entre eux. Du reste, la semaine précédente, il avait rencontré une fille chez le traiteur à côté de son bureau. Elle était irlandaise et catholique. Peu lui importait, du moment que sa mère n'était pas au courant. De son côté, Coco lui parla des garçons qu'elle avait repérés au journal. Sam disait souvent qu'il était plus proche de Coco que de ses sœurs car il pouvait tout lui dire, et réciproquement. Ils n'avaient pas de secret l'un pour l'autre.

Ils rentrèrent le dimanche soir, bronzés et détendus. Dans la voiture, Sam alluma la radio. Coco s'apprêtait à chercher la station musicale qu'ils aimaient bien quand un flash spécial annonça une grave attaque terroriste en France, sur la Croisette. Pétrifiée, elle chercha son regard.

— Pas de panique, Coco, lui dit-il calmement. Ne tire pas de conclusions hâtives. Tes parents sont très probablement à l'hôtel, à cette heure-ci.

Il était tard, en France. Sam avait certainement raison. Soit ils étaient déjà rentrés, soit ils dînaient dans un de leurs restaurants favoris. Coco était tout de même inquiète. Elle essaya de les appeler sur leurs portables, mais tomba directement sur les répondeurs. Elle passa le reste du trajet à faire défiler les stations en quête d'informations supplémentaires. Tout ce qu'on savait pour l'instant, c'était que plusieurs bombes avaient explosé. Et que les terroristes avaient été abattus. Un premier bilan faisait état de plus de cent morts et de centaines de blessés. C'était l'une des attaques les plus meurtrières des dernières années.

De retour à New York, Sam monta chez Coco regarder les informations à la télévision. Ils découvrirent des scènes déchirantes : des parents portant leurs enfants décédés, des petits qui hurlaient, terrifiés par l'explosion, et cherchaient leurs parents, des hommes agenouillés devant leur épouse, des amants dévastés, et la police partout.

Muette et paralysée par l'angoisse, sa main dans celle de Sam, Coco gardait les yeux rivés sur l'écran. Jusqu'à présent, aucune image du carnage ne montrait ses parents. Elle continuait de tenter de les joindre, sans succès. Quand elle appela l'hôtel, on lui dit que la chambre de M. et Mme Martin ne répondait pas. Ils n'avaient pas dîné au restaurant de l'établissement.

— Oh mon Dieu, Sam, mais où sont-ils ?

— Ailleurs, sans doute, suggéra-t-il, impuissant à la rassurer.

Il prévint ses parents qu'il ne rentrerait pas dormir, et ils passèrent la nuit sur le canapé à revoir en boucle les mêmes séquences d'horreur.

Le téléphone finit par sonner à 6 heures du matin – midi, heure française. Coco hésita une fraction de seconde avant de répondre au numéro inconnu. Pourvu que ce soit eux...

— Nicole Martin ? demanda un inconnu en prononçant son nom à la française.

Elle figurait comme contact à appeler en cas d'urgence pour ses parents.

— Elle-même.

Elle retint son souffle tandis que Sam ne la quittait pas des yeux. Elle priait pour que cet homme ait de bonnes nouvelles à lui annoncer. Ses parents ne pouvaient pas avoir été victimes de cette attaque terroriste. C'était impossible. Absurde.

L'inconnu était le capitaine de gendarmerie de Cannes. Il lui expliqua ce qui était arrivé.

— Oui, je suis au courant, dit-elle en se retenant de hurler. Mes parents vont bien ?

Peut-être avaient-ils été envoyés à l'hôpital, légèrement blessés, alors qu'elle avait passé la nuit à craindre leur mort.

L'officier marqua une courte pause avant de reprendre, d'un ton grave :

— Madame, je suis au regret de vous informer qu'ils font partie des victimes de l'attentat. Ils se trouvaient sur la Croisette lorsque la première bombe a explosé.

— Ils sont blessés ? C'est grave ? demanda-t-elle d'une toute petite voix.

Sam serrait sa main dans la sienne. Prise d'un vertige, elle ferma les yeux.

— Ils n'ont pas survécu, répondit son interlocuteur.

Non. Ce n'était pas possible.

— Aucun des deux ?

— Non, madame. M. et Mme Martin sont décédés tous les deux. L'ambassade américaine à Paris pourra vous aider pour les formalités. Nous sommes profondément désolés de cet acte épouvantable. C'est une tragédie. Le bilan est très lourd. Toutes nos condoléances les plus sincères. Le peuple français pleure avec vous.

Incapable de prononcer un mot, elle l'écouta lui dicter le numéro à appeler pour l'aide aux familles des victimes.

Le gendarme avait lui aussi la voix brisée par la fatigue et l'émotion. Après avoir travaillé toute la nuit, il devait désormais prévenir les proches des victimes, dont beaucoup n'avaient pu être identifiées.

Elle raccrocha, incrédule, le regard toujours rivé sur Sam. Il n'eut pas besoin de lui demander ; il lisait sur son visage. Il la prit dans ses bras et elle se mit à sangloter contre sa poitrine. C'était impensable. Et pourtant.

— Tous les deux, lâcha-t-elle en luttant pour reprendre son souffle.

Il l'avait deviné en l'entendant.

— Qu'est-ce qui va se passer ? Comment je vais vivre sans eux ?

Il ne savait pas quoi faire pour elle, sinon la garder serrée contre lui.

— Est-ce que tu dois aller les chercher ? lui demanda-t-il avec douceur.

Elle semblait complètement perdue, ses yeux verts étaient noyés par la douleur.

— Je ne sais pas. Il m'a dit d'appeler l'ambassade.

Si elle devait se rendre en France, Sam demanderait à son père de lui avancer de quoi l'accompagner. Il ne pouvait pas la laisser affronter seule cette épreuve. Il l'emmena dans la cuisine et lui servit un verre d'eau. C'était un geste dérisoire, mais que faire d'autre ? Il partageait son immense chagrin, et se sentait impuissant. Ses parents étaient des gens incroyables.

Elle but une gorgée et se laissa tomber sur une chaise. Elle ne pouvait penser à rien d'autre qu'à cette atroce nouvelle.

Elle envoya un mail au *Time* pour prévenir qu'elle ne viendrait pas travailler, puis Sam et elle restèrent assis à parler dans la cuisine. Ils finirent par appeler le numéro donné par le capitaine de la gendarmerie de Cannes. Il s'agissait d'un numéro d'urgence réservé aux familles des victimes. Ils répondaient aux questions et indiquaient où avaient été transportés les corps. Certains se trouvaient encore sur place, et n'étaient pas déplaçables. La femme au bout du fil consulta une liste, et apprit à Coco que les corps de ses parents avaient été transférés sur une base militaire. L'ambassade lui indiquerait les démarches à faire pour le rapatriement aux États-Unis. Les formalités françaises n'étaient pas simples, mais tout semblait bien organisé. Sans doute en raison des tristes précédents.

Coco appela aussitôt l'ambassade. Son interlocuteur lui présenta ses condoléances et lui expliqua qu'il allait lui envoyer les documents légaux à remplir. Tout cela pourrait prendre une semaine. Ils allaient s'efforcer de faire au plus vite. Elle l'écoutait, complètement perdue. Ce labyrinthe de mots et de démarches n'avait aucun sens. Ses parents n'étaient plus là, plus rien n'avait d'importance. Comment envisager la vie sans eux ?

Sam se chargea de téléphoner à l'hôtel cannois pour demander à ce qu'on mette de côté les affaires des Martin jusqu'à ce que quelqu'un puisse les récupérer.

— Naturellement, lui répondit-on. Transmettez toute notre sympathie à Mlle Martin et sa famille.

Mais Coco n'avait plus de famille. Elle était seule, désormais.

Sam passa ensuite un coup de fil à son père, à qui il expliqua la situation à mi-voix. Même si ses parents ne voyaient pas leurs liens d'un très bon œil, leur fils fréquentait Coco depuis plus d'une décennie et ce drame les bouleversa. Très secoué, son père promit de lui donner l'argent nécessaire pour qu'il puisse accompagner

Coco en France si besoin. Sam le remercia avant de retourner auprès de son amie et ils restèrent assis en silence dans la cuisine, comme s'ils attendaient quelque chose. Mais le pire s'était déjà produit.

À 10 heures, Edward Easton, l'associé du père de Coco, l'appela. Elle savait qu'il était exécuteur testamentaire, mais jamais elle n'aurait cru qu'il aurait à endosser ce rôle si tôt. Il lui assura qu'il était sous le choc, effondré, et que la mort de Tom représentait pour lui aussi une perte très douloureuse.

Ed représentait l'exact opposé de Tom, qui était la discrétion même. On n'aurait pu concevoir deux personnes plus différentes. Ed, très séduisant et mondain, était l'un des financiers les plus en vue de Wall Street. Il avait épousé une héritière et ils faisaient souvent sensation aux divers événements auxquels ils se rendaient. Il apparaissait aussi régulièrement dans la chronique mondaine du *New York Post*, Page Six, parfois en compagnie d'autres femmes que la sienne. S'il n'appréciait guère ce côté tapageur, Tom respectait beaucoup les compétences d'Ed, dont il saluait aussi l'honnêteté. Il lui faisait totalement confiance, comme le prouvait la grande responsabilité qu'il lui avait confiée. Mais comment aurait-il pu imaginer que sa femme disparaîtrait en même temps que lui, laissant leur fille unique orpheline ?

— Je suis anéanti, Coco, dit Ed au téléphone.

Elle ne doutait pas de sa sincérité. Du reste, tout le monde l'était. Tom et Bethanie n'avaient que 46 ans. C'était bien trop jeune pour mourir.

— Je vais m'occuper des formalités de rapatriement, ajouta-t-il, rassurant. Je connais un peu l'ambassadeur à Paris. Nous appartenons au même club. Je suis certain qu'il fera tout son possible pour nous aider.

Tout le monde connaissait Tom Martin, dans l'univers de la haute finance. Et tous ceux qui avaient eu l'occasion de le côtoyer avaient la plus grande estime pour lui.

Onze Américains avaient perdu la vie lors de l'attaque et plusieurs autres avaient été blessés. En juillet, les touristes du monde entier affluaient dans le midi de la France. D'après CNN, si la plupart des victimes étaient françaises, on comptait également parmi elles un prince saoudien et ses deux épouses, vingt membres de la famille royale qatarie, plusieurs Scandinaves, le ministre de l'Intérieur espagnol, nombre de sujets allemands et britanniques, un groupe d'écoliers japonais… On recensait au total 164 morts et 87 blessés.

Les bulletins d'information défilaient en continu depuis le matin : le président français avait prononcé un discours de circonstance ; un groupe extrémiste avait revendiqué l'attaque-suicide ; aucun des terroristes n'avait survécu. Une cellule d'assistance psychologique avait été mise en place pour les survivants, qui venaient seulement d'être autorisés à rentrer chez eux. D'après les envoyés spéciaux, des équipes spécialisées se chargeaient de nettoyer les alentours.

— Je me rendrai sur place s'il le faut, promit Ed, mais ce ne sera sans doute pas nécessaire. L'ambassade va certainement activer les choses. Que puis-je faire pour toi, en attendant ?

Coco avait la gorge trop nouée pour parler. Sam et elle n'arrêtaient pas de pleurer.

— Ça va, finit-elle par articuler en serrant la main de Sam. J'ai un ami avec moi.

— Je te dis si j'ai du nouveau, promit Ed. Et je passe te voir tout à l'heure.

Elle n'avait pas envie de voir qui que ce soit, mais refuser aurait été impoli. D'autant qu'elle allait être amenée à le côtoyer souvent à cause de la succession. Elle avait beau bien le connaître, elle ne se sentait pas toujours très à l'aise en sa compagnie. Mais au moins, ce serait un lien avec son père.

Quand elle raccrocha, hébétée, Sam la conduisit dans sa chambre et la fit s'allonger. Elle lui demanda s'il pouvait la prendre dans ses bras et il la garda contre lui dans la pièce tendue de soie rose. Elle fermait les yeux sans réussir à s'endormir, se concentrant sur sa respiration pour essayer de ne pas penser à ce qui était arrivé. Avaient-ils eu le temps d'avoir peur ? D'avoir mal ? Ou est-ce que tout avait été fini en un instant ? La déflagration avait été si forte que ceux qui se trouvaient au cœur de l'impact avaient littéralement disparu.

Ed Easton rappela deux heures plus tard. Il avait pu joindre l'ambassadeur. Il allait s'occuper de tout. Coco n'aurait pas besoin de se rendre sur place et serait déchargée des formalités administratives, souvent lourdes en France. L'hôtel allait lui renvoyer les effets de ses parents, y compris ce qu'ils avaient laissé au coffre. Elle aurait tout d'ici quelques jours. Quant aux corps, l'ambassadeur espérait qu'ils seraient rapatriés d'ici la fin de la semaine. Si le gouvernement français était sens dessus dessous après ce terrible attentat, les services d'urgence restaient remarquablement organisés. Une fois les familles prévenues, les médias avaient annoncé la liste des victimes. Ses parents y figuraient, bien sûr. Malgré l'insistance de Sam, Coco ne parvenait pas à avaler quoi que ce soit.

À 16 heures, le portier sonna à l'interphone et lui annonça que M. Easton souhaitait la voir. La gouvernante, Theresa, était venue travailler malgré son chagrin, et dans l'après-midi, les fleurs commencèrent à arriver. Les premières livrées furent celles de son chef au *Time* ; elle en fut très touchée. Elle n'avait pas encore appelé la maison funéraire, elle n'en avait pas le courage. De toute façon, ils ignoraient encore la date d'arrivée des corps de ses parents.

Sam s'éclipsa à l'arrivée d'Ed Easton. Il allait en profiter pour passer chez lui déposer la voiture de son père et son sac, prendre une douche et se changer. En partant, il vit que Coco était assise dans le salon avec l'associé de son père, prostrée. Le costume anthracite, la chemise blanche et la cravate noire soulignaient la mine sombre de son visiteur. Il avait déjà reçu un flot d'appels horrifiés de leurs relations professionnelles.

— Je suis vraiment désolé, Coco, dit-il en lui prenant la main et en la gardant dans la sienne.

Il lui faisait penser à son père, ce qui lui procurait un étrange réconfort doux-amer. Pourquoi était-il encore là et pas son père ? Elle n'arrivait pas à se faire à cette idée. Ses parents étaient si jeunes... Ed avait la cinquantaine mais, sous l'effet de la terrible nouvelle, il paraissait plus. Coco ne valait pas mieux, avec son teint grisâtre sous le hâle des Hamptons. Voyant qu'elle tremblait, Ed lui passa un bras autour des épaules.

— Je vais t'aider du mieux que je peux. Occuponsnous déjà des obsèques, puis nous réfléchirons à ce que tu veux faire des biens.

— C'est-à-dire ? fit-elle, surprise et un peu effrayée.

Tout cela la dépassait.

— Cet appartement, la maison des Hamptons... Il faudra que tu décides si tu souhaites les garder ou les vendre.

À 21 ans, elle pouvait faire ses propres choix, mais il se proposait de la guider pour lui faciliter les choses.

— Tout te revient, bien sûr, puisque ta mère...

Il n'acheva pas sa phrase. Si Bethanie avait survécu, les biens auraient été partagés. Mais Coco se trouvait unique héritière d'une grande fortune. Cela lui était bien égal.

— Veux-tu que je t'appelle un médecin ?

Elle secoua la tête. Elle ne voulait personne d'autre que Sam à son chevet. Lui seul comprenait ce qu'elle ressentait, comme toujours.

— Non, merci. Je suis juste sous le choc.

— Comme nous tous, assura-t-il d'une voix basse empreinte de compassion. Qui aurait pu s'attendre à un tel drame ? L'ambassade annonce le rapatriement des corps mercredi soir ou jeudi matin. Quand veux-tu qu'aient lieu les funérailles ?

Il fallait bien qu'il lui pose la question.

— Je ne sais pas. Qu'en pensez-vous ?

Elle essayait de se concentrer. Son aide sur les questions pratiques lui serait d'un grand secours, car elle n'avait aucune idée de ce qu'il convenait de faire.

— Lundi, peut-être, au cas où il y aurait du retard, suggéra-t-il doucement. Si tu le souhaites, nous pourrions prier le chapelet pendant le week-end. Et la présentation des corps pourrait avoir lieu le vendredi. Étaient-ils croyants ?

Il aurait dit que non. Pour Tom, il en était certain, mais il ignorait si Bethanie – ou Coco – était pratiquante.

— Pas vraiment. Mais ils sont tous les deux catholiques. Nous n'allons à la messe qu'à Noël.

Elle n'arrivait pas à parler d'eux au passé. C'était trop douloureux. Il hocha la tête.

— C'est à toi de choisir l'église. J'ai déjà rédigé la notice nécrologique, précisa-t-il.

Elle ignorait comment il avait été prévenu. Sans doute son numéro figurait-il aussi dans les contacts à joindre en cas d'urgence.

— Merci, fit-elle d'une petite voix.

Quand le portier de l'immeuble appela pour la prévenir que Sam montait, il lui tapota la main et se leva. Il avait fait vite.

— Je t'appelle ou je t'envoie un message dès que j'en sais plus, promit Ed en l'étreignant une dernière fois.

— Par curiosité, demanda Sam à Coco quand il fut parti, il t'a draguée ?

— Sam ! s'exclama-t-elle, choquée. Bien sûr que non. Quelle idée ! Il est plus vieux que mon père. Pourquoi penses-tu à ça ?

— Je ne sais pas. Il a bien le genre. Beau parleur, mielleux… Et plutôt bel homme, j'avoue.

Elle n'y avait jamais prêté attention. Elle le trouvait vieux, c'est tout.

— Ses enfants sont plus âgés que nous. Ils sont mariés et eux-mêmes parents.

— Mais je parie que ses petites amies ont plutôt notre âge. J'ai lu plein de trucs sur lui dans les journaux.

— Ce sont des ragots. Il est marié. Et sa femme est très belle.

— Mouais… Je ne le sens pas trop, c'est tout.

— Tu ne serais pas un peu jaloux ?

— Pas vraiment, non. C'est juste que je n'aimerais pas qu'il profite de toi.

Elle se rappela soudain que désormais, elle était seule au monde. Sam pensait la même chose. Elle était jeune, et vulnérable… Il se garda bien de le lui dire.

— Il ne ferait jamais une chose pareille, protesta-t-elle. Mon père avait confiance en lui.

Or, son père avait un très bon jugement.

— Il avait confiance en lui pour les questions d'argent. Pour le reste, je n'en suis pas si sûr.

— Tu es cinglé, rétorqua-t-elle en souriant pour la première fois depuis ce qui lui parut une éternité.

Sam lui avait rapporté de la soupe que sa mère avait cuisinée exprès pour elle. Et il avait mis des vêtements confortables pour pouvoir dormir tout habillé s'il le fallait. Il n'était pas question qu'il la laisse seule un instant. Il en avait averti ses parents qui, pour une fois, avaient compris. Ils étaient de tout cœur avec Coco et, s'ils pouvaient l'aider en quoi que ce soit, ils le feraient. Hélas, il n'y avait rien à faire.

Ce soir-là, elle reçut un flot de mails et de SMS d'amis. Elle les lut, mais n'y répondit pas. Sam la persuada d'avaler un peu de soupe et elle finit par s'endormir à 21 heures, allongée contre lui. Il la garda dans ses bras jusqu'à sombrer à son tour. Cette journée avait été un véritable cauchemar. Un cauchemar dont le réveil ne les délivrerait pas. L'idée que sa meilleure amie était seule au monde lui brisait le cœur.

La même pensée avait tourné en boucle dans la tête de Coco toute la journée. Elle était orpheline.

2

Les corps de Tom et Bethanie arrivèrent à New York le jeudi à 2 heures du matin et la maison funéraire qu'Ed avait choisie vint les chercher à l'aéroport JFK. Coco ne souhaitait pas qu'ils soient incinérés. Elle estimait que leurs dépouilles méritaient un peu de paix. Par ailleurs, Ed avait découvert que Tom avait acheté un caveau familial dans lequel étaient enterrés ses parents et ceux de Bethanie. Il y restait largement assez de place pour le couple.

Finalement, la prière du chapelet aurait lieu le vendredi à 18 heures et les gens pourraient venir se recueillir au funérarium tout le week-end avant les obsèques qui auraient lieu le lundi à midi. Les secrétaires de Tom se relaieraient pour accueillir les visiteurs et faire signer le registre de condoléances. On attendait beaucoup de monde à l'église Saint-Ignace-de-Loyola de Park Avenue. Pour la couverture du livret de messe, Coco avait choisi une belle photo de ses parents prise sur la plage à Southampton. Ils avaient l'air heureux et détendus, comme elle aimait se les rappeler. Au dos, elle en avait fait imprimer une autre, de leur mariage à Las Vegas, qui la faisait rire. Ed avait demandé à une chanteuse d'opéra de ses relations de chanter l'*Ave Maria* et, pour la sortie, on jouerait l'*Ode à la joie* de Beethoven. Puis les cercueils seraient transportés à Long Island pour l'inhumation. Sam, bien sûr, l'accompagnerait, tout comme Ed. En revanche la femme de ce dernier, qui se trouvait en Italie, s'était contentée d'envoyer ses condoléances. Coco savait que ses parents et elle n'étaient de toute façon pas particulièrement liés.

Le samedi, elle se rendit tôt au funérarium. Devant les cercueils fermés, Sam dit la prière des morts en hébreu pour l'un et l'autre. Puis il écrivit un mot dans le registre et ils rentrèrent à l'appartement.

Dans l'église, assise au premier rang entre Sam et Ed, Coco eut l'impression de vivre une expérience hors du corps. Theresa, la gouvernante, avait déniché dans les affaires de sa mère une robe et un chapeau noirs qui lui allaient. Après la cérémonie qui se déroula comme dans un brouillard, elle serra des mains et reçut des condoléances. Cela lui parut durer des heures ; elle ne connaissait pas la moitié de ces gens qui étaient, pour la plupart, des relations professionnelles de son père. Enfin, au cimetière, les cercueils furent descendus dans le caveau et elle jeta une poignée de terre sur chacun avant de s'effondrer en larmes dans les bras de Sam. Ed, resté près d'elle, lui tapotait l'épaule. C'était fini. Il lui semblait que son corps appartenait à quelqu'un d'autre et que son esprit était mort. Tout ce qui restait d'elle, c'était son cœur brisé en mille fragments. Rien ne l'avait préparée à cela. Aucun signe avant-coureur, aucun problème de santé, pas même l'arrivée d'un ouragan n'avaient laissé présager la disparition de ses parents et l'anéantissement de son existence.

Sam resta toute la nuit auprès d'elle. Elle passa les jours suivants au lit et il lui tint compagnie. Theresa leur cuisinait des repas auxquels Coco ne touchait pas. Incapable de se concentrer ou même d'aligner deux idées, elle envisageait de retourner au travail mais n'en avait pas la force.

Une semaine après les funérailles, elle appela son chef au *Time* pour lui annoncer qu'elle n'était pas en état de revenir. Compréhensif, il lui renouvela sa sympathie et lui dit de ne pas hésiter à se manifester quand elle irait mieux, même si cela prenait du temps. Il la trouvait brillante et serait heureux de l'intégrer à son équipe une fois qu'elle aurait son diplôme. Elle lui promit de le rappeler, sans être certaine de le faire un jour. N'associerait-elle pas toujours le *Time* au drame qu'elle vivait ? Sam lui avait fait remarquer d'une voix tremblante que, si elle avait accompagné ses parents en Europe, elle serait sans doute morte elle aussi. Cette idée le rendait malade. Heureusement qu'elle était restée à New York. Ce stage lui avait sauvé la vie.

Ed passait la voir tous les après-midis et Sam, qui avait commencé à travailler dans l'entreprise de son père, la rejoignait dès qu'il sortait du bureau. Au bout de quelques jours, il vint s'installer dans la chambre d'amis. Même quand ils ne se disaient rien, sa présence lui faisait du bien. Ils regardaient des films, et la jeune femme parvenait à penser un peu à autre chose. Ils essayèrent d'aller dans les Hamptons mais ce fut pire que tout et ils durent rentrer le jour même. À tout moment, Coco s'attendait à voir ses parents marcher vers elle sur la plage et l'air lui manquait quand elle songeait que cela n'arriverait plus jamais. C'était fini. La vie telle qu'elle l'avait toujours connue était finie. Rien ne serait plus comme avant. Ce deuil était atrocement douloureux. Il fallait l'accepter, pourtant. Mais elle n'y parvenait pas.

Le week-end, Sam et elle faisaient de grandes promenades. Et le soir, quand elle ne parvenait pas à s'endormir dans la chaleur étouffante de la nuit, ils ressortaient pour marcher le long de l'Hudson. Parfois, le regard perdu dans l'eau sombre du fleuve, elle pensait à eux. Si seulement ils pouvaient revenir… Chaque heure de chaque jour la faisait souffrir, certaines plus encore que d'autres. Quant aux nuits, elles n'en finissaient pas.

La mère de Sam continuait de lui faire de la soupe dont elle ne mangeait guère plus que quelques cuillerées. Elle maigrissait à vue d'œil. Fin août, elle avait plus mauvaise mine encore qu'au lendemain du drame. Sam fut consterné, mais guère surpris, lorsqu'elle lui annonça qu'elle avait décidé de ne pas retourner à la fac. Elle souhaitait faire une pause.

— Tu es sûre que c'est une bonne idée ? Que vas-tu faire de tes journées ?

Cela l'inquiétait mais il ne voulait pas non plus la brusquer.

— La même chose que maintenant : tourner en rond dans l'appartement, fixer les meubles, regarder par la fenêtre... Je ne me sens pas capable de me concentrer. J'ai le cerveau en bouillie. Si je reprenais mes études maintenant, je serais recalée dans toutes les matières.

— Ou alors cela t'obligerait à fixer ton attention et tu penserais à autre chose. Peut-être que ça te ferait du bien..., avança-t-il avec prudence.

Il ne voulait pas la contrarier. Elle allait encore trop mal.

— J'y retournerai le semestre prochain. Qu'est-ce que ça peut faire, que je sois diplômée six mois plus tard ? Qui s'en soucie ?

Plus personne, maintenant, estimait-elle sans doute. Et surtout pas elle.

— Moi, affirma-t-il. Et toi aussi. C'est important que tu ailles jusqu'au bout.

Elle hocha la tête. Elle n'avait plus que lui pour la conseiller, désormais. Et l'un comme l'autre avaient été élevés dans la conviction qu'il était essentiel de faire des études.

— D'accord..., accepta-t-elle mollement.

— C'était très important pour tes parents, lui rappela-t-il.

— Je sais. Je vais finir mes études. Mais pas tout de suite.

Sam ne se plaisait pas dans le cabinet comptable de son père. Il s'ennuyait et s'inquiétait sans cesse pour Coco qui était toujours au plus mal. Moins de deux mois après la mort de ses parents, bien sûr, ça n'avait rien d'anormal. Début septembre, ils retournèrent passer une journée dans les Hamptons mais ne restèrent pas dormir. Elle ne le souhaitait pas.

Sur la route du retour, elle lui sourit.

— Tu n'en as pas marre de moi ? Ce rôle de nounou et soutien psychologique doit être lassant, à force, fit-elle tristement.

— Arrête. J'adore être avec toi, répondit-il, très sérieux.

— Je ne suis pas exactement de bonne compagnie.

— Ça dépend des moments.

— Comment ça se passe, dans la boîte de ton père ?

Depuis le drame, elle ne s'était guère intéressée à sa vie à lui.

— Bof. Ce n'est pas très excitant. Je ne sais pas comment il a pu supporter de faire ça toute sa vie. En fait, c'est déprimant.

À elle, il pouvait dire la vérité.

— Qu'est-ce que tu aimerais faire, alors ?

— Je ne sais pas trop. J'ai toujours dit que je serais expert-comptable, mais ça ne me plaît pas du tout. Pourtant, je n'ai pas le choix. Ils comptent sur moi. Mais je ne me vois pas faire ça toute ma carrière.

— Tu as 22 ans. Rien ne t'oblige à vendre ton âme pour l'éternité.

— Du point de vue de mes parents, si. Puisque mon père s'en est satisfait, alors moi aussi je devrai m'en satisfaire. Surtout que mon frère ne va pas rejoindre le cabinet, avec son projet de devenir rabbin.

— Mais enfin, il n'a que 14 ans ! C'est comme un petit garçon qui veut devenir pompier ou joueur de base-ball, ça lui passera.

— Pas sûr. Il étudie tous les jours avec les rabbins. Il adore ça. Moi, à sa place, je me tirerais une balle dans la tête. C'est encore plus ennuyeux que ce que je fais !

Les deux sœurs étaient parties à l'université, et seuls les deux garçons vivaient encore chez leurs parents.

— Mes parents sont ravis qu'il soit aussi fervent et érudit. Le rôle de chacun est bien défini : moi, je dois travailler avec mon père dans l'entreprise familiale.

— Même si ce n'est vraiment pas ce qui te plaît ? Tu te souviens de ce que disait ma mère ? Rien ne t'oblige à te plier à la volonté des autres.

— Sauf si ce sont tes parents, et qu'ils subviennent à tes besoins... En tout cas, c'est comme ça que ça se passe chez nous.

— Tu pourrais trouver du travail ailleurs, Sam, fit-elle valoir avec douceur.

Elle était triste de le voir malheureux. Elle le sentait pris au piège des attentes de ses parents. Quelle injustice ! Sam était un garçon bien et il ne voulait pas les décevoir. Quitte à renoncer à ses rêves – ce qui était contraire à un autre des principes de Bethanie. Mais Sam ignorait encore à quoi il aspirait. Tout ce qu'il savait pour l'instant, c'est que son travail actuel ne lui plaisait pas.

— Et toi, que feras-tu après tes études ?

— Je ne sais pas vraiment. Du journalisme, j'espère. Avec mon stage au *Time*, j'espérais découvrir la vie au sein de la rédaction d'un grand magazine. Mais ça ne s'est pas passé comme prévu…

En un sens, rien n'avait changé. Et tout avait changé. Plus rien ne l'intéressait. Rien n'avait plus d'importance. Qu'allait-elle bien pouvoir faire de sa vie ?

— En tout cas, il faut que tu passes ton diplôme, Coco. Sinon, tu te retrouveras à faire cuire des steaks au McDo.

— On croirait entendre mon père ! dit-elle en souriant. Et qui te dit que je n'aimerais pas faire cuire des steaks ? Mais ne t'en fais pas, je vais les finir, mes études, promit-elle pour l'apaiser.

— Pour cela, il faut retourner à la fac.

Cette idée de semestre sabbatique ne lui disait rien qui vaille. Sauf qu'il ne pouvait pas la forcer à changer d'avis. Personne ne le pouvait. Elle était libre.

Ed aussi émit des doutes sur sa décision quand elle s'en ouvrit à lui à l'occasion d'une de ses visites quotidiennes.

— Tu te sentirais peut-être mieux si tu avais quelque chose à faire, lui fit-il remarquer.

— Si je retourne à la fac, j'ai trop peur de tout rater. Je n'arrive pas à me concentrer.

Elle avait toujours eu de bons résultats et ne souhaitait pas se confronter à l'échec maintenant.

— Le temps arrangera les choses. Est-ce que ça te plairait de dîner dehors, un de ces jours ?

Cela faisait deux mois qu'elle n'était pas vraiment sortie. Elle n'avait rappelé aucune de ses amies ni répondu à leurs messages, et elles n'avaient pas insisté.

Coco n'avait envie de voir personne hormis Sam, qui passait toutes ses soirées avec elle. Elle avait peur d'être un fardeau mais il lui assurait que non.

— Je ne suis pas de très bonne compagnie, vous savez..., répondit-elle à Ed.

Il hocha la tête avec sa patience et sa gentillesse habituelles. Elle n'avait plus que lui pour remplir le rôle de père, la conseiller et veiller sur elle.

— Je crois qu'il te faut un changement de décor. Ordonnance du médecin, ajouta-t-il en souriant. Demain soir, je t'emmène au restaurant.

Elle n'avait pas envie d'y aller mais il insista et le lendemain, sa secrétaire dit à Coco qu'il passerait la prendre à 19 heures. Elle prévint Sam, qui fut un peu étonné mais supposa qu'ils devaient parler finances.

Quand Ed arriva, pile à l'heure, il trouva Coco dans une robe noire toute simple qui avait appartenu à sa mère et dans laquelle elle flottait. Elle fut surprise qu'il l'emmène à La Grenouille. À l'évidence, il y venait souvent car les serveurs semblaient bien le connaître. Il avait demandé une table tranquille au fond de la salle pour éviter que des gens qui connaissaient Tom et Bethanie ne viennent les saluer. Ces derniers, comme beaucoup de leurs amis, avaient fait partie des habitués du restaurant, où ils fêtaient les grandes occasions. Tout était si beau, si festif que Coco se sentait coupable d'être là. Mais ce qu'on leur servit était délicieux, et Ed avait raison : cette sortie l'égaya.

Ils parlèrent de beaucoup de choses mais, pour une fois, ni de ses parents ni de leur patrimoine. Malgré sa robe triste, Coco semblait avoir recouvré un peu de la gaieté et de l'insouciance de son âge. Ed la raccompagna chez elle en taxi et elle garda le sourire durant tout le trajet.

— Merci, dit-elle. J'ai passé une très bonne soirée.

Elle semblait être redevenue elle-même, pensa Ed. Sa jeunesse et sa beauté rayonnaient à travers son chagrin.

— Alors recommençons ! Nous pourrions décider de dîner ensemble deux fois par semaine. Pourquoi pas ce vendredi ? Marielle passe le week-end dans notre propriété du Connecticut, mais je dois rester ici.

Jusque-là, il n'avait pas voulu la brusquer. Mais il lui semblait qu'il était temps qu'elle recommence à sortir de chez elle.

— Ne vous sentez pas obligé de jouer les baby-sitters, Ed. Je vais mieux. J'ai énormément de peine, c'est tout.

— C'est bien compréhensible. Mais il faut qu'on te console ou, au moins, qu'on fasse tout pour que tu te sentes mieux. Tu aimes le ballet ? J'ai un abonnement, enchaîna-t-il comme elle acquiesçait, et personne ne veut jamais m'accompagner. Marielle a horreur de ça. Si bien que, la plupart du temps, les billets sont perdus. Nous pourrons y aller, un soir. Et aussi au théâtre, peut-être.

Tout cela semblait dépasser son devoir d'exécuteur testamentaire, songea Coco. Elle s'en voulait de lui prendre autant de temps. Il était déjà bien gentil de s'arrêter chez elle tous les jours en rentrant du bureau.

Elle savait tout ce qu'il y avait à savoir sur la succession de ses parents, maintenant. Son père avait tout laissé en si bon ordre qu'elle avait très peu de décisions à prendre. Elle allait tout de même devoir choisir où elle souhaitait vivre. Elle n'avait jamais habité ailleurs que chez ses parents et n'avait aucune envie de déménager, surtout maintenant. Elle voulait rester dans leur appartement pour toujours. Sauf qu'il était trop grand pour elle seule et qu'elle s'y sentait perdue. Heureusement que Sam y dormait tous les soirs... Mais il ne pourrait pas faire ça toute sa vie. Il finirait par se lasser, ou ses parents par s'en plaindre. Même si, pour le moment, ils compatissaient à la douleur de Coco. Le malheureux n'était pas sorti avec une fille depuis des mois, et il n'avait eu sa première soirée de répit que lorsque Ed avait invité Coco à La Grenouille. Le lendemain, il l'interrogea.

— Ça s'est bien passé, hier soir, avec Ed ?

— Oui, c'était très sympathique. On a très bien dîné et on est rentrés tôt. J'avoue que ça m'a fait du bien de sortir un peu.

— Nous aussi, on pourrait se faire un petit restaurant à l'occasion.

Elle hocha la tête sans enthousiasme. Depuis des semaines, ils mangeaient exclusivement à l'appartement. Theresa préparait leurs repas, et parfois Sam rapportait des burgers ou une pizza. De toute façon, Coco ne prêtait guère attention à ce qu'elle avalait.

Le vendredi, la secrétaire d'Ed l'appela pour lui annoncer qu'il passerait la prendre à 19 h 30. Ce serait plus décontracté, précisa-t-elle. Coco n'osa pas refuser.

Elle mit un jean noir et un pull tout simple et envoya un message à Sam pour le prévenir qu'elle sortait de nouveau avec Ed. Celui-ci l'emmena cette fois dans un charmant petit restaurant italien. Elle passa une très bonne soirée en sa compagnie. Pendant le week-end, il l'appela pour prendre de ses nouvelles. Elle allait mieux et commençait à redevenir elle-même. Le samedi et le dimanche, Sam et elle allèrent se promener dans le parc. Il faisait encore doux et c'était bon de prendre l'air. Elle avait l'impression d'être une convalescente qui commence tout juste à se remettre d'un très grave accident.

Le dimanche soir, Sam rentra chez lui pour dîner en famille. Il y était déjà retourné pour shabbat le vendredi. Peu de temps après son départ, elle eut la surprise de recevoir un appel du portier qui lui annonçait que M. Easton montait.

— Tout va bien ? demanda-t-elle en lui ouvrant.

— Très bien. Je pensais à toi alors j'ai eu envie de passer. Sam est là ?

— Non, je lui ai donné sa soirée, répondit-elle en souriant.

— C'est un ami bien fidèle, remarqua Ed.

En col roulé et jean, il faisait beaucoup plus jeune qu'en costume. Comme toujours, il était impeccablement coiffé et un discret parfum d'eau de Cologne l'accompagnait.

— Nous nous sommes rencontrés quand j'avais 9 ans et lui 10, expliqua-t-elle. C'est comme un frère pour moi.

— Tu n'es pas amoureuse de lui, alors ?

— Non. Nous sommes amis, c'est tout.

— Je ne devrais pas, mais je dois dire que je suis soulagé de l'apprendre. Je me demandais si ce n'était pas ton petit ami.

Ils s'étaient installés dans le salon que ses parents aimaient tant, avec ses murs couverts de livres et sa cheminée.

— Pas du tout ! Mais pourquoi êtes-vous soulagé ? s'enquit-elle avec innocence.

Il se glissa un peu plus près d'elle sur le canapé et lui passa un bras autour des épaules dans un geste naturel. Elle se sentait à l'aise en sa présence. Il faisait partie de son entourage proche, désormais. Presque comme Sam, sauf qu'il la regardait un peu différemment. Elle ne savait pas trop ce que cela signifiait. Ed s'était montré vraiment présent depuis la mort de ses parents, et il prenait très au sérieux son rôle d'exécuteur testamentaire et de conseiller. Il planta son regard dans le sien avant de répondre.

— Tu n'as rien remarqué, Coco ? fit-il doucement. Je ne voulais pas me montrer trop pressant alors que tu viens de vivre cette perte dramatique, mais je suis en train de tomber amoureux de toi. Un peu plus chaque jour. Si tu savais le mal que j'ai à garder mes distances, à ne pas débarquer ici tous les soirs…

Sidérée par cette déclaration, elle n'eut pas le temps de réagir qu'il l'embrassait déjà, partant à la découverte de son corps de ses mains à la fois fortes et sensuelles. Aucun homme ne l'avait touchée comme cela, et jamais elle n'avait senti son corps aussi vivant sous des caresses. Lorsqu'il rompit leur baiser, sa paume englobant toujours son sein, elle avait le souffle court.

— Je ne... je ne savais...

Que dire ? Jamais elle n'avait pensé à lui ainsi. Pourtant, elle ne voulait surtout pas qu'il s'arrête. Submergée par le désir, elle se sentait en sécurité dans ses bras. Il l'embrassa de nouveau et bientôt ils furent étendus sur le canapé, leurs membres entremêlés. Elle avait parfois couché avec des garçons, mais jamais elle n'avait ressenti une telle ivresse sous leurs caresses.

— On ne peut pas faire ça, Ed, glissa-t-elle d'une toute petite voix. Et Marielle ?

Il était marié, elle ne l'oubliait pas.

— Cela fait des années qu'il n'y a plus rien entre nous. Nous ne sommes restés ensemble que pour les enfants, et nous avons un arrangement. Je suis libre.

Les choses ainsi présentées, elle se sentit mieux. Elle éprouva tout juste une pointe de culpabilité en s'abandonnant à lui. Il sentait si bon... il était si beau... et il savait si bien la toucher... Il ne l'avait même pas encore déshabillée qu'il lui donnait déjà un plaisir inouï. Quand il commença à lui faire l'amour, elle eut l'impression de s'envoler avec lui. Il la conduisit tout au bord de la jouissance, la ramena en arrière, puis la fit presque basculer à nouveau, jouant avec son corps comme d'un instrument parfaitement accordé. Quand ce fut fini, elle sut que quelque chose d'extraordinaire venait de se produire entre eux. Reposant entre ses bras, elle lui sourit et il l'embrassa tendrement.

— Je n'ai jamais ressenti pour aucune femme ce que je ressens pour toi, assura-t-il d'une voix chargée d'émotion en promenant un doigt sur le ventre de Coco, avant de lui prodiguer une caresse irrésistible.

Et tout recommença.

Ils firent l'amour jusqu'à minuit puis rejoignirent la cuisine, nus, pour manger des glaces. Coco était troublée par le tour inattendu que prenait leur relation, mais il faisait en sorte que ce soit normal et naturel. Il l'entraîna encore une fois vers le lit.

— J'ai envie de toi depuis si longtemps, Coco..., lâcha-t-il en la contemplant. Parfois, je me dis que ton père souhaitait que nous soyons ensemble, et que c'est pour cette raison qu'il a fait de moi son exécuteur testamentaire. C'est un peu comme s'il nous avait liés, finalement. Cela arrivera peut-être un jour, qui sait. Certes, j'ai l'âge d'être ton père. Mais les sentiments que tu m'inspires sont tout sauf paternels.

Qu'aurait pensé son père ? se demanda Coco. Aurait-il été content ? Choqué ? Elle se disait qu'il n'aurait pas choisi Ed comme exécuteur testamentaire s'il n'avait pas eu toute confiance en lui. Elle y vit une sorte de bénédiction de leur union.

— Je me moque pas mal de ton âge, assura-t-elle d'une voix basse et sensuelle.

Il l'éblouissait, et elle se sentait parfaitement à l'aise en sa compagnie. Grâce à lui, elle découvrait des choses qu'elle n'avait jamais faites, des sensations toutes nouvelles.

— Quand puis-je te revoir ? Je passerai demain à l'heure du déjeuner.

À 2 heures du matin, il finit par s'arracher à ses bras, non sans l'avoir longuement embrassée. En partant, il avait lui aussi des étoiles plein les yeux.

Il revint comme promis dès le lendemain et ils s'enfermèrent aussitôt dans le bureau de son père pour que Theresa ne les surprenne pas. Après de longs ébats sur le canapé, il retourna travailler. C'était fou, c'était merveilleux, c'était excitant... Sa passion avait parfois quelque chose de presque inquiétant. Elle la submergeait tel un raz-de-marée avant de la déposer très doucement sur une plage de sable fin. Il usait divinement de sa langue et de ses mains.

— En fin de compte, je suis bien content que tu n'ailles pas à la fac, lui murmura-t-il.

— Moi aussi ! acquiesça-t-elle dans un petit rire de gorge avec toute l'innocence de son jeune âge.

Malgré tout, il arrivait à Coco de se poser des questions sur les liens qu'Ed entretenait toujours avec sa femme. Il lui avait dit qu'il n'y avait plus rien entre eux, et elle le croyait. C'était un homme bien.

Comme il le lui avait proposé, ils sortaient dîner ensemble deux fois par semaine. Et il venait la retrouver tous les jours à l'heure du déjeuner. Un soir, il arriva même à minuit, après le départ de Sam – depuis peu, il ne dormait plus chez elle –, et passa toute la nuit avec elle. C'était bien la preuve que sa femme et lui n'étaient plus vraiment ensemble.

Coco gardait le secret sur leur relation. Sam avait beau lui poser quelques questions, elle ne lâchait rien. Elle ne voulait pas qu'il soit au courant. Elle le trouvait bizarre et soupçonneux quand il était question d'Ed. Presque comme s'il était jaloux.

— Ça va ? lui demanda-t-il un jour. J'ai l'impression que tu es dans la lune, parfois.

Cela devait faire partie du processus de deuil, mais il s'inquiétait.

— Oui, ça va. Ça va mieux, le rassura-t-elle avec un ton neutre qui collait bien avec son expression.

Certes, elle n'était pas heureuse, mais elle avait meilleure mine et reprenait goût à la vie. Elle n'osait toutefois pas lui en avouer la vraie raison. Elle savait qu'il n'approuverait pas sa relation avec Ed. Il se montrerait possessif, un peu trop protecteur. Sans doute était-il trop jeune pour comprendre.

Lorsque Thanksgiving arriva, Ed et Coco étaient amants depuis déjà deux mois et demi. Elle avait l'impression que sa vie entière avait été transformée. Jamais elle n'avait été avec un homme aussi captivant. Il arrivait encore qu'il apparaisse dans les potins de Page Six, mais c'était pour détourner l'attention de leur couple. Il préférait qu'ils restent discrets aussi longtemps que possible. Les envieux ne manqueraient pas de critiquer leur différence d'âge – trente ans, tout de même – et il ne souhaitait pas l'exposer à cela.

— Un jour, je l'espère, nous serons mariés et nous n'aurons plus à nous justifier aux yeux de personne, promit-il.

— Tu comptes vraiment divorcer ?

Il en avait parlé plusieurs fois et, dans la mesure où son mariage n'était plus qu'une façade, Coco ne se sentait pas fautive. L'idée d'être un jour son épouse lui procurait une sorte de griserie mêlée d'un sentiment de sécurité.

— Oui. J'y pense depuis longtemps. Dès que tu seras prête, j'engagerai la procédure.

Pour l'instant, elle se sentait trop jeune. Qui plus est, se marier moins d'un an après la disparition de ses parents lui semblait déplacé. Il était d'accord.

— Nous en reparlerons l'été prochain, proposa-t-il en l'étreignant et en scellant ses mots d'un baiser. Il me tarde d'y être !

Elle passa Thanksgiving avec Sam et sa famille tandis qu'Ed se rendait dans sa grande propriété du Connecticut avec les siens.

En décembre, *Vogue* publia une belle photo de Marielle et lui dans leur superbe maison de campagne. Il lui expliqua qu'elle avait été prise au début de l'été, avant leur histoire. Il avait accepté cette interview afin de sauver les apparences pour ses enfants. Coco n'avait aucune raison de mettre sa parole en doute. Comme son père, c'était un homme intègre.

Ils allaient beaucoup à La Grenouille, ainsi qu'au petit restaurant italien. Souvent, il se présentait chez elle à minuit. Il ne supportait pas l'idée de passer la nuit sans elle. Sam venait toujours la voir en sortant du bureau mais il ne restait pas toujours dîner et de toute façon, il partait avant 23 heures. Il était loin de se douter de ce qui se passait avec Ed, évidemment. Leur histoire restait secrète et son amant continuait de se rendre le week-end à la campagne, où il travaillait mieux. Pour Noël, il lui offrit un bracelet Love de Cartier serti de diamants et une bague assortie qui ressemblait assez à une alliance. Quand Sam l'interrogea, elle lui dit que c'étaient des bijoux ayant appartenu à sa mère. Ed avait refermé le bracelet autour de son poignet au moyen d'un petit tournevis en or prévu à cet effet. Ainsi, elle ne pouvait pas l'ôter. La bague symbolisait sa promesse d'un avenir meilleur, quand tout le monde serait au courant de leur amour. Ils n'avaient pas encore décidé quand ils officialiseraient leur relation.

Les premières fêtes de fin d'année sans ses parents furent difficiles pour Coco. Heureusement la famille de Sam ne célébrait pas Noël, et il put se rendre très disponible pour qu'elle ne reste pas seule. Quant à Ed, il partit skier en Suisse avec ses enfants. Sur le chemin de l'aéroport, il monta rapidement lui dire au revoir et ils s'embrassèrent furtivement devant l'ascenseur.

Sam était chez elle ce soir-là et quand elle revint, il la dévisagea.

— Il y a quelque chose entre vous ? demanda-t-il tout de go.

Cette révélation l'avait foudroyé lorsqu'il les avait vus ensemble. C'était le regard d'Ed qui l'avait trahi.

— Bien sûr que non ! Qu'est-ce qui te fait dire ça ? protesta-t-elle, mal à l'aise.

— Cette manière qu'il a de te regarder comme si tu lui appartenais.

— Ne sois pas ridicule. C'est juste l'exécuteur testamentaire.

— Fais attention à toi, Coco. Il m'inquiète. Il joue à un petit jeu qui n'est pas très clair. Je le sens à un kilomètre.

Parce que Sam était aussi peu expérimenté qu'elle, Coco décida que son avis sur le sujet importait peu. Et elle était bien déterminée à ne pas vendre la mèche. C'était leur secret, à Ed et elle. C'était la première fois qu'elle mentait à son ami d'enfance et elle s'en voulait un peu.

L'anniversaire de Coco tombait quelques jours avant Noël. Comme elle n'avait aucune envie de le fêter, Sam et elle dînèrent tranquillement chez elle.

Ed l'appela pour son anniversaire, pour Noël et pour le Nouvel An, et lui envoya de nombreux SMS. Après les vacances, il dut passer une semaine à Londres pour le travail, et ils ne se virent donc pas pendant trois semaines. Le jour de leurs retrouvailles, il commença à lui faire l'amour à peine passé le seuil. Ils s'arrêtèrent dans toutes les pièces avant d'arriver enfin au lit.

— Mon Dieu, ce que tu m'as manqué ! C'était insupportable d'être séparé de toi. Je ne repartirai plus sans toi.

Il le fit, pourtant. À Saint-Barth en février, sur un yacht avec des amis ; à Rome pour Pâques, avec ses enfants.

En juin, il glissa en passant qu'il avait loué une grande maison en Toscane pour l'été afin que ses enfants, leurs conjoints et ses petits-enfants puissent aller et venir à leur guise. Pour la première fois, elle l'interrogea.

— Marielle sera aussi du voyage ?

— Avec elle, qui sait ? Elle fait ce qu'elle veut et s'organise de son côté. Cela dit, elle aura sûrement envie de voir les enfants. Il me semble qu'elle fait une croisière en Grèce en juillet. On pourra peut-être partir tous les deux, toi et moi, à ce moment-là.

— Tu as toujours l'intention de divorcer ? s'enquit-elle calmement.

Elle n'était pas retournée à la fac. Depuis neuf mois, elle ne faisait rien d'autre que coucher avec Ed et regarder des films avec Sam.

— Je ne suis pas certain que le moment soit bien choisi. Elle a eu des problèmes de santé, dernièrement. Mais ça reste d'actualité. À l'automne, peut-être…

Quand il voulut lui prendre la main, elle se dégagea.

— Je ne veux pas être désagréable, Ed, mais je n'ai aucune envie d'être ta maîtresse. Je continue à te voir très souvent en Page Six, et tu es apparu dans *W* le mois dernier avec Marielle. Quand tu es allé voir tes amis en Espagne. Tu ne m'avais pas dit qu'elle serait avec toi. J'ai l'impression que tu es plus marié que tu ne veux me le faire croire.

Tout cela lui trottait dans la tête depuis un moment. Et si Sam avait raison ? Garder leur liaison secrète offrait à Ed un arrangement idéal. Personne n'était au courant, et il pouvait la voir à sa guise. Pendant neuf mois, elle avait été son jouet consentant. Cela ferait bientôt un an que ses parents étaient morts. Il lui avait dit vouloir l'épouser à ce moment-là. Mais ne la prenait-il pas pour une idiote quand il lui parlait des problèmes de santé de Marielle ? Et cette location de deux mois en Toscane, où elle serait aussi de la partie ? Elle le fixa sans broncher.

— Tu es la seule que j'aime. Comment peux-tu en douter ?

— Je n'en doute pas. En revanche, je pense que tu es toujours très marié et que tu as peut-être l'intention de le rester. Depuis septembre, tu aurais eu tout le temps d'agir ; tu ne l'as pas fait.

— Je le ferai à l'automne, je te le promets…

— Je ne te crois pas, contra-t-elle courageusement.

Tout, chez lui, était excitant. Y compris l'univers dans lequel il évoluait. Sauf qu'il le partageait avec Marielle, pas avec elle. Ed semblait en effet jouer à un jeu pas très clair, et aux dépens de Coco… Il avait profité de sa position et de la naïveté de sa jeunesse. Elle n'appartenait pas à son monde, certes, mais elle n'était pas idiote.

— Je ne sais pas si tout ça aurait beaucoup plu à mon père, asséna-t-elle, ni si tu te le serais permis de son vivant. Tu étais son associé, il te faisait confiance.

— Je te trouve injuste, répliqua-t-il, soudain boudeur, en se levant pour aller se rhabiller.

— Il me semble que ce n'est pas moi la plus injuste ni la plus malhonnête dans cette histoire. Ce n'est pas moi qui suis mariée et qui compte bien le rester, c'est toi. Si tu m'aimais et si tu étais honnête, tu aurais déjà consulté un avocat.

Cette situation la tracassait depuis un moment, et enfin elle avait trouvé le courage de le lui dire.

— J'en ai vu un, affirma-t-il. Il m'a conseillé d'attendre.

Elle voyait bien qu'il mentait. Enfin, elle comprenait qui il était. Tout cela n'était qu'un jeu pour lui. Qui sait avec combien d'autres femmes il couchait ? Elle repensa à toutes celles avec qui elle l'avait vu dans les tabloïds, et dont il prétendait qu'elles n'étaient là que pour faire illusion. Elle se sentit soudain très bête. Il acheva de se rhabiller et elle ne fit rien pour l'en dissuader. Quand il revint vers elle et esquissa une caresse, elle se déroba.

— Je pense qu'il vaut mieux que nous arrêtions de nous voir jusqu'à ce que tu aies mis de l'ordre dans ta vie. Je t'aime mais je ne suis pas stupide, Ed. Depuis un an, tu m'as à ta disposition. C'est un peu facile.

— Parce que tu avais mieux à faire, peut-être ? rétorqua-t-il d'un ton sarcastique qui lui fit l'effet d'une gifle. Des sorties ciné avec ton petit Sam ? Depuis un an, je t'emmène dans les meilleurs restaurants et je te donne plus de plaisir que tu n'en auras jamais.

Il y avait dans ses yeux une lueur méchante qu'elle n'y avait jamais vue mais qui s'accordait bien avec la grossièreté de ses paroles.

— C'est bon, tu as fini ? Tu as abusé de la confiance de mon père et de la mienne, tu as profité du fait que je suis désormais orpheline. Je me suis fiée à toi. J'ai clairement eu tort.

Soudain, elle se sentait très adulte. Elle tremblait intérieurement mais il ne pouvait pas le voir. Il lui fallait bien du courage pour l'affronter, d'autant plus qu'elle l'aimait.

— Tu n'es plus une enfant, Coco, tu es une femme. Nous sommes adultes l'un et l'autre. Tu as toujours su que j'étais marié. Tu as décidé en toute connaissance de cause de transgresser les règles avec moi. Ne viens pas me le reprocher maintenant.

— Dès le début, tu m'as dit que tu voulais divorcer pour m'épouser.

— Je le ferai peut-être un jour. Quand j'en aurai envie, et pas quand tu l'exigeras. C'est moi qui décide. Pour le moment, la situation me convient telle qu'elle est.

Elle n'en revenait pas de le voir soudain si froid et arrogant, presque cruel.

— Eh bien, pas à moi, répliqua-t-elle d'une voix tremblante.

Maintenant, elle le voyait tel qu'il était. Sam avait eu raison sur toute la ligne. Ed l'avait bien manipulée. Quelle idiote ! Dire qu'elle s'était imaginé qu'il l'aimait, qu'elle avait cru tout ce qu'il lui racontait...

Il se retourna sur le seuil de la chambre avec un masque de mépris.

— Il faut grandir un peu, Coco. Ton innocence est charmante, mais il y a des limites. Si tu veux jouer dans la cour des grands, sache que c'est ainsi que ça se passe. Allez, au revoir.

Il quitta l'appartement, et Coco eut l'impression qu'on avait vidé tout l'air de ses poumons. Ed n'était qu'un sale type incroyablement doué au lit. Elle resta un long moment étendue à songer combien elle avait été ridicule. Et elle ne parvenait même pas à lui en vouloir ! Elle se détestait d'avoir été si bête.

Elle finit par se lever, prendre une douche et s'habiller. Puis elle ôta la bague, ouvrit le bracelet Cartier avec le petit tournevis en or, et les rangea au fond d'un tiroir. Elle ne voulait aucun souvenir de lui. Cela avait duré presque un an et voilà que c'était fini.

Quand Sam passa la voir dans la soirée, il la trouva très calme.

— Qu'est-ce qui t'arrive ? Tu n'as pas l'air dans ton assiette.

Il la connaissait si bien… Elle décida de lui dire la vérité. Elle avoua qu'elle avait eu une liaison avec Ed et lui fit le récit expurgé des neuf derniers mois en omettant certains détails. Elle admit qu'il s'était bien moqué d'elle et lui avait menti, qu'elle n'avait été qu'une distraction pour un homme marié. Sam s'emporta.

— Je t'avais dit que c'était un manipulateur ! Mais quel salaud ! Il a complètement profité de toi et de ta situation. Ce porc a abusé du rôle que ton père lui avait confié !

Elle sourit devant sa réaction véhémente.

— J'ai été idiote, fit-elle valoir.

Elle avait terriblement honte d'être tombée dans le panneau de « l'arrangement » avec sa femme, et d'avoir entretenu une liaison avec un homme marié en croyant qu'il allait l'épouser.

— Tu es jeune, Coco, c'est tout. Il a trente ans de plus que toi, il connaît la musique.

— Il était tellement séduisant…, fit-elle, mortifiée.

— Les plus séduisants sont souvent les plus dangereux. L'important, c'est que tu aies fini par t'en rendre compte. Et je t'aime toujours, conclut-il en lui passant un bras autour des épaules.

— Tu ne m'en veux pas de t'avoir menti ?

— J'imagine qu'il fallait que tu en passes par là. La prochaine fois, tu ne tomberas pas dans le piège.

Ils allèrent chercher du pop-corn dans la cuisine et s'installèrent pour regarder un film. Quelle chance elle avait d'avoir Sam à ses côtés… Quant à Ed, il était bien tel que son ami l'avait décrit. Il vivait à cent à l'heure et l'avait écrasée comme un bus lancé à pleine vitesse. Étonnamment, son cœur n'était pas brisé. Mais son amour-propre en avait pris un coup.

3

L'anniversaire de la mort de ses parents fut une journée difficile pour Coco. Sam et elle se rendirent dans les Hamptons, où elle les sentait plus proches que partout ailleurs. Ils y avaient vécu tant de jours heureux... Elle se rappelait avec une netteté particulière les moments qu'ils avaient partagés cette année, surtout la dernière fois qu'elle les avait vus. Sam et elle marchèrent longuement sur la plage et elle pleura beaucoup. Ils lui manquaient toujours terriblement.

Elle n'avait eu aucune nouvelle d'Ed depuis un mois. Si ses parents n'étaient pas morts, elle n'aurait jamais couché avec lui, elle le savait. Son père l'aurait tenu à distance. Et Sam avait eu beau la mettre en garde, elle ne l'avait pas écouté. Même si son patrimoine était en ordre, elle préférait tout de même changer d'exécuteur testamentaire pour ne plus avoir affaire à lui. Il ne s'opposerait sans doute pas à sa décision de crainte qu'elle révèle la façon dont il avait profité d'elle. Devant un juge, cela ne ferait pas très bon effet.

Cette histoire lui avait au moins appris une bonne leçon : jamais de relation avec un homme marié, quelque « arrangement » qu'il prétende avoir avec son épouse. Et mieux valait éviter les hommes trop séduisants. Sam avait raison. Si elle retombait amoureuse, il fallait que ce soit de quelqu'un de plus accessible.

— Si je me marie un jour, tu me conduiras à l'autel ? lui demanda-t-elle soudain à travers ses larmes tandis qu'ils marchaient sur la plage.

— Bien sûr, sans hésiter, promit Sam en souriant. Mais fais le bon choix. De toute façon, nous sommes trop jeunes pour nous marier. C'est une grosse responsabilité. Moi, en tout cas, je ne suis pas prêt. Et tu as un an de moins que moi. Nous sommes encore des bébés.

Il avait récemment rencontré une fille qui lui plaisait. Étonnamment, elle était juive, contrairement à celles qui l'attiraient d'habitude. Elle s'appelait Tamar Weiss. Leurs parents se connaissaient mais il avait évité de mettre sa mère dans la confidence de peur qu'elle ne le harcèle pour qu'il l'épouse aussitôt. Elle tenait à ce que tous ses enfants se marient tôt et lui donnent beaucoup de petits-enfants. Pour l'instant, par chance, elle était obnubilée par Sabra, la sœur de Sam, qui voulait se fiancer avec son petit ami catholique et même se convertir. Zippora Stein en faisait une maladie. Ainsi, Sam pouvait sortir tranquillement avec Tamar sans que personne fasse attention à lui. Elle était sympa, avait-il dit à Coco. Elle travaillait dans une banque et était issue d'une famille nombreuse orthodoxe. Elle manquait peut-être un peu de piquant mais elle lui faisait l'effet d'une femme solide, raisonnable et intelligente. Il se sentait bien avec elle. Même si, avait-il avoué quand Coco lui avait posé la question, il n'était pas amoureux d'elle.

— Solide et raisonnable ? Tu me fais peur, tu sais. Je ne te demande pas de craquer pour une strip-teaseuse, mais tu dois pouvoir trouver un peu plus sexy que « solide » et « raisonnable », quand même. On dirait que tu parles d'un chien guide…

— Trop sexy, c'est dangereux. Tu l'as bien vu avec Ed.

— D'accord. Mais avec du solide, tu vas très vite t'ennuyer à mourir.

— Pas forcément. Mes parents, qui n'ont rien de bien excitant, sont ensemble depuis vingt-cinq ans. C'est du solide.

— Si, si. Ta mère a quelque chose d'un peu excitant, corrigea Coco. Elle ne manque pas de personnalité.

— C'est juste qu'elle crie beaucoup. Mon père n'y prête même plus attention, d'ailleurs. J'espère que ma sœur aura le courage de les défier. Franchement, j'aime bien Liam. Ma mère va faire une attaque si elle se marie avec lui, mais Sabra est plutôt têtue. Au fait, Coco, il faut vraiment que tu retournes à la fac, à la rentrée. Ton père y tenait tant… Il serait contrarié que tu interrompes aussi longtemps tes études.

Elle hocha la tête. Elle l'envisageait, mais n'était pas certaine d'en avoir réellement envie. Ni besoin, d'ailleurs, même si son père aurait voulu la voir diplômée. En vérité, elle trouvait l'idée de reprendre sa scolarité très ennuyeuse. En revanche, elle téléphona à son ancien patron au *Time* pour lui demander s'il y avait des possibilités de stage. Cela pourrait au moins l'occuper jusqu'à la fin de l'été… Elle en avait assez de tourner en rond dans son appartement, surtout maintenant qu'elle ne verrait plus Ed. Elle lui avait consacré tellement de temps après son deuil qu'elle en avait laissé tomber le reste. Elle ne voyait même plus ses amis. À l'exception de Sam qui, fidèle au poste, était passé la voir presque tous les soirs pendant un an.

— Nous avons justement un poste de stagiaire à pourvoir ! lui répondit John Campbell. Je ne sais pas si cela vous intéresse, c'est à Londres. Nous pouvons nous occuper du visa. En revanche, comme nous ne prenons pas le salaire en charge, personne n'a postulé. Est-ce que ça vous conviendrait quand même ?

Il en savait suffisamment sur elle et sur sa famille pour deviner que l'argent ne serait pas un obstacle.

— Ils veulent un Américain ou une Américaine, précisa-t-il. Est-ce compatible avec vos projets scolaires ?

— Je n'ai aucun projet scolaire pour le moment. J'y réfléchis, justement. Ce stage pourrait être exactement ce qu'il me faut.

Sa vie à New York lui semblait bien morne. Depuis un an, elle s'était résumée à faire douloureusement le deuil de ses parents, et à coucher en cachette avec Ed. Elle ne voyait plus personne en dehors de Sam.

— Ce serait pour combien de temps ? demanda-t-elle.

— Aussi longtemps que vous voudrez.

— Et cela commencerait quand ?

— Dès que possible.

— En quoi le poste consiste-t-il ?

— C'est à peu près le même que celui que vous occupiez ici. Il s'agit d'être le couteau suisse qui vient en renfort là où c'est nécessaire.

— Ça m'a l'air parfait, déclara-t-elle, tout excitée.

— En revanche, je ne vous cacherai pas que le salaire est très bas. C'est la raison pour laquelle nous n'avons trouvé personne. Réfléchissez-y et rappelez-moi, voulez-vous ?

Financièrement, elle pouvait se le permettre. Elle n'avait pas besoin d'argent. Il fallait seulement qu'elle retrouve un but à sa vie.

— Je vous téléphone demain.

La nuit portait conseil, mais sa décision était déjà prise. Elle sentait que c'était ce qu'il lui fallait. Vivre à Londres la changerait de sa cohabitation avec les fantômes de son appartement.

Elle en parla le soir même à Sam, qui convint à contrecœur que c'était une bonne opportunité. Il aurait préféré la voir retourner en cours mais, à défaut, il savait que s'éloigner de New York lui ferait le plus grand bien. Surtout si Ed revenait à la charge. Elle avait repris des forces depuis le drame. Il la sentait de nouveau capable de travailler, en attendant de reprendre ses études un jour.

— Promets-moi seulement que tu retourneras à la fac. Il ne te reste que deux semestres à faire. Ce serait idiot de ne pas aller au bout ! plaida-t-il en endossant son rôle de grand frère.

— Oui, c'est prévu. Un jour.

Elle ne souhaitait pas s'engager davantage.

Le lendemain, elle rappela John Campbell pour lui annoncer qu'elle était très intéressée par le stage à Londres. Il s'en réjouit.

— Il faut juste compter le temps de vous obtenir un visa. Vous pourriez prévoir de commencer mi-août.

Cela lui laissait un mois pour s'organiser et faire ses bagages. Il fallait aussi qu'elle trouve un logement... Il lui tardait d'y être ! Elle appela aussitôt Sam à son bureau pour lui annoncer qu'elle partait dans un mois.

La semaine suivante, elle eut la surprise de recevoir un coup de fil d'Ed. Elle aurait voulu ne pas décrocher mais elle ne pouvait pas se le permettre. Il pouvait s'agir de questions liées à son patrimoine. Plus d'un mois s'était écoulé depuis la scène désagréable qui avait marqué la fin de leur relation.

— Comment vas-tu, Coco ? demanda-t-il d'une voix chaleureuse, comme si de rien n'était.

— Très bien, merci, répondit-elle froidement. Qu'y a-t-il ?

Autant aller droit au but. Elle n'avait pas envie de bavarder avec lui ni de jouer au chat et à la souris.

— Rien de particulier. J'avais envie de prendre de tes nouvelles, c'est tout. La situation nous a un peu échappé, la dernière fois. Je le regrette.

À l'entendre, on aurait pu croire que Coco était ivre ou de mauvaise humeur, ce jour-là.

— Pas de problème. Il fallait que nous mettions les choses au clair.

Elle n'ajouta pas qu'elle se sentait toujours bien bête d'être tombée dans le panneau, et qu'elle le considérait désormais comme un salaud. Heureusement que personne, à part Sam, n'était au courant de ce qui s'était passé entre eux.

— J'espère que tu vas mieux. Je me disais qu'on pourrait se voir. Ça me ferait plaisir. Marielle est en Grèce et je pars en Italie dans deux semaines.

Quel toupet il avait ! Voilà qu'il lui proposait tout simplement de reprendre là où ils en étaient restés, alors que rien n'avait changé – si ce n'est que, sa femme étant partie en vacances, il avait du temps.

— Désolée, je ne peux pas. Moi aussi, je pars. À Londres.

— On pourrait dîner ensemble ce soir ? suggéra-t-il d'un ton empreint de désespoir.

Il n'aimait pas qu'on lui résiste. Mais elle n'aimait ni les menteurs ni les tricheurs.

— Désolée, Ed, je ne peux pas. Tu es toujours marié, ne put-elle s'empêcher d'ajouter.

De toute façon, même s'il divorçait, elle ne souhaitait plus entendre parler de lui. Il s'était servi d'elle pour mettre un peu de piment dans sa vie, à un moment où elle était vulnérable. Ce n'était pas un homme bien. Sam avait eu raison sur toute la ligne.

— Alors peut-être à ton retour ?

— Je ne crois pas. À mon retour, nous parlerons plutôt de te trouver un successeur. Il me semble que ça s'impose. Je ne souhaite pas que tu restes mon exécuteur testamentaire.

— Si tu y tiens.

Elle sentit que cela le contrariait mais devina qu'il n'allait pas discuter. C'était la bonne décision. Et dans le fond, lui aussi devait le savoir. Elle raccrocha et ils en restèrent là.

Elle passa le mois suivant à faire ses bagages et à fermer la maison de Southampton. Quant à l'appartement de New York, ne sachant pas quand elle rentrerait, elle le laissa tel quel. Tout dépendait de la façon dont les choses se dérouleraient à Londres. John Campbell lui offrait un nouveau départ. Après cette année de deuil, elle en avait grand besoin. Et il fallait qu'elle laisse Sam vivre sa vie. Même s'il ne s'en était jamais plaint et qu'ils avaient plaisir à se voir aussi fréquemment, il ne pouvait pas jouer les baby-sitters indéfiniment.

Le jour de son départ, il la conduisit à l'aéroport et ils s'étreignirent longuement avant qu'elle passe le contrôle de sécurité.

— Prends soin de toi, lui enjoignit-il. Ne fais pas de folies et méfie-toi des mecs trop sexy !

— Toi aussi. Méfie-toi des rabat-joie.

Ils se sourirent avec toute l'affection qu'ils éprouvaient l'un pour l'autre depuis tant d'années et Coco disparut dans la foule après un dernier au revoir. Sam se sentit aussitôt gagné par la tristesse. Elle faisait partie de sa vie… Pourvu que tout se passe bien pour elle, à Londres. Pourvu qu'elle n'oublie pas la leçon qu'elle avait douloureusement reçue avec Ed. Restait à espérer qu'elle rencontre quelqu'un de bien, maintenant. De son côté, il allait voir où son histoire avec Tamar le mènerait. Elle n'était pas aussi ennuyeuse que le prétendait Coco, il en était convaincu.

4

Coco avait quelques jours avant le début de son stage pour trouver un logement et prendre ses marques. Son héritage lui permettait de choisir un appartement agréable et sûr, dans un bon quartier. Elle tenait à se trouver un chez-soi qui lui plaise vraiment. Ce n'était pas aussi facile pour tout le monde, elle en avait conscience. C'était même la raison pour laquelle personne n'avait saisi cette offre de stage, car Londres était une ville chère. Avec l'aide d'un agent immobilier, elle dénicha une adorable petite maison aménagée dans une ancienne écurie. Elle était charmante sans être tape-à-l'œil, très joliment meublée, et disponible aussitôt. Elle devinait qu'elle y serait très bien.

Elle était déjà bien installée dans sa maisonnette quand elle commença au *Time*. Sa responsable, Leslie Thomas, devait approcher la quarantaine. Pour ses débuts, elle lui confia une pile de dossiers à classer et toute une liste de coups de téléphone à passer. Cela démarrait sur les chapeaux de roues. Tout le monde était aimable et poli, venait vers elle pour se présenter, et Coco passa une excellente journée. À la fin de la semaine, elle avait déjà ses repères. La description de John Campbell était exacte : Coco était le couteau suisse du bureau. Il lui arrivait aussi bien de changer une ampoule que de réserver une table au restaurant pour un de ses supérieurs. Leslie lui confia rapidement de petites légendes à corriger pour jauger sa créativité et sa plume. Ravie de ce stage et de la chance qu'elle avait d'être à Londres, Coco se montrait très motivée. À 22 ans, c'était son premier poste, elle ne s'en cachait pas. Mais elle était travailleuse, sincère et avide d'apprendre tout ce qu'elle pouvait. Elle ne faisait pas semblant de savoir ce qu'elle ignorait, ce que Leslie appréciait beaucoup.

— Au fait, où habites-tu ? lui demanda-t-elle un jour.

Coco avait déjà compris que l'accent de Leslie indiquait son appartenance à la bonne société britannique. D'ailleurs, quelqu'un lui avait glissé que son père siégeait à la Chambre des lords. Cela ne signifiait pas pour autant qu'elle était riche. Elle habitait l'est de Londres, une zone agréable mais pas spécialement huppée. Divorcée et sans enfants, avait-elle appris en quelques conversations, la séduisante Leslie, 38 ans, était actuellement célibataire.

— J'ai trouvé quelque chose à Chelsea, lui répondit Coco sans préciser qu'il s'agissait d'une maison, aussi petite soit-elle.

Cela suffisait à faire comprendre qu'elle était à l'aise sur le plan financier.

— J'organise une petite fête samedi soir, si ça te dit de venir. Beaucoup de gens partent en week-end mais, avec ce temps de chien, j'espère qu'il y aura quand même assez de monde.

Depuis l'arrivée de Coco, il n'avait pas cessé de pleuvoir. Mais cela lui était bien égal. Elle avait tant à découvrir, entre son poste et ses nouveaux collègues, que la météo était le cadet de ses soucis. Cependant, après la chaleur étouffante de New York et le temps de rêve dans les Hamptons, quand elle était allée avec Sam fermer la maison, elle se croyait déjà en hiver. Le manteau était même de rigueur tous les jours.

Elle remercia Leslie pour son invitation et nota l'adresse.

— C'est décontracté, précisa cette dernière. Un jean et un joli haut, ce sera parfait.

Comme chez elle, quand elle sortait avec ses amis. À l'époque où elle dînait au restaurant avec Ed, en revanche, elle mettait une robe un peu plus habillée et des talons. Il était plus âgé, n'évoluait pas dans les mêmes cercles, et Marielle avait la réputation d'être l'une des femmes les plus élégantes de New York. Elle n'avait de toute façon jamais envisagé de rivaliser avec elle sur ce plan, même si Ed affirmait préférer sa jeunesse et sa beauté.

Coco se sentit très vite à l'aise dans sa nouvelle vie. Elle avait souvent des conversations par FaceTime avec Sam, à qui elle avait fait faire une visite virtuelle de sa maison de poupée, comme elle l'appelait. Ses petites pièces confortables équipées chacune d'une cheminée et son côté ancien, chargé d'histoire, l'avaient conquis lui aussi. Elle lui avait annoncé qu'elle était invitée à une soirée le samedi et il s'en réjouissait pour elle. De son côté, il devait sortir avec

Tamar Weiss. Ils s'étaient vus quelques fois depuis le départ de Coco.

Le jour de la soirée, il tombait des cordes. Coco choisit un jean et un pull noirs et des escarpins à talons, et laissa libres ses longs cheveux bruns. Enveloppée dans son grand imperméable, elle courut entre les gouttes pour attraper un taxi dans la rue la plus proche.

Quand elle arriva, il y avait déjà une quarantaine de trentenaires beaux et élégants. Elle devait être la plus jeune du groupe. Tous lui réservèrent le meilleur accueil quand Leslie la présenta en précisant qu'elle arrivait de New York. Lorsqu'on lui demanda où elle avait travaillé avant, elle expliqua qu'elle était toujours officiellement étudiante à Columbia et qu'elle avait obtenu ce stage via le bureau new-yorkais du *Time*.

— Soit ils ne savaient plus quoi faire pour se débarrasser de toi, soit ils t'ont envoyée chez nous parce qu'ils te trouvaient géniale, en déduisit Nigel Halsey-Smythe en riant.

Ce beau blond, âgé d'une petite trentaine d'années, semblait très intrigué par Coco.

— Je suis un fils cadet, ne tarda-t-il pas à expliquer en lui apportant un verre de vin. En Angleterre, cela signifie que j'ai un nom à rallonge et pas d'argent. C'est mon frère aîné qui a hérité de tout : le château familial dans le Sussex, l'ensemble des terres et le titre. Moi, *nada*. Alors, pour gagner ma croûte, je vends des pages de pub dans le *Time* à l'étage au-dessus de la rédaction. Comme je suis rémunéré essentiellement à la commission, si on sort dîner, il faudra que tu m'invites. Sauf que tu dois gagner encore moins que moi... Mais peu importe, on ira à des vernissages dans des galeries d'art ! Le champagne et les petits-fours sont gratuits.

Il était drôle, et d'une franchise aussi déconcertante que touchante. Au fil de la conversation, elle apprit qu'il était allé à Eton, le meilleur pensionnat pour garçons d'Angleterre, puis à Cambridge, l'une des universités les plus prestigieuses. Il avait 33 ans et n'avait jamais été marié, contrairement à son frère aîné qui l'avait été à deux reprises.

— Les fils cadets ne sont pas très demandés, expliqua-t-il avec une tristesse feinte qui déclencha l'hilarité de Coco.

Au fil de la soirée, il la présenta à une dizaine de personnes. Il y avait un très généreux buffet de cuisine indienne et le traiteur servait un excellent champagne français, nota la jeune femme. L'assemblée, de plus en plus nombreuse, se composait d'un intéressant mélange d'aristocrates, de gens d'origine plus modeste – essentiellement des collaborateurs du journal – et d'étrangers. Il y avait notamment un groupe d'Italiens et deux Françaises qui travaillaient pour le *Vogue* britannique et avaient des allures de mannequins. Les jeunes femmes étaient d'ailleurs entourées en permanence d'une grappe d'hommes. À côté d'elles, Coco se sentait complètement plouc. Après s'être assuré qu'elle avait rencontré tout le monde, Nigel l'entraîna dans un coin plus tranquille où quelques autres étaient déjà assis pour bavarder.

— Tu es là pour combien de temps ? lui demanda-t-il.

Il se consacrait à Coco depuis le début de la soirée, et il avait même fait la queue au buffet avec elle. Il semblait captivé. Tandis qu'ils parlaient, leur assiette en équilibre sur les genoux, la jeune femme ne perdait pas une miette du spectacle. Vêtue d'une robe courte Alaïa en maille noire qui mettait en valeur sa jolie silhouette et ses cheveux aussi sombres que ceux de Coco, la belle Leslie accueillait les derniers invités tandis qu'un serveur les débarrassait de leurs imperméables et parapluies ruisselants. Tout était si anglais que la jeune Américaine aurait voulu pouvoir faire un FaceTime avec Sam pour lui montrer la scène. L'atmosphère était si différente de celle de leur milieu étudiant new-yorkais... Ici, c'était beaucoup plus sophistiqué et international. Heureusement que Nigel était à ses côtés. Il connaissait tout le monde et lui glissait des informations à l'oreille : untel était fils ou fille de lord, untel avait un titre, un job fabuleux ou une maison de campagne extraordinaire où se déroulaient des fêtes auxquelles les gens auraient tué pour être conviés.

— Magnifique manoir, festins à tomber par terre, pas de chauffage central et pas d'argent, comme la plupart d'entre nous, commenta-t-il pour décrire un couple. Le toit va finir par leur tomber sur la tête. Une vraie passoire, dit-il au sujet d'un autre dont il appréciait particulièrement les réceptions.

Il semblait attacher beaucoup d'importance au sang bleu, sans pour autant se comporter comme un snob.

Ce qui l'intéressait, c'était d'en savoir le plus possible sur les uns et les autres. Il ne manqua pas d'interroger Coco.

— Tu montes à cheval ?

Elle hocha la tête, un peu impressionnée par cet environnement mais étonnamment à l'aise avec son guide. Elle appréciait sa liberté de ton et sa simplicité – sans compter son charme aristocratique, qui l'avait frappée aussitôt. Elle avait vu la façon dont il l'avait regardée avant de l'aborder. Elle était flattée de son attention et il la faisait beaucoup rire.

— Que fait ton père ? Banquier ? Avocat ? Génie de Wall Street ? Artiste célèbre ou simple mortel ?

Sous ses airs espiègles, il cherchait à apprendre tous les détails nécessaires pour la situer. La bande de Leslie était très éclectique : dans son salon, on pouvait rencontrer aussi bien le fils d'un duc qu'un photographe au fort accent cockney. C'était fascinant. Bien que fils cadet, comme il le répétait beaucoup, Nigel appartenait indéniablement au gratin anglais. S'il n'avait ni titre ni fortune personnelle, il ne manquait pas de classe.

— Mes parents sont morts il y a un an, répondit-elle d'un ton égal.

Nigel marqua un silence et la regarda d'un air effaré.

— Je suis vraiment désolé. Ç'a dû être terrible pour toi… Tous les deux en même temps ? Dans un accident ? avança-t-il comme elle hochait la tête. Quel coup du sort… Tu as des frères et sœurs ?

— Non, dit-elle le plus posément qu'elle put. Cannes, juillet de l'année dernière.

Il comprit aussitôt à quoi elle faisait allusion et posa un instant sa main sur la sienne. La gentillesse de ce geste, de la part d'un inconnu, lui fit monter les larmes aux yeux.

— Nous allions tous les ans dans le midi de la France, ajouta-t-elle d'une voix étranglée. L'année dernière, je ne les ai pas accompagnés parce que j'étais en stage au *Time*. C'est pour ça que je ne suis pas retournée en cours. J'envisageais de reprendre en septembre mais ce sera plutôt janvier, finalement. Ce changement de décor me fait un bien fou. J'ai eu une année difficile.

Il hocha la tête et lui sourit.

— Merci de m'avoir raconté ça. Il n'y a plus qu'à s'employer à te convaincre de rester, alors. C'est tellement rasoir, la fac. On s'amuse beaucoup plus ici ! Tu chasses à courre ?

— Je n'ai jamais essayé.

— C'est un passage obligé, quand on aime monter à cheval ! On pourra organiser quelque chose quand la saison reprendra. J'ai beaucoup d'amis qui chassent. Mon frère est même maître d'équipage. Mais comme on ne s'adresse plus la parole, on ne pourra pas aller dans le Sussex. Je fais de mon mieux pour l'éviter. Enfants, déjà, nous nous détestions. J'allais m'en remettre quand il a hérité de tout. Et je ne supporte pas sa femme, avec ses petits yeux de cochon cupides, conclut-il non sans amertume.

Sur ces entrefaites, Leslie vint lui enlever Coco.

— Ne laisse pas Nigel te monopoliser ! lui enjoignit-elle, il est intarissable. Cela dit, malgré son complexe de fils cadet, c'est un type adorable. Et il connaît tout le monde, à Londres.

Coco l'avait trouvé charmant et s'était régalée à entendre les petits secrets de son milieu. Il était tellement anglais…

Leslie la présenta aux deux Françaises de *Vogue*. Très chic, à la pointe de la mode, parlant un anglais parfait, elles réservèrent le meilleur accueil à Coco malgré la nuée d'admirateurs qui les entourait. La plupart d'entre eux portaient, comme Nigel, un jean, une veste en tweed et des chaussures de daim marron – un look qui lui plaisait bien. Elle trouvait les hommes présents plus séduisants et raffinés que leurs homologues new-yorkais. Il faut dire que là-bas, elle fréquentait surtout des étudiants et de jeunes adultes. Ed, bien sûr, était lui presque toujours en costume, sauf le week-end. Mais ici, elle n'en avait pas vu un seul. La palme de l'élégance revenait évidemment aux Italiens.

Tout au long de la soirée, Leslie la présenta au plus de monde possible jusqu'à ce que, les invités continuant d'affluer, il devienne difficile de circuler.

Avant de partir, Nigel vint lui dire au revoir et lui demanda son numéro. Il promit de lui envoyer un message pour l'emmener à une fête ou peut-être sortir dîner. Elle le lui donna avec plaisir et resta encore une petite heure, durant laquelle l'un des Italiens flirta avec elle par le regard sans jamais venir lui parler. En revanche, elle bavarda avec un groupe de femmes très intéressantes qui travaillaient chez Condé Nast, ainsi qu'avec un commissaire-priseur de chez Christie's. Un bon nombre des invités travaillaient dans la mode. Les hommes de ce milieu étaient pieds nus dans leurs mocassins, nota-t-elle. On parlait aussi beaucoup politique. Leslie connaissait une foule de gens passionnants et Coco ne passa pas une minute seule. Lorsqu'elle partit, la soirée battait encore son plein mais, après quelques verres de vin et une flûte de champagne, elle se sentait fatiguée. Du reste l'assemblée, scindée en petits groupes, semblait gagnée par l'ivresse, et certains fumaient des joints. Elle s'éclipsa discrètement non sans avoir chaleureusement remercié son hôtesse. Elle la trouvait bien sympathique, et avait passé un excellent moment.

Elle s'endormit à peine couchée et appela Sam dès le lendemain pour tout lui raconter. De son côté, il avait vu Tamar. Ils étaient allés au cinéma puis dîner dans un restaurant casher du Lower East Side. Cela ferait tellement plaisir à la mère de Sam s'il lui parlait d'elle – ce qu'il n'avait pas l'intention de faire avant le plus longtemps possible.

— Si tu te mets avec elle, finis les sandwichs au bacon et le homard ! le taquina Coco.

— Ma mère aurait une attaque si elle savait ce que je mange avec toi, répliqua-t-il en riant. Dis donc, tu es tombée dans un milieu sacrément huppé, remarqua-t-il, à la fois impressionné et inquiet. Fais attention à toi, quand même.

Si un séducteur mal intentionné se cachait dans ces cercles nouveaux dont elle ne maîtrisait pas les codes, saurait-elle le voir ? N'était-elle pas déjà tombée sous le charme de l'un d'entre eux ? Par chance, personne n'était au courant de sa fortune. Il y avait donc peu de risque qu'elle soit la proie des coureurs de dot. Aux yeux du monde, elle n'était qu'une très jolie fille comme toutes les jeunes femmes de son âge. À moins de savoir qui avait été son père, il était impossible de se douter qu'elle était à la tête d'une véritable fortune. Il se réjouissait qu'elle sorte et s'amuse de nouveau, rencontre des gens et mène une vie active. C'était tout le but de ce séjour. Après une année de deuil très douloureuse, il était temps qu'elle reprenne goût à la vie. Et elle semblait partie pour bien s'amuser dans cet univers qu'elle découvrait. Parfois, Sam enviait un peu toutes les possibilités qui s'offraient à elle. Par comparaison, sa propre existence lui paraissait bien terne.

— Il faut que tu viennes me voir ! lui dit-elle.

Au bout de seulement dix jours, il lui manquait déjà. Il était si intimement mêlé à sa vie, surtout maintenant qu'il représentait sa seule famille, qu'elle se sentait comme amputée d'une partie d'elle-même. Ed, en revanche, ne lui manquait jamais. Du reste, elle lui en voulait toujours, autant qu'elle s'en voulait d'être tombée dans ses filets. Elle se rendait compte à quel point il avait profité de sa jeunesse et de son innocence. Pire, il n'aurait pas hésité à recommencer si elle lui en avait laissé la possibilité.

— Fais attention à toi, répéta Sam en promettant de lui rendre visite dès que son père lui accorderait quelques jours de congé, et qu'il aurait de quoi se payer un billet pas trop cher…

Nigel tint parole et appela Coco dès le lundi matin. Il était enchanté d'avoir fait sa connaissance et espérait la revoir au plus vite. Ce coup de fil lui fit entamer la semaine le sourire aux lèvres. Le lendemain, il descendit à la rédaction juste avant l'heure du déjeuner pour l'inviter à se joindre à lui. Comme elle n'avait rien de prévu, ils se rendirent dans un pub du quartier où il la fit beaucoup rire en la régalant d'anecdotes de parties de campagne. Ce mélange de candeur et de drôlerie contribuait à faire de lui un homme très séduisant. Il avait un côté gamin touchant. Et il s'était montré très délicat quand elle lui avait parlé du décès de ses parents. Lui aussi avait perdu les siens de bonne heure, mais ils étaient plus âgés que ceux de Coco – son frère aîné, issu du premier mariage de son père, avait quatorze ans de plus que lui.

De retour au bureau, il fila à son service, à l'étage au-dessus du sien, tandis qu'elle se remettait au travail de classement que lui avait confié Leslie.

Le jeudi, il lui envoya un SMS. S'excusant de s'y prendre à la dernière minute, il l'invitait à une soirée le lendemain. « Un truc cool genre *fish and chips* dans le grenier d'un copain artiste », précisait-il. Elle accepta avec plaisir. Lorsqu'il passa la prendre chez elle à 19 h 30, il ne cacha pas son admiration.

— Mais c'est charmant chez toi, Coco ! Tu dois payer une petite fortune ! Ces maisons anciennes des *mews* sont inabordables, maintenant.

Qui plus est, elle était fort bien décorée et équipée, jusqu'au très beau linge de maison fourni. Elle s'y plaisait énormément.

— Ça va, c'est raisonnable. Et puis j'avoue que je l'adore, ma petite maison de poupée. La propriétaire est partie deux ans à Hong Kong. J'ai eu beaucoup de chance de tomber dessus.

Ils burent un verre chez elle avant de partir pour la soirée, dans un quartier plutôt miteux. Ils montèrent quatre étages jusqu'à un petit atelier qui sentait fort la marijuana, et dans lequel une bonne centaine de personnes étaient entassées. Les invités étaient encore plus éclectiques que chez Leslie. C'était résolument arty, et le jean et le joli pull bleu de Coco faisaient trop habillé. Vêtu d'un jean et d'une veste de tweed, Nigel semblait parfaitement à l'aise, comme partout.

L'artiste était indien et sa petite amie, chinoise, avait posé nue pour pas mal des toiles exposées. Elle avait un corps magnifique et un ravissant visage. Comme l'avait deviné Nigel, il y avait des *fish and chips*. Au bout d'une heure, il proposa à Coco de s'éclipser pour aller dîner ailleurs. Il l'emmena alors dans un bon restaurant français où, contrairement à ce qu'il lui avait dit sur le piètre état de ses finances, il commanda une bonne bouteille et l'invita. Elle le soupçonnait d'avoir exagéré un peu sa pauvreté. Outre ses manières aristocratiques, il semblait connaître tout le Gotha et avait séjourné presque aussi souvent qu'elle à l'hôtel du Cap, dans le sud de la France. Elle s'étonnait presque de ne l'y avoir jamais croisé, mais il faut dire qu'ils passaient leur temps dans leur bungalow et se mêlaient peu aux autres clients.

— Je ne suis pas sûre d'avoir le courage d'y retourner un jour sans mes parents, fit-elle tristement. Cela faisait tellement partie du rituel de nos vacances... Je crois que ce serait trop bizarre et trop douloureux.

Il hocha la tête et lui effleura la main.

— Tu as vécu une année difficile. Tu es bien courageuse d'avoir tenu le choc.

— Je n'ai pas eu le choix. Il faut bien faire face. Mais j'avoue que ç'a été très dur.

Elle lui parla de Sam, de leur amitié, du soutien qu'il lui avait apporté. En revanche, elle n'évoqua pas Ed. À quoi bon ? Ce n'était plus qu'un mauvais souvenir. Elle n'avait pas envie de lui révéler qu'elle avait été assez bête pour croire au scénario éculé de l'homme marié qui a un arrangement avec sa femme, va divorcer sous peu et n'a jamais éprouvé la même passion pour une autre. C'était tellement cliché, tellement banal, se rendait-elle compte aujourd'hui. Au moins, Nigel était célibataire et n'avait que 33 ans. Elle ignorait encore s'ils allaient être amis ou davantage, mais elle se plaisait énormément en sa compagnie. Drôle, charmant, il avait un côté juvénile qui gommait les années qui les séparaient. Et cela faisait du bien de parler avec un homme qui ne craignait pas d'évoquer ses craintes ou ses sentiments. Avec lui, pas d'intentions cachées, il disait ce qu'il pensait.

— Qu'est-ce que tu voudrais être, quand tu seras grand ? lui demanda-t-elle en dînant.

— Riche et heureux. Parce que riche et malheureux, c'est du gâchis.

Sa réponse la fit rire. Elle ne lui demanda pas comment il comptait s'y prendre pour devenir riche. S'il n'avait pas hérité du domaine familial, il était très bien habillé et habitait un beau quartier. Ce n'était déjà pas si mal. Elle insista, plus directe :

— Mais qu'est-ce que tu veux faire ?

— M'amuser. Comme tu es bien placée pour le savoir, la vie peut s'arrêter du jour au lendemain. Il faut vivre à fond et profiter de chaque instant. Je ne supporte pas les gens qui passent leur temps à pleurnicher.

Lui mettait de l'enthousiasme en tout, voyait le bon côté des choses et s'amusait d'un rien. Il ne se plaignait jamais, ce qui était bien agréable. Si ce n'est de son frère, avec lequel il s'entendait visiblement très mal. Il semblait en revanche avoir une foule d'amis. Pas étonnant qu'il soit invité partout, il était d'excellente compagnie.

— Et toi ? s'enquit-il.

— Je ne sais pas. Il faudra que je me décide à finir mes études, j'imagine, même si je ne suis plus très motivée. Je suis très tentée par la presse magazine. Et j'ai déjà un pied dedans, même si je ne suis qu'une petite stagiaire.

— Et le mariage ? Les enfants ?

— Rien ne presse ! Mes parents se sont mariés juste après la fac. Dans la chapelle Elvis, à Las Vegas, précisa-t-elle malicieusement.

Il éclata de rire.

— J'ai toujours rêvé de connaître quelqu'un qui avait fait ça. J'adore !

— Ils se sont enfuis. Ma mère était de bonne famille, elle a même été débutante. Ses parents estimaient que mon père, qui avait grandi dans la pauvreté, ne serait jamais qu'un bon à rien. Ils étaient contre cette union. Ils se sont quand même mariés et leur ont prouvé qu'ils se trompaient en menant une vie très heureuse. Moi, je n'ai jamais souhaité m'engager aussi tôt et je suis bien trop jeune pour penser à avoir des enfants. Ils m'ont eue à 25 ans. Je ne me vois pas mère d'ici trois ans ! Cela me ferait bien trop peur. Je ne suis pas prête à endosser de telles responsabilités.

Des responsabilités, elle en avait pourtant. À commencer par celles liées à la gestion d'un important patrimoine, même si elle était bien conseillée. Elle resta très discrète sur sa situation financière.

— Il y a des femmes si pressées de se faire passer la bague au doigt que c'en est déstabilisant, remarqua Nigel. Pour ma part, je ne sais pas quand je me marierai et cela m'est égal, du moment que c'est avec la bonne personne. Et j'aimerais bien avoir des enfants, mais je n'ai pas encore rencontré leur mère potentielle. Je n'ai pas besoin d'un héritier pour le titre et le domaine que je ne possèderai jamais. Rien ne presse.

Il était complètement libre, ouvert à toutes les possibilités que lui offrirait la vie. Il admettait volontiers qu'il n'aimait pas son travail, et que sa vie sociale et ses amis comptaient davantage. Sa décontraction et sa légèreté concernant le futur le rendaient très agréable à vivre. Elle l'appréciait déjà beaucoup. Ce flirt amical lui plaisait car elle se sentait désirable, et avait un ami à qui parler, même si ce n'était pas comme avec Sam. Il faut dire qu'ils n'avaient pas le passé commun qui cimentait sa relation avec son ami d'enfance.

— Au fait, je suis invité à une partie de campagne qui s'annonce formidable, ce week-end. Ça te dit de venir ? Le domaine est extraordinaire. En fait, c'est un château. Un des plus beaux d'Angleterre. Pour pouvoir l'entretenir, ils ont ouvert la maison et les jardins aux visiteurs. C'est affreux, mais ça rapporte. Ils y donnent des fêtes absolument fantastiques. Tu vas rencontrer des gens très sympas. Chambres séparées, bien entendu. Je crois qu'il y a une quarantaine de chambres, donc aucun problème. Ça devrait te plaire.

Comment résister à une proposition aussi tentante ? Reçu partout, il semblait n'évoluer que dans les cercles les plus chics. Elle était touchée qu'il souhaite l'en faire profiter et accepta avec joie – y compris les chambres séparées. Après tout, ils se connaissaient à peine.

Le lendemain, au bureau, elle en parla à Leslie.

— On ne s'ennuie jamais avec Nigel. Il a trois fêtes prévues chaque soir et connaît tout Londres. C'est un type formidable, issu d'une très bonne famille. Même s'il n'a pas hérité, il est toujours tellement positif… Je l'adore ! Je suis heureuse que vous vous entendiez si bien. Il va te présenter à tout le monde et tu n'auras plus une soirée libre de l'année.

Il est vrai que Coco n'avait jamais été aussi prise, mais comment mieux commencer son séjour à Londres ? La bénédiction de Leslie l'avait aussi rassurée. Nigel et elle étaient amis d'enfance, un peu comme Sam et Coco, mais avec une plus grande différence d'âge. Leslie était allée à l'école avec une cousine de Nigel. Les aristocrates semblaient tous se connaître, et se trouvaient toujours un lien de parenté.

Il lui envoya la liste de ce qu'il fallait qu'elle emporte pour être bien vêtue en toutes circonstances et ne se sente pas mal à l'aise. Elle fut très sensible à cette attention qui lui évitait questionnements et dilemmes. Elle se conforma donc à ses recommandations, ajoutant quelques accessoires pour les dîners habillés, les déjeuners décontractés, les promenades à travers champs ainsi que la chasse, si elle décidait de suivre. Elle réussit à tout faire rentrer dans deux valises. Le vendredi après-midi, il passa la prendre dans une magnifique Jaguar ancienne verte. Elle se sentit follement chic durant le trajet jusqu'au fameux château. Elle s'était un peu documentée à son sujet. Construit au XVe siècle par la famille qui le possédait encore aujourd'hui et agrandi deux cents ans plus tard, il avait l'air magnifique. La bâtisse comme le mobilier étaient d'origine. Maintenant qu'elle avait vu les photos, il lui tardait de le découvrir en vrai.

— J'adore ta voiture ! déclara-t-elle tandis qu'ils roulaient, capote baissée.

Elle avait couvert ses cheveux d'un foulard, à la manière de Grace Kelly dans *La Main au collet*. Nigel, lui, affichait son élégante décontraction habituelle. Avec sa blondeur, ses yeux bleus et ses manières aristocratiques, il avait quelque chose de naturellement glamour.

— Ça me fait plaisir que tu dises ça. Elle s'appelle Joséphine. C'est l'amour de ma vie. Je te préviens que, si jamais je tombe amoureux un jour, elle gardera la première place dans mon cœur. J'espère que tu pourras l'accepter, ajouta-t-il en lui souriant et en se penchant pour lui poser un baiser consolateur sur la joue.

— Je n'aurai pas tellement le choix, on dirait.

— Je te la ferai conduire, si tu veux.

— Non, merci. C'est adorable, mais je n'oserais pas. J'aurais peur de lui faire mal ou de ne pas être à la hauteur.

— J'avoue qu'elle est assez capricieuse. Ça fait partie de son charme.

— Tu aimes les capricieuses ?

— À part Joséphine, non.

— Tant mieux, parce que je ne le suis pas.

— Ça se voit, assura-t-il en souriant. C'est pour ça que tu es là.

La franchise de sa réponse la fit rire.

Ils arrivèrent juste à temps pour se changer avant le dîner. Nigel lui avait précisé comment s'adresser à leurs hôtes, qui étaient marquis et marquise. Un peu intimidée, elle découvrit un couple d'une quarantaine d'années extrêmement chaleureux et accueillant. D'après Nigel, ils avaient le chic pour composer les groupes d'invités.

Lorsqu'un domestique en livrée les conduisit à leurs chambres – situées dans deux ailes différentes, comme il était de coutume pour les couples qui faisaient chambre à part –, Coco chuchota à Nigel qu'il leur faudrait une boussole, une carte et des rollers pour se retrouver.

— Ne t'en fais pas, répondit-il en riant, je connais la maison par cœur. Il y a plein de raccourcis et de passages secrets, si jamais il faut que je te rejoigne rapidement.

— À tous les coups je vais échouer dans les oubliettes où personne ne me retrouvera...

— Si cela arrive, je te promets de lancer les recherches au plus vite.

La chambre de Coco faisait très anglais avec ses meubles anciens, ses somptueuses tentures damassées grenat et son lit à baldaquin. Nigel ne s'y attarda pas. Il fila avec le valet de pied pour prendre possession de la sienne et se préparer. Au moment où elle fermait la porte, il disparut au coin d'un couloir en lui adressant un petit signe malicieux. Tout, ici, était nouveau pour elle. Elle se sentait dans la peau d'Alice au pays des merveilles. L'arrivée d'une femme de chambre en robe noire et tablier blanc lui donna l'impression de se retrouver dans *Downton Abbey*. Le château en lui-même, beaucoup plus impressionnant en vrai, la transportait à une autre époque.

— Souhaitez-vous que je défasse vos bagages, mademoiselle ?

— Non, merci, répondit-elle un peu gênée.

La femme de chambre devait avoir à peu près son âge. Elles se sourirent comme deux invitées à un bal costumé. Dès qu'elle se fut éclipsée, Coco se maquilla – rien qu'une touche de mascara et du rouge à lèvres carmin –, se brossa les cheveux jusqu'à ce qu'ils soient bien brillants et s'habilla pour le dîner. Elle avait choisi une robe de soie verte de la couleur de ses yeux qu'elle allait porter avec ses boucles d'oreilles en diamant, un collier de perles qui avait appartenu à sa mère et des talons. Elle se sentait élégante et séduisante quand elle sortit dans le couloir. Nigel l'attendait au pied du grand escalier, très beau dans sa veste de smoking en velours bleu nuit. Il leva la tête et lui sourit.

Après avoir dit un mot à leurs hôtes, ils firent le tour de l'immense salon pour saluer la trentaine d'autres invités. Ils étaient les seuls à ne pas être mariés et Coco était de loin la plus jeune puisque les autres avaient dans l'ensemble l'âge des maîtres de maison. Cependant, elle avait suffisamment de conversation et était assez bien élevée pour ne pas détonner.

Après le dîner, conformément à la tradition, les dames se retirèrent au salon où les messieurs les rejoignirent après avoir siroté porto ou cognac et fumé un cigare dans la bibliothèque. Un peu plus tard, on sortit des jeux de cartes et de plateau. Certains dansèrent.

Personne n'alla se coucher avant 3 heures du matin et il était près de 4 heures quand Nigel et Coco montèrent. Il l'accompagna jusqu'à sa chambre. Sur le seuil, il lui sourit et arqua un sourcil en une question muette.

— Si tu m'invites à entrer maintenant, cela t'épargnera la gêne de te perdre dans les couloirs et de finir aux oubliettes, murmura-t-il en lui posant un lent baiser sensuel sur la joue.

— Je crois que je vais rester ici, ce soir.

— Et me renvoyer dans mes appartements ? Ô, cruelle... Si je fais un cauchemar, je n'aurai personne pour me consoler.

— Il y a du whisky et du cognac dans le petit bar de ma chambre. Ce doit être pareil dans la tienne. Tu n'auras qu'à essayer ça, suggéra-t-elle d'un air sage qui le fit rire.

— Ah, Coco, tu n'as pas de cœur !

Il plaisantait, elle le savait. Cependant, elle jugeait qu'il était trop tôt pour tomber dans ses bras. Elle n'avait pas l'intention de lui céder tout de suite. Les femmes ne devaient pas résister longtemps à sa beauté et à son charme, devinait-elle. Elle ne voulait pas ajouter son nom à la liste. Pas trop vite, en tout cas.

— Alors on se voit au petit déjeuner, après une longue nuit de solitude, dit-il.

Il l'embrassa une dernière fois sur la joue avant de gagner sa chambre tandis qu'elle refermait doucement la porte de la sienne.

5

La suite du week-end fut magique. Nigel avait bien prévenu Coco que les parties de campagne n'atteignaient que rarement ce niveau et qu'ils commençaient fort. Leurs hôtes avaient l'art et la manière de rendre chaque minute exceptionnelle.

Le samedi matin, les hommes allèrent à la chasse, accompagnés par quelques-unes des femmes. Coco décida de se joindre au groupe et resta discrètement derrière Nigel. Elle eut ainsi l'occasion de bavarder un peu avec la maîtresse de maison, une femme très intéressante, titulaire d'un master de psychologie et engagée dans un grand nombre d'œuvres caritatives.

L'après-midi, ils se promenèrent dans le pittoresque village voisin. Et, après le dîner, un orchestre anima la soirée dansante. Cette fois, en raccompagnant Coco à sa chambre, Nigel l'embrassa vraiment, et cela lui plut infiniment. Cependant, au grand dam de l'aristocrate, elle ne lui permit pas de passer la nuit avec elle. Titillé par sa résistance, il ne l'en désirait que davantage.

Le dimanche matin, un copieux brunch à l'anglaise réunit toute la maisonnée. Certains, dont Nigel et Coco, restèrent jusqu'au déjeuner. Au moment de partir, ils remercièrent chaleureusement leurs hôtes.

Ces derniers glissèrent à Coco d'un ton plein de sous-entendus qu'il leur tardait de la revoir. Comme le lui avait appris sa mère, elle avait laissé dans sa chambre une enveloppe avec un pourboire pour la femme de chambre. Dès le lundi, elle enverrait des fleurs à la maîtresse de maison pour la remercier.

Sur la route du retour, Nigel fut intarissable.

— Il peut arriver qu'on s'ennuie un peu, chez eux, même si tout est organisé à la perfection et qu'ils reçoivent avec beaucoup de générosité, parce que leurs invités sont presque toujours mariés et souvent assez âgés. Mais cette fois, le groupe était vraiment sympathique. Et tu as été fantastique. Tout le monde est tombé amoureux de toi. Moi le premier.

— Moi aussi, j'ai passé un merveilleux week-end, entourée de gens charmants.

Jamais elle n'oublierait ces deux jours, quoi qu'il advienne de sa relation avec Nigel. Elle avait bien entendu qu'il disait être tombé amoureux d'elle mais préférait ne pas relever. Il ne la connaissait que depuis deux semaines, après tout. Cependant, il réitéra sa déclaration en la déposant chez elle.

— Je pensais ce que je t'ai dit tout à l'heure, assura-t-il avec douceur. Coco, je suis en train de tomber amoureux de toi.

— Ne précipitons pas les choses pour le moment, le pria-t-elle en souriant.

Sa relation avec Ed n'avait pris fin que trois mois plus tôt. Elle ne voulait pas se jeter trop vite dans une autre histoire. Et elle tenait à passer du temps seule avec lui pour le découvrir autrement que dans une atmosphère de fête. Si leur relation était vraie, elle s'épanouirait. Dans le cas contraire, elle ne voulait pas souffrir encore une fois ni le faire souffrir. Car son humour, son charme et ses bonnes manières cachaient un côté vulnérable. Elle savait qu'il avait vécu une enfance solitaire, élevé en pension dès l'âge de 7 ans, avec des parents d'une grande froideur que, de surcroît, il avait perdus jeune. Quant à son frère, héritier du titre et de tous les biens de la famille, il le traitait en quantité négligeable. Autrement dit, Nigel n'avait pour ainsi dire jamais été aimé. Elle ne voulait donc pas lui laisser penser qu'elle éprouvait des sentiments pour lui avant d'en être tout à fait certaine.

— Je t'en supplie, ne sois pas si sérieuse, plaida-t-il en l'embrassant devant la porte de sa maison. Je suis amoureux de toi. Profitons de l'instant présent.

Il la suppliait presque et elle en fut touchée.

— Je ne veux pas aller plus vite que la musique, répondit-elle pourtant.

— Tu n'as pas l'âge d'être aussi raisonnable. Où est passée l'impétuosité de la jeunesse ? Tu dois être plus vieille que tu ne le prétends.

Elle rit mais, aussi difficile que ce soit, se força à lui résister.

Il monta les bagages de Coco au premier et redescendit boire un verre de vin avec elle sur le canapé de la petite bibliothèque. Avant de partir à contrecœur, il l'embrassa une dernière fois devant le feu qu'il avait allumé. Quelques instants plus tard, il lui envoyait un SMS.

Appelle-moi à n'importe quelle heure si tu as besoin de quoi que ce soit. Je me déplace à domicile, surtout la nuit.

Elle rit et le remercia pour ce week-end de rêve.

— Alors, ça s'est bien passé ? lui demanda Leslie le lendemain au bureau.

— C'était fabuleux. Magique. J'ai passé le plus beau week-end de ma vie.

— Nigel est maître dans cet art. Et le château est sublime, non ?

— Tout était parfait, confirma Coco, rayonnante.

— Nigel doit être fou de toi, maintenant, fit-elle avec un sourire entendu.

— C'est ce qu'il prétend.

— Et il le pense sans doute. Malgré sa gaieté permanente, je crois qu'il est très seul. Il dit qu'il veut se marier et avoir des enfants, c'est probablement vrai.

— Je suis trop jeune pour ça, et il va trop vite.

— Si tu le fais attendre, il t'aimera pour toujours. Ça marche à tous les coups, avec les hommes, fit observer Leslie avec sagesse avant de retourner à son travail.

Mais Coco n'essayait ni de le manipuler ni d'attiser sa flamme. C'était réellement trop tôt pour elle.

Ce soir-là, en rentrant, elle trouva devant sa porte deux douzaines de roses rouges de chez un fleuriste à la mode. Elle savait que Nigel travaillait jusque tard mais il l'appela en sortant, à 22 heures. Il voulait passer.

— Je peux te faire confiance ?

— Non, répondit-il en riant, mais je vais essayer de bien me tenir. Cela fait quinze ans que je ne sors qu'avec des femmes faciles pour qui je ne ressens rien. Et quand je tombe enfin amoureux, c'est d'une fille qui a des principes. Pas de chance !

Mais Coco voulait se laisser le temps de découvrir aussi ses défauts. Surtout, elle se sentait succomber et souhaitait savourer ce moment. Personne n'avait jamais été aussi attentionné à son égard.

Il arriva chez elle une demi-heure plus tard. Elle le remercia pour son bouquet, magnifique. Il était presque plus grand que sa table de salle à manger. Ils parlèrent de leurs journées de travail, s'embrassèrent et se caressèrent. Il partit à minuit. Au cours de la semaine, ils dînèrent ensemble plusieurs fois. Quand elle en parla à Sam au téléphone le samedi, il parut soupçonneux.

— Qu'est-ce qu'il a, à te presser comme ça ? Ça cache quelque chose.

— Ne sois pas parano. Ma responsable a été à l'école avec sa cousine ; elle le connaît depuis des années. Elle dit qu'il est très seul. Ses parents l'ont envoyé en pension à 7 ans. Ils font comme ça, ici. Bref, je crois qu'il est en manque d'amour. De toute façon, ne t'inquiète pas, je suis raisonnable.

— C'est bien. Attends de bien le connaître. Patiente, lui enjoignit-il de sa voix de grand frère.

— C'est ce que je fais.

Ce week-end-là, ils restèrent à Londres. Comme elle en avait envie depuis son arrivée, ils visitèrent le Victoria and Albert Museum, admirèrent les bijoux de la reine à la Tour de Londres et se promenèrent dans Hyde Park. Le dimanche, ils prirent le thé au Claridge.

Ensuite, il l'emmena chez lui pour lui montrer son appartement. Certes, il était bien situé, mais tout petit et sombre. La peinture s'écaillait. Dépourvu de la moindre touche personnelle, entièrement meublé chez Ikea, sans un tableau aux murs, sans une photo de famille, un souvenir, un bibelot, il tenait davantage de la chambre d'hôtel ou d'étudiant que de l'appartement d'un homme de 33 ans. Cela lui fit un choc. Il ne recevait jamais chez lui, lui avait-il dit. Uniquement à son club. Elle comprenait pourquoi. Elle en fut triste pour lui car ce lieu reflétait le vide de son existence. Certes, il menait une vie mondaine bien remplie et semblait très entouré mais Leslie avait raison : il devait être bien seul, au fond.

Quand ils rentrèrent chez elle, elle songea que sa petite maison évoquait déjà bien plus un foyer que l'appartement où Nigel habitait depuis des années. Ils s'installèrent devant le feu pour bavarder et s'embrasser et il lui annonça qu'ils étaient conviés à un autre week-end à la campagne, par un couple dont elle avait fait la connaissance la fois précédente. Ce serait moins grandiose, la prévint-il, mais certainement très sympathique. Les invités seraient d'horizons plus divers et plus jeunes. Elle accepta avec plaisir. Cette relation naissante et la découverte de son univers étaient un vrai bonheur.

Très différente, en effet, de la première, cette partie de campagne fut tout aussi réussie. Parmi le mélange éclectique d'invités, Coco fit la connaissance d'un homme d'une soixantaine d'années, d'allure prospère, dont la petite amie russe avait son âge. Très intéressante, elle avait été la maîtresse d'un homme d'affaires de son pays dont elle avait une fille de 4 ans. Grâce à Nigel, Coco découvrait un milieu dont elle ignorait tout et qui la captivait. Surtout, elle se sentait vraiment bien avec lui. Au retour, ils s'embrassèrent longuement. Elle avait de plus en plus de mal à rester sage. Il la regarda avec un air sérieux pendant un moment avant de lui proposer :

— Tu partirais en week-end avec moi la semaine prochaine, Coco ?

— Mais on en revient ! dit-elle en souriant.

— Je ne parle pas d'un week-end chez des amis. Rien que toi et moi. J'aimerais t'emmener à Paris. C'est la ville que je préfère au monde.

— On dirait une entreprise de séduction, fit-elle en riant.

— C'en est une, avoua-t-il sans hésiter. Bien sûr, je serais ravi qu'on finisse au lit, mais je préférerais que ça n'arrive pas comme ça. Pas plus que je ne voudrais saisir ma chance lors d'une partie de campagne après avoir un peu bu. Non, je veux t'emmener dans un bel endroit, loin, pour te faire l'amour la première fois.

Pour que notre histoire commence bien. Tu serais d'accord ?

Émue par son regard presque suppliant, elle l'embrassa.

— Oui, je serais d'accord, murmura-t-elle en souriant.

Comment résister ? D'autant que, depuis un mois qu'ils se connaissaient, ils avaient passé beaucoup de temps ensemble.

Toute la semaine, il parut extatique. Il prépara leur escapade avec le plus grand soin et le vendredi ils prirent l'Eurostar de bonne heure, dès la sortie du bureau. Ils arrivèrent à Paris par une belle soirée très douce de la fin septembre et prirent un taxi pour se rendre dans un petit hôtel romantique de la Rive gauche. Après avoir dîné au Voltaire, sur les quais, ils se promenèrent le long de la Seine en regardant passer les bateaux-mouches éclairés et pleins de touristes.

Une fois rentrés à l'hôtel, il la déshabilla comme s'il dévoilait une œuvre d'art qu'il aurait rêvé de posséder. Il lui fit l'amour avec une tendresse infinie. La passion qui enflait en eux depuis un mois tel un ouragan les emporta. Cette chambre, si romantique avec son grand lit tendu de toile de Jouy, était le cadre idéal pour leur première nuit d'amour. Il la contempla longuement au clair de lune et, visiblement ému, lui dit qu'il l'aimait. Elle le serra dans ses bras et répondit qu'elle aussi. C'était la vérité. Ils avaient tant à s'apporter l'un à l'autre… Ils s'unirent encore jusqu'au lever du soleil avant de s'endormir dans les bras l'un de l'autre. Tous deux avaient l'impression d'avoir enfin trouvé leur place.

Quand elle se réveilla, Nigel la regardait. Il avait fait monter du café et des croissants. En ouvrant les yeux, elle sourit.

— Je dois rêver..., dit-elle, au comble du bonheur.

— Non, c'est moi qui rêve, Coco. Je rêve de cela depuis toujours et te voilà, bien réelle.

Ils vivaient l'un et l'autre un conte de fées. C'était exactement ce qu'ils voulaient. Tout était parfait, jusqu'au moment et au lieu.

Dans la matinée, ils se promenèrent du côté des Invalides avant de se rendre au Jeu de paume puis au Petit Palais pour voir une exposition sur le peintre Renoir. Ils contemplèrent ensuite Notre-Dame, qui n'était pas encore restaurée suite à l'incendie, depuis le parvis. Là, Nigel s'adressa à Coco d'un ton solennel.

— Coco Martin, je jure aujourd'hui de t'aimer pour toujours.

— Moi aussi je t'aime, Nigel.

Elle n'évoquait que l'instant présent sans faire de promesse car elle n'avait plus confiance en l'avenir depuis la mort de ses parents. « Pour toujours », cela n'existait pas. Cependant, elle l'aimait.

Ils firent un peu de shopping avant de rentrer à l'hôtel. Chez un bouquiniste, Nigel dénicha un joli dessin de Paris qu'il lui offrit en souvenir de ce week-end inoubliable. Ils firent encore l'amour avant d'aller dîner dans un petit restaurant romantique, puis après.

C'était un amant expérimenté, mais c'était surtout la sincérité de son amour qui rendait ses caresses, et leur union, si bouleversantes.

Le lendemain, ils se levèrent de bonne heure pour une dernière promenade sur la Rive gauche avant de reprendre le train pour rentrer à Londres, le cœur gonflé des souvenirs de ce voyage où leur vie ensemble avait commencé.

Coco ne cacha pas à Sam sa relation naissante avec Nigel. Quand elle lui en parla dès le lendemain de leur retour, il s'alarma. Elle avait l'air folle amoureuse de ce type. Et il n'était pas difficile de comprendre pourquoi. Nigel était si parfait ! On se serait cru dans un film ou un roman – pas dans la réalité, en tout cas.

— Tout doux, Coco ! Tu ne le connais que depuis un mois. Il t'emmène à des fêtes dans des châteaux et te présente à toute l'aristocratie londonienne. On dirait qu'il ne fréquente que le gratin. Et voilà qu'il t'invite à Paris et te sort le grand jeu. Tout ça ferait passer Dracula lui-même pour un prince charmant. Nigel est sûrement génial, mais voyons un peu ce qu'il en est dans la vie réelle. Tu sais, les trucs normaux ? On dirait bien que tu es encore tombée sur un mec trop séduisant. Comment se comporte-t-il quand il a un rhume ? Quand tu es de mauvaise humeur et que tu provoques une dispute ? J'imagine que tu te sens comme une princesse de conte de fées. Pas étonnant, puisqu'un homme irrésistible vient de te jurer un amour éternel devant Notre-Dame. Merde, je crois que, moi aussi, je tomberais amoureux aussi sec. Mais je n'ai pas envie de te voir commettre la même erreur qu'avec Ed et souffrir encore. Alors je t'en prie, prends ton temps.

— C'est ce que je fais.

Cela l'ennuyait que Sam ait si peu confiance en Nigel.

— Il faut que tu t'assures qu'il n'a pas d'arrière-pensée. Ed voulait un sex-toy de 21 ans. Et lui, qu'attend-il de toi ? N'oublie pas que ton père t'a laissé un beau pactole.

La réaction de Sam la décevait. Nigel n'avait aucune arrière-pensée, elle en était persuadée. Il l'aimait, un point c'est tout.

— Il ne sait même pas que j'ai hérité. Il croit que je suis une petite Américaine qui travaille à Londres.

— N'en sois pas si sûre. Ce n'est pas difficile de voir que tu as de l'argent. La maison que tu loues n'est certainement pas dans le budget d'une stagiaire ni même d'une jeune salariée. Et puis tu as beaucoup voyagé pour quelqu'un de notre âge, tu as fait beaucoup de choses. Crois-moi, il sait. Il ignore peut-être le montant exact de ta fortune, mais il doit se douter que tu en as une. D'autre part, on dirait qu'il aime mener grand train et il avoue être désargenté. S'il est sincèrement amoureux de toi, rien ne me rendra plus heureux que de te conduire à l'autel, Coco. Mais il vaut mieux laisser passer un peu de temps et bien le tenir à l'œil. On dirait que tu es encore tombée sur un as de la poudre aux yeux. Les types normaux ne t'emmènent pas à Paris pour te faire l'amour la première fois ! Ni en week-end dans des châteaux, d'ailleurs…

— Non, ils t'attirent sur la banquette arrière de leur voiture et te mettent enceinte à 16 ans !

Sa repartie le fit rire.

— Euh, pas vraiment non plus.

Malgré les convictions religieuses de Tamar, ils avaient fini par coucher ensemble un soir que ses parents étaient chez des cousins – ils faisaient la shiv'ah après le décès d'une grand-tante. Elle non plus n'avait pas encore quitté le foyer familial, ce qui leur donnait peu d'occasions.

Il l'aimait mais il n'était pas pressé, contrairement à Coco qui risquait fort de prendre une décision hâtive, sans ses parents pour la raisonner. Depuis le drame, elle aspirait à retrouver de la stabilité. Mais la cherchait-elle au bon endroit ? Ed, la cinquantaine et infidèle chronique, avait fait un bien mauvais concurrent. Quant à Nigel, le doute était permis. Un mois ne suffisait pas pour se faire une idée objective. Ses parents auraient partagé son avis, il n'en doutait pas. Certes, ils s'étaient mariés jeunes et contre la volonté de la famille de Bethany, mais ils se connaissaient depuis plusieurs années.

— Tout ce que je te demande, conclut-il, c'est de ne pas te précipiter. Attends d'être bien sûre de toi.

— Tu pourrais au moins te réjouir pour moi que j'aie rencontré un mec sympa ! protesta-t-elle.

— Je me réjouirai pour toi quand on aura un peu plus de recul. Pour l'instant, je me demande surtout s'il ne t'en met pas plein la vue. Comme Ed.

— Il n'a rien à voir avec Ed. Il n'est ni marié ni menteur !

— C'est un bon début, concéda Sam, qui n'était pas convaincu pour autant.

— Comment va Tamar ? s'enquit Coco pour changer un peu de sujet.

— Très bien. Elle a eu une promotion à la banque. Elle veut six enfants et une maison casher. Je l'ai présentée à ma mère, qui s'est aussitôt mis en tête qu'il fallait que je l'épouse sur-le-champ.

Coco, qui se souciait de lui tout autant que lui d'elle, y voyait presque une condamnation à mort. En tout cas, la fin de sa liberté.

— En attendant, ajouta-t-il sérieusement, je crois qu'il va falloir que je vienne te voir rapidement pour rencontrer ton prétendant. Je veux me faire une idée de qui il est.

— Ça me ferait tellement plaisir ! Tous les prétextes me vont. Tu crois que ton père va te donner la permission ?

— Je vais lui dire que je n'ai pas le choix. Je te tiens au courant.

Une semaine plus tard, il lui annonça qu'il pouvait venir pour un week-end de quatre jours. Il avait pu cumuler un jour de congé et un jour férié et trouver un billet abordable. Coco était folle de joie. Elle expliqua à Nigel combien Sam comptait pour elle. Il lui tardait tant de le voir !

Depuis leur escapade parisienne, Nigel passait toutes les nuits chez elle, pour leur plus grand bonheur à tous les deux. Souvent, ils faisaient l'amour dès leur retour du bureau. Le matin, elle lui servait un bon petit déjeuner et le soir, ils préparaient le dîner ensemble quand ils ne sortaient pas. À mesure que les amis de Nigel rencontraient Coco, les invitations affluaient. Il la présentait à tant de monde qu'elle se retrouva bientôt partie intégrante de sa vie sociale trépidante. Il était beaucoup plus mondain qu'elle, et elle avait bien du mal à le convaincre de faire des choix. Lui aurait voulu tout accepter et aller partout, mais c'était impossible. Cela dit, elle ne s'ennuyait jamais avec lui. Il était facile à vivre, gentil, et ses relations, charmantes avec Coco, se déclaraient ravies pour eux. Tout le monde lui répétait quelle chance il avait de l'avoir rencontrée et s'extasiait de les voir aller si bien ensemble, ce dont il convenait volontiers. Il était sur un petit nuage, et elle aussi.

Coco avait pris deux jours de congé pour ne pas perdre une miette de la visite de Sam, et elle put aller le chercher à l'aéroport le jeudi matin. Même s'il venait principalement pour vérifier si ses soupçons à l'égard de Nigel étaient légitimes, elle était folle de joie de le revoir. Il avait bien dormi pendant le vol de sorte qu'il n'était pas fatigué, et ils allèrent aussitôt déjeuner dans un petit restaurant indien avant de se promener dans le quartier. Sam était impatient de rencontrer Nigel. Celui-ci rentra avec une bouteille de bon whisky et une autre de vin français, en prévision de leur dîner à la maison.

Coco sentit que les deux hommes se jaugeaient et les laissa faire. Elle les aimait tous les deux et savait Nigel parfaitement capable de se débrouiller. Nullement inquiète, elle alla s'affairer en cuisine. Ils avaient déjà ouvert la bouteille de whisky quand elle les rejoignit et elle les trouva détendus, l'air ravi.

Comme ils aimaient tous les deux la bonne viande, elle avait pris des steaks qu'elle servit avec des haricots verts et de la purée de pommes de terre. Tout était réussi, et le vin s'accordait à la perfection avec le plat.

Ils parlèrent travail, et Sam avoua qu'être le salarié de son propre père n'était pas drôle tous les jours. Celui-ci tenait à ce que tout soit fait à sa façon et sa méfiance envers les nouvelles technologies, quelles qu'elles soient, compliquait encore les choses. Si intégrer l'entreprise familiale lui semblait être son devoir, il se heurtait hélas à un mur lorsqu'il proposait des modernisations. Les disputes avec son père étaient quotidiennes. Il avait l'air épuisé et pas très heureux, nota Coco. Côté famille, sa sœur venait enfin de se fiancer à son petit ami catholique irlandais. Sa mère était furieuse, ce qui créait des tensions supplémentaires. Pour couronner le tout, ses parents lui mettaient la pression au sujet de Tamar.

— Tu as dix ans de moins que moi, s'étonna Nigel. Comment se fait-il qu'ils te poussent à te marier ? À 23 ans, j'en étais encore à mener une vie de bâton de chaise et à courir les barmaids et les serveuses.

Sam éclata de rire.

— La tradition juive orthodoxe veut qu'on se marie jeune, expliqua-t-il, et qu'on ait plein d'enfants. Mon père est un peu plus détendu sur le sujet, mais ma mère est très religieuse et a des idées bien arrêtées. Le fait que ma sœur épouse un catholique n'arrange pas les choses. Quant à mon autre sœur, elle affirme que, si elle se marie un jour, ce ne sera pas avant ses 30 ans. La connaissant, cela n'arrivera peut-être jamais. Mon frère est l'érudit de la famille et, à leurs yeux, c'est un saint. Bref, leurs espoirs reposent sur moi. Or, je suis convaincu qu'il faut savoir prendre son temps, ajouta-t-il avec un regard appuyé à Nigel. Je ne suis vraiment pas pressé de me marier.

Le message avait dû passer.

— À ton âge non plus, je n'étais pas pressé. Au mien, on commence à y penser plus sérieusement, si on a envie d'avoir des enfants, répondit l'intéressé.

— Coco est plus jeune que moi. À 22 ans, elle est trop jeune pour avoir des enfants.

Cela devenait un peu gênant pour la concernée. Sam n'avait qu'un an de plus qu'elle, mais il jouait très sérieusement son rôle de grand frère. Elle le savait animé des meilleures intentions, bien sûr. Il agissait ainsi car elle n'avait personne d'autre pour veiller sur elle.

— Il me semble que, quand on rencontre la bonne personne, c'est toujours le bon moment, objecta Nigel. Car cette chance ne se présente pas dix fois dans une vie. Moi, cela ne m'était jamais arrivé.

— Possible. Mais les meilleures choses n'arrivent pas dans la précipitation. Et elles peuvent attendre.

Nigel hocha la tête sans rien dire. Après un silence, la conversation reprit sur d'autres sujets. Dans l'ensemble, les deux hommes de sa vie semblaient bien s'entendre. Après le dîner, Nigel insista pour boire un cognac. D'autres suivirent.

Lorsque Sam se leva le lendemain, Nigel était déjà parti. Coco, qui l'attendait dans la cuisine, se mit à rire en le voyant cligner des yeux, ébloui par le soleil matinal.

— Oh, quelle gueule de bois…, fit-il avec une grimace de souffrance. J'avais oublié que les Anglais buvaient comme des trous. Il y en avait un dans mon cours d'éco à NYU. Il mettait tout le monde minable. Nigel doit être de sa famille. Vite, du café, s'il te plaît. C'est une urgence.

Il avait un peu meilleure mine après une tasse de café, un toast et une aspirine. Il avait encore mal à la tête, mais c'était supportable.

— Alors, qu'en penses-tu ? lui demanda-t-elle, sur des charbons ardents.

Elle avait tellement envie que Sam apprécie Nigel…

— Je l'aime bien. C'est un type sympa et, visiblement, il est fou de toi. Mais cela fait trop peu de temps pour que tu puisses vraiment le connaître. Ne te précipite pas et ne fais pas de bêtises, surtout.

— Je n'en ai pas l'intention, affirma-t-elle.

— Mais lui si, j'ai l'impression. Et il pourrait bien essayer de t'y pousser. À mon avis, tu devrais faire une petite enquête sur lui. Sa situation financière ne me rassure pas. Il n'arrête pas de répéter combien il est pauvre. Il se peut qu'il exagère mais, si ce n'est pas le cas, ses attentes à ton égard risquent d'être excessives ou peu réalistes. Je parie que ça aurait aussi inquiété ton père.

Sam invoquait souvent ce qu'aurait fait, pensé ou condamné le père de Coco.

— Il ne veut pas m'épouser pour mon argent, protesta-t-elle. Il ne sait même pas que j'en ai. Et de toute façon, il n'est pas question de mariage. Ne mettons pas la charrue avant les bœufs.

Sauf que, même si elles semblaient honorables, ses intentions étaient très claires. Nigel parlait beaucoup de mariage et disait vouloir des enfants. Sans tarder.

— Sois réaliste, Coco. Tu sais bien que les gens se font des idées, parlent entre eux et apprennent des choses. Et lui a peut-être fait faire une enquête sur toi. Certaines personnes intéressées se marient pour beaucoup moins que ce que tu possèdes. Je n'aimerais pas que ça t'arrive. Le jour où tu décideras de te marier, qui que tu épouses, il te faudra un contrat en béton. D'ailleurs, pour être bien protégée, il serait préférable que tu te maries aux États-Unis.

On aurait vraiment dit son père.

— Ne t'en fais pas. De toute façon, il ne m'a pas demandé ma main.

— Il ne va pas tarder à le faire, tu le sais aussi bien que moi. L'autre chose qui m'inquiète, c'est qu'il n'a pas de plan de carrière. Et il déteste son boulot. S'il décide d'arrêter de travailler une fois marié avec toi, tu ne pourras rien y faire. Il faut que tu réfléchisses à tout ça, Coco, et que tu saches quels sont ses projets, ses objectifs et ses valeurs. Est-ce que, par exemple, ça l'embêterait de vivre à tes crochets ? Il ne faudrait pas que tu te retrouves à devoir traîner un boulet. Ça arrive plus souvent que tu ne l'imagines. Peut-être qu'une fois qu'il connaîtra l'étendue de ta fortune, il ne verra plus l'intérêt de se lever chaque matin pour aller gagner sa croûte. Ce n'est pas comme s'il se passionnait pour son métier ou un quelconque projet. À son âge, c'est un peu étonnant. Toi et moi, nous démarrons juste. Lui, en revanche, il travaille depuis plus de dix ans. Pourquoi en est-il encore à végéter dans un boulot qui ne l'intéresse pas, après les études qu'il a faites ? Ça n'augure rien de bon. Il m'a tout l'air d'être du genre à vouloir faire la fête et s'amuser, et rien d'autre. D'accord, il est absolument charmant et il t'aime. Mais est-ce que ça suffit, sur le long terme ? Il veut des enfants, mais comment compte-t-il subvenir à leurs besoins ?

Sam marquait un point. Nigel n'était en effet pas très ambitieux. Il lui parlait de ses amis, de leurs sorties mondaines, de week-ends à la campagne, mais jamais de son travail ni de ce qu'il souhaitait construire pour l'avenir.

— Je me sentirais indiscrète de chercher à en savoir plus sur sa situation financière. Il m'a déjà dit qu'il n'a pas d'argent. Son frère a hérité de tout à la mort de leur père et ne lui a rien donné. Qu'y a-t-il de plus à savoir ? Il ne me cache rien.

— Oui, je connais le système britannique, répondit Sam en se resservant du café. Écoute, il n'y a pas de mal à vouloir se renseigner. Il faut que tu te protèges. Nigel vit sur un grand pied et fréquente le beau monde. C'est encore un profil éblouissant dans le genre d'Ed. Sauf que, comme il n'a pas les moyens de ses ambitions, il compte peut-être sur toi pour les financer. Tu pourrais demander à Ed de se renseigner pour toi.

— Ce ne sont pas ses affaires, répliqua-t-elle vivement.

Décidément, elle n'en finissait pas de regretter leur liaison passée, qui compliquait tout.

Sam hocha la tête avant de demander :

— Et tu as rencontré son frère ?

— Non, ils sont fâchés.

— Dommage. Nigel a l'air charmant et je l'aime bien, mais il mène une existence un peu trop mondaine pour moi. Tous ces ducs, ces duchesses, ces comtes, ces châteaux… C'est vraiment ce que tu veux, Coco ?

Cela ne lui ressemblait pas. Mais l'Anglais était très séduisant, et il fallait bien reconnaître que son entourage et cette oisiveté luxueuse d'un autre âge n'étaient pas sans attrait. Dans ce monde-là, tout n'était que divertissement. Nigel était le premier à dire que beaucoup d'aristocrates ruinés refusaient de renoncer au mode de vie décadent auquel ils avaient été habitués.

Cela ne semblait guère le gêner, lui qui était de toutes les fêtes.

— Je t'avoue que je m'amuse bien. Certes, tout ça est très superficiel. Mais j'ai aussi rencontré des gens intéressants. Et j'aime Nigel. Il a un côté prince charmant. Je t'assure qu'il est très généreux avec moi. À Paris, c'est lui qui a tout payé et, quand nous dînons au restaurant, il m'invite toujours.

Peut-être dépensait-il tout son salaire pour elle. Il avait un petit loyer, et les soirées et les week-ends chez ses amis ne lui coûtaient rien.

— Assure-toi simplement que le prince charmant n'est pas trop fauché et ne dépendra pas totalement de toi. Au moins, tu seras prévenue. Je me doute bien que parler argent n'est pas facile. Mais si tu veux t'engager à long terme, il faut que tu saches où tu mets les pieds.

Il avait raison, elle le savait. Et si Nigel avait autant de mal qu'elle avec le sujet ? C'était aussi gênant pour l'un que pour l'autre. Il lui avait dit dès le début qu'il était pauvre. Il ne lui mentait pas. Mais de toute façon, tant qu'il ne lui demandait pas sa main, elle n'avait pas à s'inquiéter. Et c'était tant mieux, car à son âge, elle ne se voyait vraiment pas mariée.

Ils parlèrent également de Tamar. Sam avait beau affirmer qu'il l'aimait, Coco n'en était pas convaincue. C'était surtout le genre de fille que ses parents souhaitaient le voir épouser. Mais ne méritait-il pas plus qu'une employée de banque ultrareligieuse qui voulait six enfants ? Avec elle, il se préparait un avenir maussade, il en avait forcément conscience. Pourvu qu'il ne renonce pas à ses rêves pour faire plaisir à ses parents…

Après une douche, ils sortirent explorer Londres. Que c'était bon d'être de nouveau tous les deux, de parler ou parfois juste de marcher ensemble, perdus chacun dans ses pensées… Sam lui avait beaucoup donné à réfléchir. Il avait raison, Nigel n'était pas l'homme « normal » qu'elle avait espéré rencontrer. Elle était tombée sous le charme de son côté prince charmant. Et comment ne pas être éblouie par les lieux superbes où il l'emmenait, les amis auxquels il la présentait ? Désargenté ou pas, il menait une vie follement excitante. Si elle le suivait avec plaisir, Coco, moins mondaine que lui, s'en serait aussi bien passée. Elle se demanda soudain si se marier changerait leur train de vie. Elle songea à ses parents qui avaient bien vécu, avaient eu de belles maisons, acquis des œuvres d'art, s'étaient fait plaisir, gâté l'un l'autre et l'avaient élevée sans pour autant devoir puiser dans leur patrimoine. Nigel n'avait pas l'air très dépensier. Lorsqu'ils sortaient, ce n'était pas dans des restaurants luxueux, et ils dînaient chez eux plusieurs soirs par semaine. Leur vie mondaine bien remplie ne leur coûtait rien, si ce n'est les fleurs qu'elle faisait envoyer à leurs hôtes pour les remercier.

Ce soir-là, ils dînèrent tous les trois dans un petit italien. Sam voulut payer mais Nigel insista pour les inviter. Les jours filèrent, et ce fut bientôt l'heure du départ. Quand elle raccompagna Sam à l'aéroport, elle avait les larmes aux yeux.

— Dommage que tu ne vives pas ici, fit-elle tristement.

— Rentre vite à New York, alors.

Il avait à nouveau ce regard de grand frère qui la touchait tant.

— Je t'aime, Sam, dit-elle, des larmes roulant sur ses joues.

— Et je t'aimerai toujours, Coco, fit-il d'une voix étranglée.

Juste avant qu'il ne disparaisse dans la foule, ils échangèrent un dernier signe. Sans chercher à dissimuler son émotion, elle se posa la main sur le cœur. Il inclina la tête une dernière fois et s'en alla reprendre le cours de sa vie. Dans le taxi qui la ramenait chez elle, elle pleura presque tout le long du trajet.

Heureusement, Nigel était sorti. Il avait rendez-vous à son club pour jouer au tennis avec des amis. Elle avait envie d'un moment seule pour songer à Sam et à tout ce qu'il lui avait dit ; à ses parents, aussi. Restait à espérer qu'il ne se marie pas avec Tamar, qui avait l'air rasoir au possible.

Dans l'avion, le cœur gros, Sam espérait qu'elle n'épouserait pas Nigel. Mais quelque chose lui disait qu'elle allait souffrir, et qu'il n'y pourrait rien.

6

En décembre, après trois mois intensifs de week-ends à la campagne et de réceptions plus somptueuses les unes que les autres, Nigel emmena Coco dîner au Harry's Bar pour ses 23 ans, puis danser chez Annabel. Il avait voulu donner une soirée en son honneur mais elle n'y tenait pas. Depuis la mort de ses parents, elle était trop triste le jour de son anniversaire. Elle préférait être seule avec lui. D'autant qu'ils sortaient sans arrêt, de fête de Noël en fête de Noël. Ce n'était pas une période facile pour elle. Plusieurs amis les avaient invités à passer les vacances de fin d'année au ski, et ils n'avaient pas encore décidé où ils iraient. Nigel hésitait entre Gstaad et Courchevel. Coco n'avait pas d'opinion arrêtée sur le sujet. Pour le moment, elle était juste heureuse de ce tête-à-tête tranquille. Chez Annabel, il l'invita à danser et, à sa grande surprise, mit soudain un genou à terre. Elle se rendit compte que le morceau qui passait était l'un de ses préférés, et qu'ils étaient seuls sur la piste. Mis dans la confidence par Nigel, le directeur avait prié les autres clients de rester assis le temps de la chanson. Ils semblaient ravis d'être témoins de cette surprise romantique. Coco n'était pas sûre de bien comprendre ce qui se tramait. Nigel lui tenait la main et la fixait de ses grands yeux bleus.

— Coco, ma chérie, veux-tu m'épouser ? Coco ? répéta-t-il comme, stupéfaite, elle ne répondait pas.

Elle sentit les larmes monter. Elle aurait tant voulu que ses parents soient là, ou Sam, ou quelqu'un qu'elle aimait, pour partager ce moment avec elle... Nigel posait sur elle un regard implorant et humide. Elle ne pouvait pas dire non et lui briser le cœur. Elle l'aimait, elle avait envie de devenir sa femme – mais pas tout de suite. Cependant, c'était l'homme de sa vie et elle ne voulait pas le perdre. Elle hocha la tête, incapable de retenir les larmes qui ruisselaient sur ses joues.

— Oui, fit-elle dans un souffle.

Il se releva, l'étreignit et l'embrassa longuement sous les applaudissements de la salle. Quand il la raccompagna à leur table, tout le monde souriait et les félicitait. Un autre couple leur fit même porter une bouteille de champagne pour célébrer leurs fiançailles.

— Je ne m'attendais pas à ça, avoua-t-elle en se tamponnant les yeux avec sa serviette.

— Moi non plus, répondit-il avec un grand sourire. Je me suis décidé hier, quand je réfléchissais à ton cadeau d'anniversaire. C'est tout ce que j'ai de ma mère, ajouta-t-il en sortant de sa poche une petite boîte ancienne gainée de cuir qu'il posa sur la table. J'espère qu'elle te plaira.

Il ouvrit l'écrin et en sortit un magnifique diamant coussin.

— Il a d'abord appartenu à ma grand-mère, précisa-t-il en le lui glissant au doigt.

La bague lui allait parfaitement. En la regardant, Coco se remit à pleurer.

— J'aurais tant voulu que mes parents te connaissent...

La pierre était magnifique, songea-t-elle en la regardant scintiller. Ses parents préféraient l'art aux bijoux, aussi sa mère n'avait-elle jamais eu de pièces très coûteuses.

— Moi aussi, j'aurais beaucoup aimé les rencontrer, assura-t-il avec douceur. Quand veux-tu que l'on se marie ? Je n'ai pas envie d'attendre. Nous allons avoir une si belle vie...

— Je ne sais pas... L'été prochain ? En juin ?

Il eut l'air déçu.

— Pourquoi attendre aussi longtemps ? On pourrait donner une grande réception à mon club et inviter tout le monde. Tu veux te marier à l'église ?

Les mots lui restèrent quelques instants dans la gorge.

— Je... je ne peux pas faire de grand mariage sans mes parents. Ce serait trop horrible. On ne peut pas faire ça en tout petit comité, juste nous et ta famille ? Nous recevrons nos amis un peu plus tard, mais pas le jour J.

— Ça m'étonnerait que mon frère vienne, avec sa mégère de femme. De toute façon, je ne veux pas d'eux : leur présence gâcherait tout. Je n'ai pas d'autre famille. Ma famille, ce sont mes amis, maintenant.

Il semblait un peu dépité et blessé qu'elle ne veuille pas faire les choses en grand. Il avait des invitations à rendre pour toutes les fêtes auxquelles ils avaient été conviés. Mais il sentit qu'il n'aurait pas gain de cause.

— Si tu ne veux pas d'un grand mariage, pourquoi attendre ? Disons janvier ?

Cette suggestion lui fit un choc.

— Je voudrais quand même que Sam soit là. Et Leslie, qui nous a présentés et que j'aime beaucoup. Je ne sais pas si Sam pourra revenir aussi vite, mais il m'a promis de me conduire à l'autel. Et j'aimerais une cérémonie à l'église, oui. J'en ai découvert une, dans mon quartier, qui me plaît beaucoup.

Ce qu'elle décrivait n'avait rien à voir avec le mariage princier qu'il s'était imaginé. Cela dit, l'important était qu'ils se marient. Ils donneraient une fête grandiose un peu plus tard, quand l'absence de ses parents serait moins douloureuse. Le fait qu'ils se connaissent depuis seulement trois mois ne manquerait pas de susciter des commentaires. Certains se demanderaient même si elle était enceinte. Mais, pour lui, leur amour était une évidence. Pour Coco aussi, malgré ses émotions mitigées.

Elle songea soudain au conseil de Sam. Se marier aux États-Unis avec un contrat en béton la protégerait mieux. Sauf que le délai serait trop court pour ça. Et puis tous les amis de Nigel étaient à Londres. À New York, il ne connaîtrait personne.

— Disons dans un mois pile, conclut-il joyeusement. Cela nous laisse tout le temps de nous organiser. Nous pourrons faire notre voyage de noces à la montagne. Je suis sûr que quelqu'un nous prêtera un chalet.

Il avait l'air tout excité.

— J'aimerais aussi aller à New York. Comme ça, tu verrais l'appartement et la maison de mes parents dans les Hamptons. Enfin, c'est la mienne, maintenant.

Et ce serait la leur, et celle de leurs enfants.

— Avec plaisir. Je ne savais pas que tu avais encore un appartement et une maison là-bas, fit-il remarquer, intrigué.

Coco était tout étourdie par les événements de la soirée quand ils rentrèrent chez elle. Ils n'allaient jamais dans son appartement à lui, trop sinistre et exigu. Nigel parlait même de le rendre, puisque de toute façon il vivait avec elle, désormais. S'il l'avait gardé jusque-là, c'était parce qu'elle ne savait pas encore combien de temps elle resterait à Londres. « Chez elle », dans sa tête, c'était encore New York. Sauf que Nigel était si profondément britannique qu'elle ne l'imaginait pas une seconde vivre ailleurs qu'en Angleterre. L'épouser signifiait sans doute s'y installer pour de bon et y faire sa vie, comprit-elle tout à coup.

Elle accepta la date qu'il lui proposait parce qu'elle n'avait aucune raison de refuser. L'inquiétude que lui inspirait une telle précipitation fut vite balayée par le raz-de-marée de l'excitation de Nigel. Même pour un tout petit mariage, il y avait tant de choses à prévoir et à penser… Elle appela Sam dès le lendemain pour lui annoncer la nouvelle.

— En janvier ? s'exclama-t-il, effaré. Vous ne vous connaîtrez donc que depuis quatre mois. Coco, c'est de la folie. Pourquoi tant de hâte ? Tu es enceinte ?

— Bien sûr que non. C'est juste que Nigel n'a pas envie d'attendre, expliqua-t-elle dans un soupir. C'est lui qui tient à cette date. Quand il en parle, on dirait un gamin le matin de Noël. Pourquoi pas, après tout ? On va se marier, de toute façon. Alors janvier ou juin, qu'est-ce que ça change ? Tu pourras venir, dis ?

— Non, répondit-il, contrarié. Mon père se fait opérer du genou en janvier. Rien de grave mais il va rester immobilisé trois ou quatre mois. Ma mère est dans tous ses états et, de toute façon, il va falloir que je gère l'entreprise. Je ne pourrai sans doute pas bouger avant mai.

— Je doute que Nigel soit d'accord pour attendre aussi longtemps... Mais de toute façon, ce ne sera pas un grand mariage. Juste une petite cérémonie à l'église et un déjeuner avec quelques amis. Je ne veux pas faire plus, sans mes parents. Surtout si tu n'es pas là. On fera la fête quand tu pourras venir.

— Désolé de te faire faux bond, dit-il d'un ton contrit.

— Mais non, tu ne me fais pas faux bond, le délai est très court.

— Tu as pu te renseigner sur ce dont on a parlé ?

— Non. Nous n'avons pas encore parlé argent. Quelle importance, de toute façon ? Il me dit qu'il n'a rien, et je le crois. Que peut-il y avoir à découvrir ?

— Fais au moins rédiger un contrat aux USA, alors.

— Promis. C'est aussi ce que m'aurait conseillé mon père. J'envoie un mail à Ed dès aujourd'hui pour lui demander de faire le nécessaire.

— Tu as abordé le sujet avec Nigel ?

— Pas encore, mais je vais le faire.

— Le mieux serait de vous marier aux États-Unis pour que la loi américaine s'applique.

— Ça, je pense qu'il ne voudra pas.

— Vois avec Ed, alors. Ou n'importe quel avocat à New York. Pour assurer tes arrières.

Coco resta un moment pensive après avoir raccroché. Le soir même, elle aborda le sujet pendant le dîner.

— À cause de ce que mes parents m'ont laissé, il me faut un contrat de mariage, expliqua-t-elle avec simplicité à Nigel. Un qui soit valable aux États-Unis.

Elle craignait qu'il se vexe et fut soulagée qu'il n'en soit rien. Sa réaction lui confirmait que Nigel était un homme honnête et qu'il n'en voulait pas à son argent.

— Évidemment. Je signerai tout ce que tu voudras. Ton héritage t'appartient. Je ne veux surtout pas te léser.

Ed, à qui elle avait envoyé un mail juste après son coup de téléphone à Sam, l'appela le lendemain.

— Tu te maries ? dit-il, surpris. Ça fait longtemps que vous vous connaissez ?

— On s'est rencontrés à Londres. Il est adorable.

— Il a de la fortune ?

— Apparemment pas. Il faudrait donc rédiger un contrat en conséquence.

— Je m'en occupe tout de suite. Tous mes vœux de bonheur, Coco, ajouta-t-il après une pause.

— Merci, répondit-elle sans se départir de sa froideur.

— Quand vous mariez-vous ?

— En janvier.

Il n'osa pas lui demander si elle était enceinte mais nul doute qu'il le pensait.

— Merci de m'avoir prévenu. Je t'envoie le contrat dès qu'il est prêt. Ils ne font pas les choses tout à fait de la même manière en Europe, mais le régime de la séparation de biens existe également.

Elle reçut le document préparé par ses avocats cinq jours plus tard. Rédigé dans des termes très stricts, il précisait que tous les fonds, investissements et biens de toute sorte ainsi que son capital au moment du mariage restaient sa propriété à elle seule, et que Nigel renonçait à prétendre à quoi que ce soit. Comme ils devaient donner le détail de leurs avoirs, Ed avait joint la liste exhaustive de ceux de Coco.

Un peu inquiète, elle donna le contrat à Nigel qui le lut, le signa et le lui rendit sans broncher, promettant d'ajouter la liste de ses biens – qui serait vite dressée puisqu'il ne possédait rien.

— Tu ne veux pas le faire relire par un avocat ? suggéra-t-elle, étonnée.

— Non. Je ne t'épouse pas pour ton argent. Nous allons avoir une vie magnifique ensemble. Nous nous aimons, c'est tout ce qui m'intéresse. Je ne sais pas ce que tu possèdes et je ne veux pas le savoir.

En effet, il n'avait même pas pris le temps de lire la liste de ses avoirs. Il avait tout de même bien dû se rendre compte de sa longueur. Il lui facilitait les choses au maximum, et le reste fut aussi simple. Ils optèrent pour la petite église de son quartier. En l'absence de Sam, elle choisit comme témoin Leslie, qui en fut très touchée. Nigel ne démordit pas de sa décision de ne pas inviter son frère et demanda à un vieil ami d'école d'être son témoin. Après la cérémonie, ils iraient tous les cinq déjeuner au restaurant Savini at Criterion, dans l'opulence légendaire du palace historique avec son plafond doré et ses fameuses colonnes. C'était Nigel qui avait choisi ce lieu dont l'élégance XIXe lui allait à merveille. Coco aussi adorait. Il était prévu qu'ils partent dès le lendemain chez des amis à Courchevel. Ils feraient un vrai voyage de noces au printemps ou au cours de l'été. Pour l'instant, tout ce qu'ils souhaitaient, c'était la célébration la plus intime et la plus simple qui soit. Le strict minimum pour être déclarés mari et femme. Nigel semblait prêt à tous les compromis, comme s'il était terrifié à l'idée de la perdre maintenant qu'il l'avait trouvée. Tout cela était un peu hâtif mais Coco, convaincue de faire le bon choix, n'était nullement inquiète. Son fiancé lui avait par ailleurs remis une déclaration sur l'honneur stipulant qu'il ne possédait aucun bien et avait vingt mille livres sur son compte, ce qui n'était rien comparé à elle.

Chez Harrods, elle avait déniché un petit ensemble Chanel en laine blanche idéal pour la circonstance, qu'elle compléta d'une paire de Manolo Blahnik de satin blanc à boucles en strass et d'une pochette assortie. Elle se ferait faire chez le coiffeur un chignon orné de petites orchidées blanches – les mêmes que pour son bouquet et la boutonnière de Nigel.

En raison de son deuil encore très frais, la simplicité était de mise, mais la journée fut tout de même éprouvante pour Coco. Elle se réveilla en pleurs en pensant à ses parents. Pourquoi n'étaient-ils pas là pour ce moment crucial de sa vie ? Nigel eut beau faire, il ne parvint pas à la consoler et, malgré le fait que c'était encore la nuit à New York, elle appela Sam quatre ou cinq fois avant la cérémonie. Deux jours après son opération, son père ne se sentait pas bien et il était totalement exclu qu'il la rejoigne. Il était trop tard maintenant pour lui dire qu'elle avait tort de se précipiter ainsi, alors il la soutint. C'était tout ce qu'il y avait à faire. Mais comme il était difficile de lui répéter que tout irait bien alors que lui-même en doutait ! Elle épousait un homme qu'elle connaissait à peine et qui n'avait aucune stabilité financière. Tout ce qu'on pouvait lui accorder, c'était qu'il n'avait pas cherché à lui cacher sa situation. Sam s'inquiétait aussi du projet de vie de Nigel. Quel avenir se préparait-il ? Des fêtes à l'infini et un boulot qu'il détestait ? Ou pas de boulot du tout ? Sam aurait tellement voulu que Coco se marie avec quelqu'un de plus solide... Sans ses parents, elle était à la dérive. Et cette stabilité affective dont elle avait tant besoin, il ne voyait pas comment Nigel pourrait la lui offrir. Au moins avait-elle un bon contrat de mariage. Il n'en revenait d'ailleurs toujours pas que Nigel l'ait signé. Mais peut-être se trompait-il sur toute la ligne, pensa soudain Sam. Et si c'était bien l'homme de sa vie ? Qui sait, ce mariage tiendrait peut-être la distance. Coco y croyait. Après tout, des unions apparemment hâtives qui duraient quarante ou cinquante ans, cela s'était vu. En tout cas, il le souhaitait de tout cœur.

— Je viendrai dès que mon père sera remis sur pied, promit-il.

Quand il fut temps pour elle de partir à l'église avec Leslie, Coco n'avait plus de larmes. Quoique plus calme, elle ne cessait de penser à ses parents qui lui manquaient plus que jamais.

— Ça va être merveilleux, assura Leslie quand elles entrèrent dans la petite église.

Face à Nigel qui l'attendait devant l'autel, elle sourit et se détendit enfin. Oui, tout allait être parfait, parce qu'ils s'aimaient. Elle sentait que ses parents veillaient sur elle, qu'ils partageaient ce grand jour avec elle.

Quand il la vit, le regard de Nigel s'illumina. Une demi-heure plus tard, ils ressortaient, unis par les liens du mariage, alliance au doigt, escortés par leurs témoins. Le déjeuner fut magnifique. Nigel avait choisi du champagne Cristal et de grands vins français millésimés. Le menu était d'un grand raffinement, avec du caviar en hors-d'œuvre. Puisque cela incombait traditionnellement à la famille de la mariée et que ses parents n'étaient plus là pour s'en charger, Coco avait réglé la note à l'avance.

Rentrés chez elle vers 17 heures, un peu saouls, ils firent l'amour et s'endormirent aussitôt après.

Elle était sa femme, songea Coco au moment de sombrer. Sa femme. Cela sonnait délicieusement. Tout irait bien, maintenant. Elle avait une famille. Elle avait un mari. Pour la première fois depuis la perte de ses parents, elle se sentait à nouveau en sécurité. Nigel la protégerait toujours. Il s'y était engagé.

7

Ils passèrent une semaine idyllique à Courchevel. Le soleil leur chauffait délicieusement le visage et la neige était parfaite. Les amis chez qui ils séjournaient fêtaient sans cesse les jeunes mariés. D'autres, qui avaient des chalets dans les environs, recevaient aussi en leur honneur tous les soirs. La semaine ne fut qu'une longue célébration de leur mariage.

Dès leur retour à Londres, au petit déjeuner, Nigel posa à Coco une question qui la surprit.

— Où allons-nous habiter maintenant ?

— Comment ça ?

— Maintenant que nous sommes mariés, nous ne pouvons pas rester dans cette boîte d'allumettes, aussi adorable soit-elle. Il nous faut une vraie maison dans laquelle recevoir, expliqua-t-il. Ici, c'était parfait comme pied-à-terre provisoire. Mais maintenant, il nous faut quelque chose qui soit en accord avec notre statut.

Il semblait catégorique. Ils n'en avaient jamais parlé et cela n'était pas venu à l'esprit de Coco.

— Je ne sais pas. Je t'avoue que je n'y ai jamais réfléchi. Je ne sais même pas où il faudrait s'adresser.

— J'ai commencé à appeler des agents immobiliers pour prendre la température du marché, dit-il le plus naturellement du monde.

Elle en était encore abasourdie quand ils partirent au bureau. Une maison à Londres, ce n'était pas une mince affaire. Et cela entraînerait beaucoup de frais. Qui seraient à sa seule charge, supposait-elle, puisque son mari n'avait pas d'argent. Comment savait-il qu'elle en avait les moyens ? D'ailleurs, en avait-elle les moyens ? Cela soulevait un tourbillon de questions.

Nigel se mit à visiter plusieurs maisons par jour, parfois jusqu'à six, à la pause déjeuner et le soir. Il semblait s'investir énormément dans ce projet. En mars, six semaines après le début de ses recherches, il lui annonça qu'il souhaitait lui montrer deux maisons qui lui avaient plu. Il prit rendez-vous un vendredi matin sans la consulter, si bien qu'elle dut appeler Leslie pour la prévenir qu'elle serait en retard. Elle se plaisait toujours au *Time* et ne voyait pas de raison d'en partir, puisqu'elle restait à Londres. D'autant que Leslie était ravie de la compter dans son équipe.

Coco resta bouche bée devant les choix de Nigel. Il s'agissait de deux imposantes demeures familiales en parfait état et dans les plus beaux quartiers. Elles étaient dotées de gigantesques pièces de réception, de quantité de chambres et même, pour l'une, d'une salle de bal. Elles auraient davantage convenu à un capitaine d'industrie, un aristocrate ou un financier comme son père ou Ed Easton. Elle s'étrangla devant les prix annoncés. Elle ne dit rien devant l'agent et ils repartirent sans s'être engagés. À 23 ans, mariée ou pas, elle ne se voyait pas propriétaire d'un tel bien.

— Pourquoi nous faudrait-il une aussi grande maison ? demanda-t-elle à Nigel dans le taxi qui les conduisait au *Time*. On ne ferait pas mieux d'attendre d'avoir des enfants ? Nous sommes très bien là où nous sommes pour le moment. Les deux qu'on vient de voir sont hors de prix. On n'a pas besoin de tout cet espace.

— Bien sûr que si. As-tu une idée du nombre de fêtes et de dîners auxquels on est allés depuis six mois ? Si on veut continuer à fréquenter la bonne société, il va falloir rendre ces invitations. Donc il nous faut la place de recevoir. On va devoir donner des dîners, des bals. On ne peut pas continuer à jouer les pique-assiettes indéfiniment.

Coco se retint de lui rétorquer que la plupart de ceux qui les avaient invités ne vivaient pas non plus dans des palaces. Pour entretenir les demeures cossues qu'il visait, il allait falloir du personnel. Et, pour les remplir, entre quatre et six enfants – ou un flot constant d'invités. Ce n'était pas le train de vie auquel l'avaient habituée ses parents. Nigel se faisait apparemment une idée erronée de leur statut social.

— Je ne sais même pas si c'est un bon investissement, fit-elle valoir.

— Je t'assure que oui. Autrement, je n'aurais pas pris la peine de te les faire visiter, se défendit-il d'un air vexé. Et elles sont parfaitement dans tes moyens.

— Comment le sais-tu ?

— J'ai lu notre contrat de mariage. De toute façon, j'étais déjà au courant. Ce n'est certainement pas ton salaire au journal qui te permet de vivre dans une maison à Chelsea. Et je sais qui était ton père. Sa fortune n'était pas franchement un secret.

Ainsi, il s'était renseigné. Elle ne l'avoua pas, mais cette information la secouait un peu. Sam ne l'avait-il pas mise en garde ? Dire qu'elle n'avait pas voulu s'abaisser à cela…

Dans l'après-midi, à une heure où elle était sûre de le trouver au bureau, elle téléphona à Ed qui décrocha aussitôt. Elle lui parla des maisons, de leur surface, du prix de vente, et lui demanda si elle disposait des fonds nécessaires.

— Oui, sans problème, mais est-ce la question ? Tu veux vraiment une aussi grande maison à Londres ? Tu comptes t'y installer pour de bon ? Et fonder une famille tout de suite ? Parce que tu vois grand, là.

— Ce qui est sûr, c'est que nous n'allons pas avoir d'enfants dans l'immédiat. Et je ne sais pas si nous resterons ici. Mon mari le souhaite, mais rien n'est encore décidé. Il est très attaché à sa vie et ses amis ici mais de mon côté je veux continuer à passer du temps à New York.

— Quoi qu'il en soit, ce sont deux très grandes maisons. Pour répondre à ta question, oui, tu peux acheter l'une ou l'autre. Mais en as-tu envie ? C'est ça la vraie question.

Elle non. Mais Nigel si, désespérément. Ils rencontraient là leur première divergence de vue, et elle n'était pas mince.

— Merci, dit-elle un peu sèchement avant de raccrocher.

Le soir, elle reprit la conversation avec Nigel.

— Bien sûr qu'on va rester à Londres, décréta-t-il sans hésiter, comme si la question ne se posait même pas. Où d'autre veux-tu que nous habitions ?

— Je suis américaine, tu sais. Jusqu'à présent, j'ai toujours vécu à New York. J'ai encore l'appartement de mes parents et une maison dans les Hamptons. Rien ne me retient vraiment ici, à part mon petit boulot au *Time*. Comme nous sommes mariés, tu obtiendrais sans problème une carte verte. Et tu pourrais travailler à New York.

— Mais je n'ai aucune intention de m'installer à New York ! protesta-t-il, horrifié. Pourquoi tu ne vends pas l'appart et la maison pour payer celle d'ici ? Nous n'en aurons jamais l'utilité, de toute façon.

Soudain, New York lui manqua. Nigel faisait bien facilement une croix sur la ville où elle avait grandi. Elle y avait pourtant ses racines, ses souvenirs. Pour lui, la question se posait différemment. Elle se rendit compte qu'ils auraient dû en parler avant de se marier.

— Je suis très attachée à l'appartement de mes parents, où j'ai grandi, et à la maison dans les Hamptons. Je ne veux pas les vendre, se rebella-t-elle.

— Est-ce que tu es en train de me dire que tu ne peux pas acheter une maison ici, ou que tu n'en as pas envie ?

Il avait l'air effondré, incrédule.

— Ni l'un ni l'autre. Ce que je te dis, c'est que cela représente beaucoup d'argent. Nous n'avons pas besoin d'aussi grand. Nous pourrions commencer par quelque chose de plus raisonnable et en reparler quand nous aurons des enfants. D'autre part, je tiens à passer du temps à New York aussi.

— Combien de temps veux-tu attendre, pour les enfants ?

— Plusieurs années. Je te l'ai déjà dit. J'ai 23 ans, c'est bien trop tôt. Je n'ai même pas encore fini mes études.

— Étais-tu vraiment prête à te marier, Coco ? demanda-t-il d'un ton accusateur, comme si elle l'avait déçu. J'ai l'impression de parler avec une gamine.

Voilà encore un sujet qu'il aurait fallu aborder plus tôt...

— Je t'ai épousé parce que je t'aime. En revanche, je ne me doutais pas que tu voulais acheter tout de suite une maison, et encore moins une maison de cette taille. Il faut que j'y réfléchisse.

Elle ne voulait pas se laisser influencer et encore moins intimider. Cependant, elle ne voulait pas non plus lui faire de peine, à lui qui était désormais sa nouvelle famille.

— Tu ferais bien de réfléchir vite. Ces maisons ne vont pas rester longtemps sur le marché. Depuis des mois que je cherche, c'est de loin les mieux que j'ai vues, lâcha-t-il froidement, comme si elle lui refusait son dû.

La tension inhabituelle qui s'était installée entre eux persista des jours durant. Nigel ne cherchait même pas à en discuter, il se contentait de ne plus lui adresser la parole. Ils ne faisaient plus l'amour. Coco sentait que la guerre froide allait durer jusqu'à ce qu'elle cède. Son seul réconfort était de songer que les deux maisons étaient très belles et que, si elle finissait par en acheter une, elle n'aurait sans doute aucune difficulté à la revendre. Sauf qu'il essayait de lui forcer la main et que, même mariée, elle n'aspirait pas à ce train de vie.

Au bout de plusieurs nuits blanches, alors qu'ils n'échangeaient plus que quelques mots par jour, elle se résolut à lui demander de chercher quelque chose de plus petit et plus facile à entretenir. Pour sa part, elle aurait préféré rester encore un an ou deux là où ils étaient. C'était la première grande décision financière qu'elle avait à prendre ; elle craignait de ne pas être à la hauteur et la pression qu'il faisait peser sur elle n'arrangeait rien. Elle l'attendait à la table du petit déjeuner pour le lui dire quand il apparut, l'air épuisé lui aussi, et si malheureux qu'elle n'eut pas le cœur de lui annoncer sa décision.

— Coco, je ne te demande pas de jeter ton argent par les fenêtres ni de me le donner, fit-il valoir. La maison sera à ton nom et représente un excellent investissement.

— Je suis incapable de tenir une maison de cette taille. Et je ne sais même pas si j'ai envie de vivre ici. À la base, j'étais venue en stage pour quelques mois.

La panique la faisait suffoquer.

— Maintenant, tu es mariée avec un Anglais et tu vis ici. Quant à tenir la maison, je pourrai m'en charger. S'il y a un truc qui me connaît, ce sont les grandes propriétés. Celle de mon père, dans le Sussex, faisait dix fois la taille de celle-ci.

Celle dont il n'avait pas hérité… Nigel essayait de recréer ce qu'il avait perdu, comprit-elle brusquement. Et il comptait sur elle pour le financer. C'était beaucoup demander !

— Je ne suis pas prête.

Voyant les larmes lui monter aux yeux, il lui sourit.

— Je m'occuperai de tout. Nous voulons tous les deux avoir une belle vie ensemble. Cela en fait partie.

Elle sentit qu'elle perdait pied, elle n'avait plus la force de lui tenir tête. Elle avait l'argent, lui avait l'endurance et la détermination nécessaires pour batailler avec elle jusqu'à obtenir ce qu'il voulait. Et dans l'immédiat, il voulait une grande maison. Il n'en démordrait pas. En théorie, il ne pouvait pas la forcer à accepter. Pourtant, en un sens, c'était ce qu'il faisait.

— Très bien, lâcha-t-elle dans un soupir de lassitude.

Elle lui indiqua qu'elle préférait celle qui n'avait pas de salle de bal et il accepta, non sans lui faire sentir qu'il se sacrifiait pour elle.

— J'appelle l'agent immobilier tout de suite. Tu ne le regretteras pas, je te le promets. Un jour, quand la maison sera pleine d'enfants et que nous y donnerons les plus belles soirées de Londres, tu me remercieras.

Pour le moment, ce tableau ne la faisait pas rêver, loin de là. D'autant que la somme colossale que cela représentait ne faisait ni chaud ni froid à Nigel.

Ils ne devaient signer qu'une semaine plus tard. Elle pouvait encore se raviser, mais elle savait qu'elle serait incapable de le décevoir. Elle était dos au mur.

Ils devaient avoir les clés de la maison deux mois plus tard, en mai. Dès avril, Nigel lui présenta une liste de tous les travaux d'aménagement – luxueux, bien entendu – qu'il comptait faire réaliser. Il avait déjà rencontré des entrepreneurs. Elle s'étrangla de nouveau devant leurs devis.

— Ne t'en fais pas, je superviserai le chantier, promit-il avec un grand sourire. On devrait pouvoir emménager en août.

— À ce train-là, autant déménager directement à l'hôtel social ! protesta-t-elle. Pourquoi veux-tu faire autant de travaux ? La maison me semble très bien comme elle est.

— Fais-moi confiance. Elle sera encore mieux ainsi. Tu vas l'adorer.

C'est alors qu'il lâcha une autre bombe.

— Bien entendu, nous allons avoir besoin de meubles.

Elle n'y avait pas songé. Vu la taille de la maison, le projet lui semblait aussi écrasant que ruineux. Elle se rappela la rénovation de l'appartement de New York et revit son père se plaindre du fait que sa mère dépensait une fortune. Maintenant, elle comprenait. Elle ne s'était pas rendu compte que Nigel avait à ce point des goûts de luxe.

Dès que Coco avait cédé pour la maison, Nigel était redevenu adorable, aimant, plein de désir pour elle. La guerre froide était finie mais elle lui avait coûté cher. Et pas un instant il ne s'était inquiété de savoir si son projet pharaonique était au-dessus des moyens de son épouse. Il semblait s'être bien renseigné…

Les travaux commencèrent dès qu'ils prirent possession de la maison et, en quelques jours, tout fut sens dessus dessous. Il ne restait plus rien de ce qui avait séduit, ou du moins rassuré Coco lors des visites. Cela ajouta de la tension dans les relations du jeune couple. Désormais, leurs soirées étaient bien plus stressantes qu'agréables. Ils passaient leur temps à se disputer au sujet des travaux. Et comme ils étaient le couple en vue du moment, ils étaient invités à davantage de week-ends à la campagne que jamais, ce qui la contraignait à faire bonne figure en public.

Un samedi de début juin, alors qu'ils ne se parlaient pour ainsi dire plus, Nigel rentra d'un déjeuner à son club l'air penaud. Elle ne lui demanda pas ce qu'il avait. Elle n'en pouvait plus de ses problèmes avec le maître d'œuvre ou les ouvriers – des problèmes causés par des travaux inutiles qui n'étaient qu'un gâchis de temps et d'argent.

— Tu as envie de sortir, ce soir ? lui proposa-t-il.

Cela l'étonna. Ils n'étaient pas sortis en tête à tête depuis des mois. Souvent, épuisés par leurs incessantes prises de bec, ils ne dînaient même pas ensemble, et ils avaient de nouveau cessé de faire l'amour. Il dépensait sans compter et elle signait les chèques. Elle avait lu quelque part que les travaux et les déménagements faisaient partie des expériences les plus stressantes qui soient après un divorce ou la perte d'un être cher. Elle n'en pouvait plus d'entendre parler de cette maison qu'elle n'avait même pas eu envie d'acheter. Alors la perspective d'aller au restaurant avec lui pour entendre parler sans relâche d'une nouvelle idée plus dispendieuse encore que les précédentes ne la tentait guère.

— J'ai quelque chose à te dire, lui annonça-t-il en s'asseyant.

— La maison a brûlé ? avança-t-elle d'une voix étranglée, espérant presque que ce soit vrai.

— Bien sûr que non. Elle va être sublime. Tu vas l'adorer. Non, il faut que je te dise que j'ai saisi une occasion que je ne pouvais pas laisser passer. J'ai failli t'appeler mais je préférais ne pas t'en parler au téléphone. Il y avait un vieux copain d'Eton à mon club. Un type en or. Après Oxford, il s'est installé en Australie. Bref, ses parents sont morts récemment, ce qui l'a conduit à rentrer en Angleterre le temps de mettre de l'ordre dans leurs affaires. Il se trouve qu'ils avaient une propriété splendide dans le Sussex. Mon copain a besoin d'argent. Il m'a dit que mon prix serait le sien. J'ai fait une offre ridicule qu'il a acceptée sans même essayer de discuter. On s'est serré la main. Marché conclu. De toute façon, il nous faut une maison de campagne, Coco. Je sais que ça fait beaucoup d'un coup, mais fais-moi confiance. C'est une merveille. Je ne pouvais pas la laisser nous passer sous le nez. Il y a un peu de travaux à faire, mais pas trop.

— Tu as quoi ?

Elle le fixait depuis l'autre bout de la pièce, incapable de faire un geste. Elle n'en croyait pas ses oreilles. Cette fois, elle n'était pas inquiète ni même contrariée. Non, elle était absolument furieuse. Comment avait-il pu faire une chose pareille ? Ils allaient se retrouver avec deux maisons dont elle ne voulait pas. Il était vraiment incontrôlable. Après avoir signé leur contrat de mariage comme si cela n'avait pas la moindre importance, voilà qu'il dépensait l'argent de Coco million après million.

— Tu as acheté un château dans le Sussex ce midi ? Tu t'es engagé sans même me consulter ? Et tu crois que je vais payer ? Mais tu as perdu la tête, Nigel ? Tu te fiches de moi ? Qu'est-ce qui t'a pris ?

Certes, la maison de Londres était à elle, mais ce qu'il en faisait était ruineux. Loin de s'en excuser, il lui répétait qu'elle avait de la chance qu'il apporte toutes ces améliorations à son investissement. Et voilà qu'il voulait en acheter une autre. Ou plutôt qu'il en *avait* acheté une autre.

— Coco, nous avons besoin d'une maison de campagne. C'est un peu plus tôt que prévu, voilà tout.

— Pourquoi aurions-nous *besoin* d'une maison de campagne ? Ce n'était pas prévu. Nous n'en avons même jamais parlé.

— Eh bien, pour donner des parties de campagne comme celles auxquelles nous sommes conviés tous les week-ends, répondit-il comme si ça tombait sous le sens. Nous ne pouvons pas éternellement vivre aux crochets de mes amis.

Cette phrase et le ton guindé sur lequel il la prononça lui donnèrent envie de hurler.

— Je ne vis aux crochets de personne, Nigel ! Et je ne sais même pas si cette maison est dans mes moyens.

— Je crois que oui.

— Tu n'en sais rien. Je l'ignore moi-même. Une poignée de main ne conclut pas une affaire quand il s'agit de l'argent de quelqu'un d'autre. C'est un cauchemar.

— Est-ce que tu m'aimes ? demanda-t-il d'un air abattu.

— Ce n'est pas la question. Je n'aime pas ce que tu fais dans mon dos ni la manière dont tu dépenses mon argent sans même me consulter. Qu'est-ce que c'est que ce mariage ?

Un mariage ruineux, assurément.

— Je te demande juste de me faire confiance. Je m'y connais, en maisons. Tu auras bientôt les deux plus jolies d'Angleterre.

— Et je ne te parle pas du personnel, des charges... C'est grand comment, ce domaine dans le Sussex ?

— Oh, il y a quatre maisons très correctes, des prairies, de belles écuries. Il vend même les chevaux avec. Il n'y en a que quatre pour le moment, mais toute la place qu'il faut pour d'autres. Ah, et j'allais oublier l'étang.

— C'est de la folie.

Même si le prix lui semblait effectivement bas, elle n'avait aucune envie d'une maison de campagne de cette taille. Et toutes ces dépenses, sans même lui demander son avis... C'était effrayant. Elle n'en pouvait déjà plus.

Elle sortit en claquant la porte et alla marcher pour se calmer. À son retour, Nigel n'était plus là. Avec un peu de chance, il était allé trouver son ami pour annuler la transaction. Il ne rentra qu'à minuit, ivre.

— Alors, tu t'en es dégagé ?

— De quoi ? demanda-t-il d'une voix pâteuse en se couchant.

— De cette histoire de maison dans le Sussex. J'imaginais que c'était ce que tu étais parti faire.

— Bien sûr que non. J'ai donné ma parole de gentleman, je ne peux pas la reprendre.

— Et si je refuse de payer ?

— J'imagine qu'il pourra nous attaquer pour rupture de contrat. Je lui ai fait une proposition écrite que j'ai signée.

— Nigel ! Il faut que ça cesse ! Tu vas me ruiner.

— D'après mes renseignements, tu as encore largement de quoi voir venir.

Elle fut prise d'un haut-le-cœur devant ce cynisme. Quand avait-il enquêté sur sa fortune ? Avant ou après leur mariage ? Sam avait raison depuis le début. Encore une fois. Nigel voulait de l'argent. Beaucoup d'argent. Et un train de vie qui n'allait pas à Coco, qui l'inquiétait, et qu'elle ne pourrait pas se permettre longtemps.

Ce soir-là, elle descendit dormir sur le canapé. Il était de toute façon trop saoul pour la suivre. Le lendemain, elle partit avant qu'il soit debout. Elle avait appelé Leslie, qui lui avait proposé de passer chez elle. Elle n'avait personne d'autre à qui parler.

— Tu sais, lui dit Leslie, consternée, ces aristocrates ne savent pas vivre sans argent. Ils ont l'habitude d'avoir à disposition maison, ferme, terres, et le style de vie qui va avec. Lorsque ce n'est plus le cas, ils comptent les voir revenir comme par magie. Même s'il a toujours su que cela arriverait, je crois que Nigel a beaucoup souffert de voir son frère hériter de tous les biens de la famille. Il doit compter sur toi pour être la magicienne qui lui rendra le monde qu'il a perdu. Bien entendu, ce n'est pas réaliste. Il se peut fort qu'il n'ait même pas conscience de profiter de toi. Que veux-tu faire, maintenant ? Divorcer ?

Au désespoir, Coco secoua la tête.

— Je l'aime. Mais cela ne peut pas continuer. Je n'ai plus confiance en lui. Il ne peut pas s'amuser à acheter des maisons avec mon argent.

— Peut-être pourrais-tu le lui expliquer ?

— Je ne crois pas qu'il m'entende vraiment. J'essaie, pourtant, mais il fait la sourde oreille. Nous n'aurions pas dû nous marier. C'était prématuré. Nous ne nous connaissions pas suffisamment. Sur le moment, ça m'a paru très romantique. Ça ne l'est plus du tout.

— Il me semblait aussi que vous alliez un peu vite, mais je connais Nigel quand il veut quelque chose. En l'occurrence, toi. Peut-être que la seule chose à faire est de le prévenir que s'il achète encore une maison, tu demanderas le divorce. Et de t'y tenir.

En effet, il n'y avait pas trente-six solutions. Cependant, même après le coup qu'il venait de lui faire, elle n'avait pas envie de le quitter. Elle l'aimait.

— Ta visite tombe à point nommé, enchaîna Leslie. Je voulais te parler. Je vais quitter le *Time*. C'est une grande décision, je sais. Cela fait un moment que j'ai envie de me mettre à mon compte. J'ai hérité récemment d'une tante ; cela me permet de me lancer. Mon projet, c'est de proposer un service « clés en main » à des gens qui déménagent à Londres. De leur trouver un appartement ou une maison, de m'occuper de l'aménagement ou de la déco et de tout installer avant leur arrivée. J'ai une amie qui fait ça à Paris et qui gagne très bien sa vie. Il y a une vraie demande, entre tous les gens qui sont mutés ici par leur boîte et ceux qui viennent comme toi pour raison personnelle.

— C'est un super projet ! la félicita Coco malgré sa déception de voir Leslie, avec qui elle s'entendait très bien, quitter le journal.

Cependant, il faudrait bien que son stage se termine un jour : elle était là depuis dix mois déjà.

— Et je pense que tu serais parfaite pour ça, continua son amie. Est-ce que tu serais d'accord pour venir travailler avec moi ? Je serais tellement contente de t'avoir dans mon équipe…

C'était très tentant, songea Coco, qui avait envie d'un peu de stabilité dans sa vie professionnelle.

— J'adorerais ! s'exclama-t-elle avec un grand sourire.

— C'est vrai ? Génial !

— Tu commences quand ?

— À la fin du mois. Je compte être opérationnelle pour mes premiers clients fin juillet. Je donne ma démission demain ; j'ai quatre semaines de préavis. Toi tu n'as que deux semaines, donc tu peux attendre un peu. J'aimerais autant qu'ils ne sachent pas que je leur pique des stagiaires. Je te verserai un vrai salaire, bien sûr. Maintenant que tu es mariée avec Nigel, tu peux travailler en toute légalité.

Elles parlèrent un peu du projet, que Coco trouvait passionnant. Au début, pour limiter les frais, Leslie travaillerait de chez elle. Elle n'habitait qu'à dix minutes de l'actuelle maison de Coco et pas très loin non plus de la nouvelle. Cette proposition était vraiment la bienvenue et le salaire qu'elle lui proposait très correct. Depuis quatre mois et demi, entre la fragilité de son mariage et les folles dépenses de Nigel, les bonnes nouvelles se faisaient rares.

— Que vas-tu faire, pour Nigel ? demanda doucement Leslie avant que Coco s'en aille.

— Le tuer s'il achète encore une maison.

— J'espère qu'il va se calmer. Autrement, il faudra que tu reprennes tes billes. Je ne me doutais pas qu'il était à ce point irresponsable.

Et si avide. Maison de ville, propriété à la campagne et Dieu sait quoi encore : il voulait tout, tout de suite, aux frais de Coco. Hélas, il ne connaissait que trop bien l'étendue de ses moyens.

Les deux amies s'embrassèrent et Coco rentra chez elle de bien meilleure humeur. Elle trouva Nigel assis à la table de la cuisine, avec une gueule de bois épouvantable.

— Où étais-tu passée ?

— Je suis allée voir Leslie.

— Pourquoi ?

— Une histoire de boulot.

Elle ne lui parla pas du poste que son amie lui proposait. Cela ne le regardait pas. Il la rejoignit en haut et s'allongea sur le lit en faisant la grimace.

— Comment comptes-tu payer la maison du Sussex à ton ami ? lui demanda-t-elle sans détour.

— Je lui ai dit que c'était toi qui allais le faire. En trois fois, par virement. C'est lui qui l'a suggéré, il a besoin de cash. On avait déjà pas mal bu, à ce moment-là.

Elle hocha la tête sans rien dire et ressortit. Elle passa la journée dehors à marcher et réfléchir et ne rentra qu'à 18 heures. Nigel s'était absenté sans laisser de mot. Il devait se douter qu'il était allé trop loin.

Le lendemain, elle appela Ed Easton pour lui parler de la nouvelle folie de son mari. Celui-ci disait vrai : il avait eu la maison du Sussex pour un prix ridiculement bas. N'empêche qu'il n'aurait jamais dû s'engager sans la consulter.

— Ton cher époux n'y va pas de main morte sur les dépenses, dis-moi. En tant que conseiller financier, il est de mon devoir de t'avertir que ce n'est pas prudent.

— Je suis déjà sur la paille ? s'enquit-elle dans un soupir.

— On en est loin, mais cela finira par arriver s'il continue à ce rythme.

— Je vais mettre le holà.

Elle le pria néanmoins de faire virer l'argent pour la maison sur son compte anglais. Il acquiesça avant d'ajouter :

— Je suis heureux que nous ayons aussi bien blindé ton contrat de mariage. Sur le moment, je m'en suis un peu voulu d'être aussi dur avec lui. Tout compte fait, je m'en félicite.

— Moi aussi. Merci beaucoup, Ed.

En raccrochant, elle songea que, même si cela n'allait pas très bien avec Nigel, elle ne regrettait pas le moins du monde d'avoir rompu avec Ed. Elle ne le regretterait jamais.

8

Leslie démissionna du journal le lundi matin et annonça son départ pour fin juin. Elle allait enfin réaliser son rêve de toujours en montant sa propre société. À 39 ans, sans mari ni enfants, avec l'héritage de sa tante, c'était le moment ou jamais de se lancer.

Ce soir-là, Coco annonca à Nigel qu'elle allait payer la maison du Sussex mais que, si jamais il lui refaisait un coup pareil, elle le quitterait. Elle n'allait pas le laisser la saigner à blanc pour frimer devant ses amis. Il la remercia avec effusion et lui jura de ne pas racheter de maison et de ne prendre aucun engagement financier sans lui en parler. On aurait dit un enfant qui s'était fait gronder. Elle se rendit compte que, malgré leurs dix ans d'écart, c'était lui le plus immature et le plus irresponsable des deux. C'était triste, mais c'était ainsi. Nigel se conduisait comme un charmant enfant tant que les choses allaient dans son sens, et devenait odieux dès qu'on lui résistait. Il la manipulait en la privant de son amour.

Coco comptait mettre fin à son contrat deux semaines après Leslie afin qu'elles puissent quitter le journal en même temps. Elle n'avait pas encore parlé à Nigel de son nouveau projet. La communication entre eux restait minimale et tendue, et ils n'avaient pas fait l'amour depuis qu'il avait acheté la seconde maison. Elle était encore trop contrariée.

La veille du jour où elle comptait annoncer son départ, il rentra avec une tête de fin du monde. Il se servit un whisky bien tassé et se laissa tomber sur le canapé, l'air piteux. Elle se demanda s'il était malade.

— Quelque chose ne va pas ?

— Tu peux le dire. Ils ont présenté un projet de restructuration du service marketing et publicité, aujourd'hui. Il y a des compressions de personnel. J'ai été viré, Coco. Ça faisait cinq ans. Je n'ai plus de boulot.

Elle avait de la peine de le voir si meurtri. Son ego en avait pris un coup. Et même s'il ne touchait pas un salaire mirobolant, cela couvrait ses dépenses personnelles, pour lesquelles il ne lui demandait jamais d'argent.

— Je suis désolée, dit-elle doucement. Tu vas vite retrouver quelque chose.

Il hocha la tête. Au bout de quelques gorgées de scotch, il se ragaillardit un peu.

— Au moins, ça va me laisser le temps de surveiller les deux chantiers.

La maison de Londres devait être finie en août et celle du Sussex en septembre. Sauf que la surveillance des travaux n'était pas censée représenter une occupation à plein temps. Coco n'était pas du tout pour.

— Il me semble que tu devrais chercher un autre emploi, suggéra-t-elle le plus délicatement qu'elle put.

Ces deux maisons, cela fait beaucoup de dépenses. Tu pourrais contribuer, à ta hauteur.

— Mon salaire ne changerait pas grand-chose. À quoi ça sert que je travaille, avec tout ce que tu as ?

Il lui était désagréable de l'entendre parler aussi crûment de son héritage, et encore plus de découvrir comment il voyait les choses. Les craintes de Sam se confirmaient.

— Je travaille, objecta-t-elle calmement. Tu peux en faire autant.

— Mais toi, c'est purement symbolique, contra-t-il avec dédain.

— Figure-toi que je commence autre chose en juillet. Leslie monte une boîte pour aider les gens qui viennent s'installer à Londres. L'idée est de leur trouver un appartement ou une maison, de s'occuper de la déco et de tout installer pour qu'ils n'aient rien à faire en arrivant. Elle m'offre de travailler pour elle. Je démissionne demain et je commence dans deux semaines.

— Pourquoi tu ne m'as rien dit ?

Avec quelle rapidité il retournait la situation pour se poser en victime !

— Ce n'est pas comme si nous parlions beaucoup, ces temps-ci. Elle me l'a proposé le lendemain du jour où tu m'as mise devant le fait accompli pour la maison du Sussex.

— À la réflexion, je vais attendre septembre pour chercher. Inutile de se démener en été, de toute façon, il n'y a personne, décréta Nigel en se resservant un verre.

— Il me semble justement que tu devrais commencer à faire circuler ton CV tout de suite.

Combien de temps allait-il rester sans emploi avec la bonne excuse des deux maisons en cours de rénovation ? Essaierait-il vraiment de retrouver un poste ? Cela inquiétait Coco. Elle n'avait aucune envie de devenir sa vache à lait, et qu'il soit totalement dépendant d'elle. Par principe, elle souhaitait qu'il travaille. Depuis leur mariage cinq mois plus tôt, la situation avait dégringolé à une allure vertigineuse. Ce soir-là, il resta en bas à boire. Il n'avait pas encore émergé le lendemain matin quand elle partit au bureau. La veille, après que son licenciement lui avait été signifié, conformément à la politique du journal, il avait récupéré toutes ses affaires et avait été raccompagné à la porte de l'immeuble. Elle était désolée pour lui de cette humiliation.

Sa démission fut acceptée de bonne grâce, et on la remercia pour le zèle qu'elle avait mis à accomplir ses missions, même mineures. Le soir, Sam lui annonça sa visite. Il pouvait s'accorder quelques jours de vacances la dernière semaine de juin. Son père, rétabli, avait repris le travail. Il avait très envie de voir Coco. Son précédent passage à Londres remontait déjà à neuf mois, ce qui était bien long pour lui comme pour elle.

Il s'était passé tant de choses, depuis… Elle avait épousé Nigel. Ils avaient acheté deux maisons. Elle changeait de travail. La vie de Sam évoluait plus lentement. Il sortait avec Tamar depuis un peu plus d'un an, maintenant. Ces six derniers mois, il avait dirigé seul le cabinet de son père. Cela lui avait beaucoup appris, disait-il. Mais son père avait repris les rênes, à sa manière, et Sam semblait quelque peu découragé.

Comme la fois précédente, Coco alla le chercher à l'aéroport. Son contrat au *Time* s'étant achevé la veille, elle était libre de passer ces quelques jours avec lui. Ils s'étreignirent à se briser les côtes. Elle le trouva amaigri, fatigué, pâle – mais il était fou de joie de la revoir.

Elle l'emmena d'abord à la nouvelle maison, où ils trouvèrent le chantier en pleine ébullition. L'entrepreneur avait renforcé son équipe pour tenir les délais.

— Mais c'est gigantesque ! commenta Sam. Pourquoi vous faut-il tant de place ? Vous attendez des quadruplés ?

— Nigel a l'air de le croire.

Elle ne chercha pas à dissimuler sa contrariété. L'ampleur de ce qu'ils avaient entrepris la mettait mal à l'aise, de même que le nombre de domestiques qu'ils allaient devoir engager. Au moins trois, selon ses calculs. Dont un majordome. Nigel y tenait, ce qui la gênait encore plus.

Aucun doute, la maison était magnifique. Mais ils n'avaient pas besoin de tout cela. Et que de dépenses inutiles !

Maintenant que Nigel ne travaillait plus, ils se croisaient à peine. Presque tous les soirs, il retrouvait des amis au pub. Ils sortaient de moins en moins tous les deux.

— Je t'emmènerai voir la maison de campagne demain, dit Coco à son ami.

Lors de son unique visite, elle l'avait trouvée belle et paisible. Toutefois, elle craignait que les travaux de modernisation que prévoyait Nigel lui fournissent une excuse pour ne pas reprendre le travail de sitôt.

— Pourquoi cette folie immobilière ?

Sam ne comprenait pas. Même si les parents de Coco lui avaient laissé une belle fortune, en faire ainsi étalage n'était vraiment pas son genre. Cela venait forcément de Nigel.

— J'ai l'impression qu'il cherche à épater son cercle. Il a l'intention de donner des parties de campagne. J'avoue que ça me dépasse un peu. C'est un boulot monstre d'accueillir quinze, vingt ou trente personnes tout un week-end. Et c'est ruineux. Il vient de perdre son job, en plus. Il a décidé de prendre des vacances et de ne se mettre à chercher qu'en septembre.

— Qu'est-ce que tu en penses, toi ?

— Ça ne me plaît pas. Il a fait pression sur moi pour que j'achète cette maison-ci. Puis il a fait une offre à un copain pour celle du Sussex sans me consulter. C'est tendu, en ce moment. Je lui ai dit que s'il rachetait quelque chose sans m'en parler, je le quittais. Il est terriblement dépensier.

— On dirait qu'il est devenu très grand seigneur, depuis votre mariage. Il n'était pas comme ça avant, si ?

— Il aime mener la belle vie. Il est vrai que nous avons passé des week-ends dans de très belles propriétés. Être invité ne lui suffit plus : maintenant, il veut recevoir. Bref, il a des goûts de luxe et semble s'être fait une idée assez précise de ce dont j'ai hérité, à la fois par la liste jointe à notre contrat de mariage et les renseignements qu'il avait pris avant.

Cette révélation troubla Sam sans beaucoup le surprendre.

— Ce que tu as eu la classe de ne pas faire..., lui rappela-t-il. On dirait qu'il se croit tout permis. Cela ne m'avait pas frappé, l'année dernière.

Nigel semblait respecter Coco, alors. Mais ses idées de grandeur étaient déjà là.

— Il m'a promis de ne pas recommencer. J'espère qu'il tiendra parole. Et j'aimerais qu'il retrouve du travail. C'est désagréable de devoir l'y pousser. Il m'a répondu que cela ne servait à rien, vu tout ce que j'ai. Pourtant, moi, je travaille. Il devrait en faire autant.

Une fois ses quelques économies dépensées, ce qui ne tarderait pas, il dépendrait entièrement d'elle.

Ils savaient l'un et l'autre qu'elle l'avait épousé trop vite, sans le connaître assez. Déjà à l'époque, il était évident que Nigel se voyait bien mener une vie à la *Gatsby le Magnifique*. Coco s'était laissé entraîner dans son monde. De là à acheter des maisons à droite et à gauche pour lui faire plaisir... Cela l'effrayait. Ses parents lui avaient appris à être responsable, et à ne pas dépenser sans compter.

— Ed dit que j'ai ce qu'il faut, mais que cela ne durera pas éternellement si Nigel continue à ce rythme.

Sam se faisait du souci.

— Quand déménagez-vous ?

— Théoriquement, en août. Et la maison de campagne devrait être finie en septembre. Il va falloir que j'engage du personnel.

C'était un style de vie bien luxueux pour une jeune femme de 23 ans qui venait d'épouser un homme sans fortune personnelle – ni emploi. Il lui avait toujours dit qu'il n'avait pas d'argent. La surprise, c'était la facilité avec laquelle il dépensait le sien.

Quand ils rentrèrent, Nigel était sorti, ce qui ne l'étonna pas. Elle servit un verre de vin à Sam et ils s'installèrent sur le canapé pour bavarder. Il lui donna des nouvelles de sa famille, lui raconta son travail, et Tamar, si loyale et dévouée qu'elle donnait même un coup de main le week-end au cabinet du père de Sam. Résultat, il s'en voulait encore plus de ne pas avoir envie de l'épouser.

— J'ai 24 ans, fit-il valoir. Je ne suis pas prêt à m'installer. Elle a un an de moins que moi et elle veut déjà se marier et avoir des enfants. À chaque fois qu'elle en parle, j'ai l'impression de voir ma jeunesse et ma liberté s'envoler par la fenêtre.

— Tu pourrais sortir avec quelqu'un d'autre pendant quelque temps. Ça te permettrait de respirer un peu.

— Ça la tuerait. Et moi, c'est ma mère qui me tuerait. Dommage, sinon ce serait tentant, concéda-t-il avec une mimique contrite qui la fit rire. Ma mère l'adore. D'ailleurs, Tamar lui ressemble plus que mes sœurs. Tiens, d'ailleurs, Sabra va se marier avec Liam. Et Rebecca a dit à mon père qu'elle voulait se convertir au catholicisme. Même pas pour un garçon ! Elle soutient que c'est juste plus en accord avec ses convictions personnelles. L'année dernière, elle se voyait bien bouddhiste. Jacob, lui, reste fidèle à son projet de devenir rabbin. Ils me rendent fou, tous. Tu me manques, Coco. La vie n'est pas pareille sans toi. Je n'ai personne de sensé à qui parler, sauf quand je t'appelle.

— Je ressens la même chose...

Elle avait fait une terrible erreur en épousant Nigel, c'était maintenant une évidence.

Le soir, Sam le trouva beaucoup moins chaleureux que lors de leur première rencontre. Il paraissait même légèrement agacé par sa présence. Comme s'il le soupçonnait d'être venu le surveiller. Mais Sam était là pour voir son amie d'enfance et la soutenir.

— Vous êtes en train de vous faire une sacrée maison, tous les deux, remarqua-t-il en souriant tandis qu'ils s'attablaient pour dîner dans un pub du quartier.

— Coco la trouve trop grande pour nous, répondit Nigel, maussade. Elle verra, quand on aura des enfants. Et on va pouvoir donner des réceptions dont tout Londres parlera.

Soudain, son visage s'éclaira. La clé était là. Dans cette phrase et dans son expression. Il voulait faire sensation... aux frais de Coco. Il n'était nullement gêné qu'elle paie tout. Ce qu'il voulait, c'était briller, coûte que coûte. Pour prendre sa revanche sur son frère.

Le lendemain, sur la route du Sussex, Sam confirma à Coco que Nigel semblait avoir changé. Tout en reprochant amèrement au *Time* son licenciement, il se complaisait dans son oisiveté. Il en voulait à Coco d'avoir rechigné à acheter deux grandes maisons d'un coup et d'insister pour qu'il cherche un emploi. Elle avait les moyens de financer ses caprices, il le savait et l'y poussait comme si tout cela lui revenait de droit. Ce n'était plus l'homme charmant et drôle de l'année passée. Il buvait trop et avait l'alcool mauvais. Sam enrageait devant ses allusions constantes à la fortune de Coco, qui la mettaient mal à l'aise.

La maison du Sussex avait beaucoup d'allure et le charme de l'ancien. Le revers de la médaille était que, faute d'un entretien régulier, elle nécessitait de gros travaux pour recouvrer la splendeur dont elle portait encore les traces.

— Il a fait une très belle affaire, concéda Coco.

Maintenant que le mal était fait, il ne servait à rien de se plaindre. Il fallait soit rénover la maison et l'habiter, soit la vendre en faisant peut-être une plus-value. Grâce à son mariage avec une riche Américaine, les rêves de grandeur de Nigel pouvaient enfin prendre corps. Sam le soupçonnait même d'avoir tout calculé depuis le début, mais il garda sa langue dans sa poche. À quoi bon faire de la peine à Coco ? C'était trop tard, de toute façon. Elle était mariée, et disait aimer Nigel même si leur relation s'était dégradée.

Le soir, à table, Sam suggéra qu'ils viennent à New York l'été suivant et fassent un petit séjour dans les Hamptons. Nigel rétorqua qu'il ne voulait pas partir tant que les travaux n'étaient pas finis. Ils passeraient donc l'été à Londres. Coco avait proposé à Sam de profiter de la maison sur la plage à sa guise mais il ne se voyait pas y aller sans elle. Ce serait trop bizarre. Trop triste. L'important, c'était elle. Pas la maison.

Les quatre jours de sa visite passèrent à toute allure. Ils eurent cependant le loisir de passer beaucoup de temps tous les deux car Nigel disparaissait de longues heures en disant qu'il allait surveiller les travaux dans une maison ou l'autre. Elle faisait comme si elle le croyait. C'était plus facile ainsi. Quand elle lui demandait des comptes sur n'importe quoi – son emploi du temps, ses dépenses –, il devenait désagréable.

Lorsqu'elle déposa Sam à l'aéroport, il l'enveloppa de son regard le plus aimant.

— Appelle-moi si tu as besoin de moi, Coco.

L'atmosphère entre son mari et elle ne lui disait rien qui vaille. La tension était permanente. Parfois, il avait surpris des coups d'œil franchement mauvais de la part de Nigel qui, au lieu d'être reconnaissant, en exigeait toujours plus.

— Toi aussi.

— Pas de bêtises, hein. Et arrête de lui acheter des maisons.

— Ne t'en fais pas pour ça ! Et toi non plus, pas de bêtises. Ne laisse pas ta mère te commander.

Cela le fit rire.

— J'essaierai de revenir à l'automne voir si les maisons sont belles.

Elle l'étreignit de toutes ses forces. Au moment de se séparer, ils faillirent pleurer mais, cette fois, parvinrent à se retenir.

Peut-être Nigel se rendit-il compte que Coco était triste après le départ de Sam car, quelques jours plus tard, il lui annonça qu'il avait une surprise pour elle.

— Nous n'avons pas encore fait notre voyage de noces, dit-il. Et on a vraiment besoin de vacances. Alors j'ai décidé d'affréter un bateau. La grande cabine est sublime. Et il y a cinq cabines d'invités ! J'ai pensé que ce serait une bonne idée de partir avec des amis.

— Quel genre de bateau ? demanda-t-elle avec méfiance.

Elle aimait naviguer mais quelque chose lui disait qu'il avait encore vu trop grand. Une année, son père avait affrété un yacht dans le sud de la France. Elle avait adoré ces vacances mais elle savait que c'était hors de prix.

— À moteur, répondit-il en souriant. Deux cent quarante pieds. Dix-neuf membres d'équipage. On peut aller où on veut en Méditerranée : Italie, France, Croatie... Moi, je penche pour Saint-Tropez. On l'a pour les deux dernières semaines d'août. Au retour, la maison sera finie et on pourra déménager. On peut déjà commencer à réfléchir à la pendaison de crémaillère. Je pensais à une centaine de personnes pour un dîner assis suivi d'un bal.

— Nigel, mais tu me parles d'un yacht énorme ! Deux semaines de location... Il doit y en avoir pour une fortune !

— Oui, mais c'est notre lune de miel. On l'a bien mérité. Et puis on emmène cinq couples d'amis. J'ai déjà fait la liste, en commençant par ceux qui nous ont reçus cet hiver.

Il sortit la brochure d'un tiroir pour la lui montrer. C'était spectaculaire. Elle n'osait pas imaginer le prix. Et bien sûr, c'était encore à elle de payer. Il avait recommencé... Sauf que, par miracle, il avait seulement loué le bateau.

— Nigel, il y en a pour combien ? demanda-t-elle d'une voix basse et tendue.

— Il faut vraiment qu'on parle de ça maintenant ? Quelle rabat-joie ! Ça devient une habitude, chez toi, ajouta-t-il méchamment.

Il parvenait à la faire céder malgré elle à tous ses caprices.

— Tu seras bien obligé de me le dire, de toute façon.

Quand il lui annonça le chiffre, elle faillit tomber de son siège.

— Il ne t'est pas venu à l'esprit de me demander mon avis avant ? s'indigna-t-elle.

— J'ai cru que tu sauterais de joie.

C'était plutôt la note qui la faisait bondir. Quant à emmener cinq couples pour leur sortir le grand jeu, que tout le monde en parle pendant des mois et que les invitations pleuvent à nouveau, cela ne l'enchantait pas. Et quelle excuse minable que le voyage de noces !

— Nigel, ce bateau est magnifique, mais c'est une folie. Il y en a pour plus que les travaux de la maison ! Tu t'es engagé ?

— J'ai signé la réservation ce matin. Je voulais te faire la surprise.

Légalement, elle était responsable des dettes et des dépenses de son mari. Elle était donc coincée.

— Je monte me reposer, dit-elle calmement.

Elle n'avait pas envie de se disputer avec lui. Il avait encore franchi la ligne, et en beauté. Combien de fois recommencerait-il ? Certes, le navire était somptueux. Il y avait même un grand escalier et des piscines. Sauf qu'elle n'aurait jamais loué un yacht de cette taille, et encore moins pour deux semaines.

— Je t'en prie, ne te fâche pas, lui dit-il d'une voix douce. Je voulais te faire plaisir. Tu as bien le droit de t'amuser un peu avec ton argent.

Comment pouvait-il ne pas avoir conscience des sommes astronomiques qu'il dépensait ?

— Il me semble que, quand il s'agit de maisons ou de montants pareils, c'est à moi de décider. Je n'ai pas envie de claquer mon héritage de cette manière. Il est censé durer toute ma vie, et celle de nos enfants. Tu ne peux pas continuer à le dilapider comme ça. Et encore moins sans m'en parler ! Qui plus est, je n'ai aucune envie de partir en voyage de noces avec dix de tes amis.

— Pourquoi ? Puisque tu vas chez eux, ils peuvent bien venir avec nous, non ?

— Je vais avoir du mal à expliquer ça à l'exécuteur testamentaire de mon père. Si tu continues, il va finir par me restreindre à une allocation mensuelle.

Elle imaginait très bien Ed faire cela, et elle ne le lui reprocherait pas. Alors qu'elle s'était toujours appliquée à être prudente et raisonnable, Nigel se révélait effroyablement dépensier.

— Dis-lui que c'est notre voyage de noces, il comprendra.

— Non, il ne comprendra pas. Et à moi aussi, ça m'échappe.

En réalité, elle commençait à comprendre un peu trop bien. Que faire, maintenant ? Certes, il ne lui avait pas demandé de lui donner les maisons. Il se contentait de dépenser son argent pour vivre dans un luxe que lui seul appréciait. Pour Coco, c'était bien trop. Il l'avait vue comme une occasion à saisir. Et maintenant, il filait avec son butin, à toute allure.

9

La croisière fut fabuleuse. Nigel avait tout organisé à la perfection, à commencer par une soirée en amoureux avant l'arrivée des invités. Ils embarquèrent à Monaco, où le yacht était amarré à côté de navires encore plus grands qui le faisaient paraître minuscule. Pourtant, le *Moonbeam* était spectaculaire. Sorti d'un prestigieux chantier naval un an plus tôt, il offrait tout le confort imaginable : salles de bains en marbre, spa, salon de coiffure, théâtre, œuvres d'art contemporain inestimables, cabines immenses, linge de maison superbe et moelleuses couvertures de cachemire, mobilier d'un goût exquis. En cuisine, les deux chefs assuraient une restauration digne d'un palace et l'équipage britannique impeccable était aux petits soins pour les passagers. Sans compter la masseuse, la coiffeuse et la manucure… Le champagne coulait à flots et Nigel avait commandé du caviar. Puisque Coco ne pouvait plus rien y faire, elle prit le parti d'essayer de profiter. Il y avait à bord des jet-skis, des jeux d'eau, un petit voilier et un sous-marin ainsi que des piscines intérieure et extérieure. Jamais Coco n'avait vu un tel déploiement de luxe !

Les repas étaient somptueux, c'était chaque soir digne d'un grand restaurant. Une escale à Saint-Tropez leur permit de faire un peu de shopping avant de mettre le cap sur l'Italie et ils passèrent également une nuit en Corse, à Portofino, puis se rendirent en Sardaigne où ils devaient retrouver des amis qui louaient eux aussi des yachts. Nigel connaissait la terre entière. Dans chaque port, il retrouvait ses relations autour d'un grand buffet garni de mets succulents et de vins français.

Leurs hôtes ne cessaient de s'extasier sur la perfection de ce séjour. Nigel était enfin plus détendu, et Coco s'évertuait à l'imiter. Ils recommencèrent à faire l'amour et malgré la dépense déraisonnable que tout cela représentait, Coco passa des vacances extraordinaires. Le contraire aurait été difficile. En débarquant à Monaco après deux semaines inoubliables, ils se sentaient tous un peu Cendrillon après le bal.

Dans le minibus qui les conduisait à l'aéroport, personne ne dit rien. La réalité reprenait le dessus.

— Avoue que c'était génial, chuchota un Nigel très content de lui à l'oreille de Coco.

Il avait adoré chaque minute, bien sûr, et même annoncé au commandant qu'ils reviendraient l'année prochaine. Il ne manquait pas d'air ! Il ne l'avait même pas remerciée, se posant en amphitryon. Résultat, leurs invités avaient à peine eu un mot pour elle.

Après le yacht, l'avion du retour leur parut spartiate. En plus, il pleuvait à Londres. Cependant, Nigel avait eu confirmation que leur nouvelle maison était prête, jusqu'aux œuvres d'art et meubles qui avaient été disposés conformément aux instructions du décorateur.

Ils s'y rendirent directement et furent enchantés du résultat. Coco y avait laissé une petite fortune mais le jeu en valait la chandelle. Comme le soulignait Nigel, ils allaient habiter cette maison des années, et leurs enfants allaient y grandir. De fait, c'était une dépense bien plus sensée que deux semaines sur un yacht dont il ne resterait que des souvenirs. Et avec des gens qui n'étaient même pas ses amis et profitaient simplement à ses frais des largesses de Nigel.

Ils passèrent une heure à faire le tour de la maison, vérifiant les moindres détails avec l'architecte et le maître d'œuvre. Tout était prêt pour leur emménagement le lendemain.

Après les avoir félicités pour la qualité de leur travail et remerciés d'avoir tenu les délais, le couple regagna la petite maison d'excellente humeur pour une dernière nuit. Les cartons étaient déjà faits. La femme de ménage leur avait laissé un poulet rôti, de la salade et du fromage dans le réfrigérateur. Après l'opulence de la croisière, cela leur fit drôle de ne manger qu'un pique-nique et de se servir eux-mêmes.

— Demain, c'est le grand jour. J'ai tellement hâte de déménager ! dit Nigel en la regardant amoureusement.

Elle lui sourit. Elle était plus détendue, et ils s'entendaient mieux. La joie d'emménager dans leur nouvelle maison n'y était pas pour rien.

Coco passa la matinée du lendemain à emballer les dernières choses et, à midi, le déménagement était fini. Nigel, qui ne possédait rien d'autre, n'emportait que ses vêtements. Aucun souvenir de famille, aucun objet de valeur. Lorsqu'il avait rendu son appartement, il s'était débarrassé de tout ce qu'il contenait.

Ils mangèrent un sandwich dans leur nouvelle cuisine puis Coco se rendit chez Leslie. Elles avaient rendez-vous à 15 heures avec un nouveau client. Une grosse société dans laquelle Leslie avait des relations leur avait adressé plusieurs de ses cadres, et deux Américains qui avaient entendu parler d'elles par un ami faisaient également appel à elles. Les affaires démarraient.

Leslie sourit en voyant Coco toute bronzée et épanouie. Elles parlèrent un peu des vacances et du déménagement puis se mirent au travail. Coco resta jusqu'à 20 heures et, quand elle rentra, Nigel était sorti sans laisser de mot.

Les deux jours suivants, ils se croisèrent à peine alors que, sur le bateau, ils ne s'étaient pour ainsi dire pas quittés. Leslie avait organisé toute une série de rendez-vous avec des clients et, juste avant celui du jeudi midi, Coco se rendit compte qu'elle avait oublié leur nuancier chez elle.

— Zut, je fais un saut à la maison pour le récupérer. Je reviens dans dix minutes !

Elle ne le trouva pas dans son bureau au rez-de-chaussée et se rappela qu'elle l'avait monté dans la chambre. Elle grimpa l'escalier quatre à quatre et, en entrant dans la pièce, tomba sur le spectacle de son mari la tête enfouie entre les jambes d'une femme qui gémissait. N'en croyant pas ses yeux, Coco resta figée sur place, incapable de tourner les talons. La femme finit de jouir puis Nigel la pénétra. Horrifiée, Coco n'avait toujours pas bougé.

— Oh mon Dieu..., finit-elle par lâcher.

Nigel dut l'entendre car il jeta un coup d'œil par-dessus son épaule tandis que la femme se mettait à hurler. Il sauta aussitôt du lit, cachant son érection sous un drap. Coco tremblait de tous ses membres.

— Bon sang, Coco, qu'est-ce qui t'a pris de rentrer si tôt ?

Et il allait dire que c'était sa faute ! Elle reconnut la fille, une blonde du marketing, qui se précipita dans sa belle salle de bains et s'y enferma.

— J'ai oublié mon nuancier. Et toi, tu as oublié que tu étais marié. Bon sang, ça fait à peine trois jours qu'on habite là !

— C'est un accident... Je... je vais t'expliquer...

Il était pitoyable, ainsi enroulé dans leur drap tout neuf.

— Je veux que vous soyez partis quand je rentrerai.

Sans un mot de plus, elle ramassa son nuancier et s'en alla. Elle fut de retour chez Leslie en vingt minutes au lieu des dix annoncées, défaite sous son hâle. Par chance, le client n'était pas encore arrivé.

— Ça va ? demanda son amie, inquiète. On dirait que tu as vu un fantôme.

— C'est à peu près ça. J'ai vu un accident, au retour.

Comment expliquer autrement son désarroi ? Et impossible de chasser de son esprit les images de ce qu'elle venait de voir. Il fallait qu'elle cesse d'y penser et se concentre sur la réunion.

Le client arriva deux minutes plus tard. Leslie avait trouvé pour lui l'appartement idéal, et il ne restait plus qu'à choisir la couleur des murs.

Après son départ, Coco se laissa aller contre le dossier de son siège en poussant un profond soupir. Leslie l'observait. Son amie avait parfaitement tenu sa partition pendant la réunion, mais elle avait l'air malade.

— Coco, quelque chose ne va pas ?

Coco secoua la tête en se retenant de pleurer.

— En passant à la maison, j'ai trouvé Nigel avec une femme. La secrétaire du marketing qui a la réputation de coucher avec tout le monde. Apparemment, ce n'est pas qu'une rumeur. Ils étaient dans mon lit, en pleine action.

Elle se sentit mieux après l'avoir dit, comme si un poids lui avait été ôté de la poitrine.

— Oh mon Dieu ! s'exclama Leslie, horrifiée.

— C'est exactement ce que j'ai dit.

— Je suis vraiment désolée. Qu'est-ce que tu vas faire ?

— Je l'ai prévenu qu'il fallait qu'il soit parti à mon retour. Dire que j'ai rendu ma petite maison hier...

— Tu veux rester ici ?

— Non, je veux qu'il parte. Je ne vais pas me laisser faire.

Leslie lui prépara une tasse de thé et, pour éviter de tomber sur Nigel, Coco resta chez elle jusqu'à 18 heures.

La grande maison semblait vide mais, en montant, elle vit qu'il l'attendait dans son bureau.

— Je t'ai demandé de quitter les lieux avant mon retour. Si tu ne t'en vas pas, j'appelle la police.

Il ne se leva que quand elle sortit son téléphone, prête à mettre sa menace à exécution. Il n'avait pas l'air menaçant mais brisé. Elle s'en moquait. Non content de l'utiliser comme tiroir-caisse pour ses dépenses pharaoniques, voilà qu'il la trompait. Et dans son propre lit ! Quelle terrible erreur elle avait faite en l'épousant... Tout était clair, maintenant. Il ne subsistait plus le moindre doute dans son esprit.

— Coco, il faut qu'on parle, fit-il sur un ton suppliant.

— Non. Je ne parlerai qu'à mon avocat. Sors de chez moi, Nigel.

Elle composa le numéro de la police, qui répondit aussitôt. Elle dit qu'il y avait un intrus chez elle et donna son nom et son adresse. On lui envoya quelqu'un immédiatement.

— Pourquoi tu as fait ça, merde ? hurla-t-il.

— Et toi, pourquoi tu as fait ça dans mon lit ? répliqua-t-elle sur le même ton pendant qu'il quittait la maison au pas de course. Si tu reviens ici, je n'hésiterai pas à te faire mettre en prison.

Il ne s'arrêta pas pour répondre. Quand les policiers arrivèrent, Nigel avait filé. Ils interrogèrent Coco, qui leur expliqua que son mari, dont elle était séparée, avait tenté d'entrer dans la maison. Elle leur donna son nom et sa description et leur demanda s'ils pouvaient faire un tour dans le quartier, au cas où il y serait encore. Ils le lui promirent. Quand ils furent partis, elle téléphona à Nigel pour le mettre en garde.

— Ne t'avise pas de revenir. Je leur ai dit comment tu t'appelais et à quoi tu ressemblais, et que tu avais essayé de forcer la porte.

— ... de ma propre maison ?

Cela lui fit un choc, mais il ne voulait pas faire l'objet d'un rapport de police. Coco n'était plus la même, il avait fini par la pousser à bout.

— Ce n'est pas ta maison, c'est la mienne. Tu n'habites plus ici, contra-t-elle d'une voix dure.

— Je t'en supplie, Coco. J'ai été stupide. Je suis terriblement désolé. C'est parce que ça allait si mal entre nous, ces derniers temps, que j'ai couché avec cette fille. Ça ne compte pas.

— Pour moi ça compte beaucoup, au contraire. La croisière a été si pénible que ça pour que tu éprouves le besoin de coucher avec elle ? Trois jours après notre emménagement dans cette maison que tu m'as forcée à acheter ?

— On s'était donné rendez-vous il y a longtemps. J'avais oublié.

— Alors tu t'es dit que, puisqu'elle était là, autant coucher avec elle dans mon lit ? C'est vrai, pourquoi laisser passer une occasion ?

Plus il cherchait à se justifier, pire c'était. De toute façon, il ne pouvait plus rien dire ni faire pour arranger les choses. Il était allé trop loin. L'argent, c'était une chose. L'infidélité, c'était bien plus grave. Elle ne pourrait plus jamais lui faire confiance.

— Tu m'enverras un SMS pour me dire où faire expédier tes affaires.

— Je n'ai nulle part où aller, répondit-il d'un ton plaintif.

— Tu aurais dû y penser ce matin.

La fille avec laquelle il avait couché était peut-être une traînée mais Nigel ne valait pas mieux, malgré son pedigree aristocratique et son éducation élitiste. C'était un coureur de dot de la pire espèce qui s'était servi d'elle avant de la tromper.

— Coco, est-ce qu'on pourrait se voir pour en parler ?

— Il n'y a rien à dire. J'ai tout vu.

— Pardon... pardon... Je te jure de ne jamais recommencer.

— Tu peux bien faire ce que tu veux. C'est fini, Nigel. Terminé.

Sur quoi elle raccrocha et éclata en sanglots.

Nigel tenta de l'appeler une quarantaine de fois dans la soirée. Elle ne répondit pas et, par chance, il n'osa pas se présenter chez elle. Après une nuit blanche, au petit matin, elle se décida à téléphoner à Sam. Il fut horrifié devant tant de bassesse. Au moins, maintenant, Coco savait à qui elle avait affaire. Elle ignorait ce qui l'emportait, de la colère ou de la peine, dans les émotions qui l'agitaient.

— Qu'est-ce que tu vas faire, maintenant ?

— Divorcer. Je n'aurais jamais dû l'épouser. Il est au-dessus de mes moyens, financiers comme émotionnels. Pourtant, il était adorable, quand on s'est connus. J'étais sous le charme de son côté gamin, innocent, tellement irrésistible. Mais tu avais raison. J'ai été bien bête.

En huit mois, non seulement il lui avait coûté des millions mais il l'avait trompée. Et dans son propre lit !

— Au moins, tu t'en es rendu compte relativement vite. Tu vas remonter la pente, assura-t-il gentiment. Tu as déjà surmonté bien pire.

En songeant à ses parents, elle se remit à pleurer de plus belle.

— Rien de tout ça ne serait arrivé si mon père était encore là, reconnut-elle. Il ne m'aurait jamais laissée faire. Ce que je cherchais, c'était une relation semblable à celle de mes parents.

Sam avait bien tenté de la dissuader ou au moins de la freiner, mais ses efforts s'étaient révélés inutiles. Coco était trop éblouie par Nigel.

— Ce n'est pas un mec bien. Et Ed non plus. Un mec bien, c'est ce qu'il te faut maintenant.

— Tout ce que je veux, pour le moment, c'est qu'il sorte de ma vie.

Dans la journée, elle laissa un message à un avocat. Il ne l'avait pas encore rappelée quand Nigel sonna à la porte, la suppliant de le laisser entrer. Rassurée par la présence de la femme de ménage, elle sortit lui parler.

— Qu'est-ce que tu veux ?

— Parler à ma femme.

Il lui demanda pardon à genoux. Il était ridicule. Et l'image de lui au lit avec la fille du marketing ne s'effacerait jamais de son esprit, elle le savait.

— Je vais demander le divorce. Va-t'en.

Elle rentra dans la maison et claqua la porte au nez de Nigel qui resta à sonner pendant une demi-heure. Elle monta pour ne pas l'entendre et il finit par se décourager et partir.

Quand l'avocat la rappela, elle prit rendez-vous pour la semaine suivante. Elle attendrait un peu pour prévenir Ed. Il ne lui était pas agréable d'avouer l'échec désastreux de son mariage.

Nigel lui envoyait des fleurs, des mails, des SMS ; il lui laissait des messages. Elle ne répondait à aucun. Elle finit par se décider à en écouter un : il lui jurait de ne jamais recommencer. Il continua de la bombarder ainsi pendant des jours et des semaines. L'avocat lui expliqua qu'ils ne pourraient entamer la procédure qu'en janvier. Elle ne pouvait pas légalement le faire plus tôt car il fallait être marié depuis un an pour divorcer.

Elle mit plus d'un mois à prendre un appel de Nigel. Elle en était à se demander si elle devait vendre la maison ou la garder. Certes, elle n'avait pas besoin d'une demeure de cette taille. Cependant, son travail avec Leslie lui plaisait beaucoup ; elle n'avait pas envie de rentrer tout de suite à New York.

— Pourquoi t'acharnes-tu à me téléphoner ?

On était mi-novembre. Il lui manquait, certes, mais ce qui lui manquait surtout, c'était l'idée qu'elle s'était faite de lui. Pas celui qu'il s'était révélé être.

— Parce que je t'aime et que je suis désolé. On est mariés. Tu ne veux pas me donner une deuxième chance ? S'il te plaît…

— Je n'ai plus confiance en toi, Nigel. Je n'aurai plus jamais confiance en toi. Ce mariage n'a été qu'une prison pour nous deux.

Et une prison très onéreuse, en ce qui la concernait.

— La maison de campagne est d'une beauté… Tu ne veux pas venir la voir ?

— Non. C'est là que tu habites ?

Il ne répondit pas, sans doute de crainte qu'elle le mette à la porte s'il l'admettait. Ainsi, il vivait dans le Sussex depuis leur séparation ! L'idée n'avait pas traversé l'esprit de Coco. Quel culot ! Il continuait donc à se servir d'elle.

— Tu n'as rien à y faire. Cette maison est à moi.

— Tout est à toi, Coco, y compris mon cœur et mon âme.

— Pas ton corps, apparemment. Je ne peux pas vivre avec un homme en qui je n'ai pas confiance.

— Je te jure sur ma vie que je ne te tromperai plus jamais.

— Je ne te crois pas, fit-elle tristement.

Elle se rendait compte trop tard de l'erreur qu'elle avait commise. Elle allait, à 24 ans, se retrouver divorcée, avec sur les bras deux maisons dont elle n'avait pas voulu.

— Qu'as-tu à perdre à me donner une autre chance ? Si je refais une erreur, tu n'auras pas à me jeter dehors, je partirai de moi-même. Ma Coco… J'implore ta clémence.

— Tu as retrouvé du travail ?

— Je souffre trop pour chercher.

— Moi aussi, je souffre. N'empêche que je me lève tous les jours pour aller travailler.

— Tu es plus forte que moi. Notre rupture me brise. Je ne m'en remettrai jamais. Aie pitié de moi, je t'en supplie.

Elle l'entendait pleurer au bout du fil et, malgré sa colère, elle eut de la peine pour lui. Lorsqu'il l'implora d'accepter un déjeuner, elle sut qu'elle devait refuser. Mais n'était-ce pas l'occasion de terminer sur une note moins amère ? Elle ne voulait pas nourrir de ressentiment le restant de sa vie. Elle l'avait tant aimé… Ils pouvaient au moins se dire au revoir. Elle finit donc par accepter de le retrouver le lendemain au pub le plus proche. Il l'assura de sa reconnaissance avec beaucoup d'humilité.

En arrivant à leur rendez-vous, elle lui trouva une mine effroyable. Il avait perdu au moins cinq kilos. Ses yeux cernés étaient profondément enfoncés dans son beau visage ravagé. Alors que c'était elle la victime de son infidélité, elle avait meilleure mine que lui. Elle put lire dans son regard combien il regrettait ce qu'il avait fait.

Elle s'efforça de maintenir la conversation sur un terrain neutre et, à la fin du repas, il lui demanda s'il pouvait passer à la maison chercher quelques affaires. Son ordinateur, notamment, dont il avait besoin pour sa recherche d'emploi puisqu'il contenait son CV et une liste de contacts à appeler.

— Très bien. Allons-y tout de suite. Je ne suis pas attendue au bureau avant une demi-heure.

Après avoir réglé la note, il la suivit dans sa Jaguar verte. Il lui emboita timidement le pas et alla directement dans son bureau tandis qu'elle se rendait dans le sien chercher des affaires dont elle avait besoin pour sa réunion de l'après-midi. Elle trouva qu'il mettait bien longtemps et, en allant lui dire qu'il fallait qu'il se dépêche car elle devait partir, elle le trouva en larmes, la tête sur sa table de travail. Gênée, elle s'approcha de lui pour lui tapoter l'épaule. Quand il lui prit la taille comme il le faisait avant et la pressa contre lui, elle sentit vaciller en elle une flamme qu'elle espérait éteinte. Hélas, les dernières braises de leur amour n'étaient pas tout à fait consumées. Il l'attira sur ses genoux et l'embrassa. Elle se laissa faire. Puis elle se rendit compte qu'il était en train de la déshabiller, et qu'elle le désirait comme avant. Ils firent l'amour sur le canapé du bureau. Il pleura presque tout le temps, implorant son pardon et lui répétant combien il l'aimait. Ensuite, elle le tint contre son sein comme un bébé.

— Jure-moi que tu ne recommenceras jamais, dit-elle d'une voix étranglée.

— Je te le jure.

Coco était bien consciente qu'elle prenait un gros risque, mais elle l'autorisa tout de même à réintégrer le domicile conjugal. Elle avait pourtant résisté près de deux mois, et commencé à remplir les papiers du divorce.

Elle ne parla pas du retour de son mari à Leslie. Ce soir-là, quand elle rentra, il l'attendait. Ils firent encore l'amour.

10

Nigel faisait très attention à Coco. Il marchait sur des œufs. De son côté, elle restait très vigilante. Il l'emmena dans le Sussex voir la maison de campagne. Quoique pas encore complètement meublée, elle était aussi belle qu'il l'avait décrite, et le domaine plus vaste que dans son souvenir.

Il lui fallut deux semaines pour avouer à Leslie qu'elle avait laissé revenir Nigel. Malgré sa méfiance, son amie lui souhaita le meilleur. L'agence se développait et Coco en était devenue un élément important. Très appréciée des clients, elle s'était découvert un don pour la décoration, comme sa mère. Leslie ne cessait de louer son talent et son sérieux dans le suivi des projets. Jusqu'à présent, tous les clients étaient satisfaits.

Deux semaines après son retour, Nigel voulut donner une fête de Noël en guise de pendaison de crémaillère. Elle n'avait pas recouvré sa confiance en lui et ne se sentait pas d'humeur très festive, mais elle finit tout de même par se laisser convaincre – à condition qu'ils ne dépassent pas une cinquantaine d'invités, et seulement des bons amis. Elle ne voulait pas d'une réception grandiose. Malgré sa déception, il s'inclina.

Ils dressèrent la liste des invités avec soin, ne choisissant que des gens dont ils étaient proches tous les deux. Ils atteignirent vite les soixante-dix mais tout le monde ne viendrait pas, lui assura Nigel.

Coco eut 24 ans quelques jours avant la soirée. Pas plus que l'année précédente, elle n'avait envie de fêter son anniversaire. Il allait encore falloir du temps, mais elle sentait qu'elle se rapprochait de Nigel et recommençait progressivement à lui faire confiance.

Sam, en revanche, s'inquiétait. Il trouvait qu'elle commettait une grave erreur. Nigel ne changerait jamais.

Lorsqu'elle l'appela pour lui souhaiter une joyeuse Hanouka, il lui demanda comment cela se passait.

— Encore un peu chancelant, répondit-elle, mais dans l'ensemble, ça va. J'ai l'impression de l'espionner en permanence, cela dit. Je ne sais pas si ça redeviendra un jour comme avant entre nous. Enfin, il y a sans doute des gens qui se remettent de bien pire. Et toi ? Vous serez tous réunis chez tes parents, comme d'habitude ?

Elle sentait bien qu'il n'avait pas le moral.

— Ma mère en veut tellement à mes sœurs qu'elle refuse qu'elles viennent. Tu sais, Rebecca s'est convertie et Sabra a épousé Liam en avril, dans une église catholique. Donc il n'y aura que Jacob, moi, et les parents. Ils me mettent de plus en plus la pression pour Tamar. Ça fait un an et demi qu'on sort ensemble et ils disent que je lui manque de respect. Ils estiment que je lui dois le mariage, que je l'humilierai aux yeux de la communauté si je ne l'épouse pas après être resté aussi longtemps avec elle. C'est vrai qu'elle est très sympa, et c'est une fille bien. Elle donne même un coup de main à la compta chez mon père. Ma mère l'adore. Mais elle veut je ne sais pas combien d'enfants et une maison casher. J'ai l'impression que, si on se marie, on ressemblera à mes parents et qu'elle va devenir ma mère. C'est tout ce dont j'ai toujours dit que je ne voulais pas. Mais je continue à la voir parce que c'est facile, et qu'elle est toujours disponible.

Il avait l'air torturé par la situation.

— Et donc ?

La réponse semblait évidente à Coco. Il n'avait pas envie de l'épouser ; il n'était pas amoureux d'elle.

— Je me sentirai trop coupable si je romps. Elle est tellement souple et accommodante. Et moi, je pèche par lâcheté. J'aurais dû cesser de la voir il y a un an, et je ne l'ai pas fait. Ma mère dit que je les décevrai terriblement si je ne l'épouse pas. Cas classique de culpabilité juive.

— Le plus important, c'est de ne pas te décevoir toi-même. Tu as le droit de faire ta vie avec qui tu veux.

— Pour l'instant, je n'ai envie de faire ma vie avec personne. Je ne sais même pas si j'ai déjà été amoureux.

— Tu as bien de la chance.

Cela le fit rire. Elle parvenait toujours à lui remonter le moral, même à 5 000 kilomètres.

— Mon père insiste pour que je me conduise honorablement. Il doit deviner que j'ai couché avec elle, et il estime que je l'ai souillée.

— Ça fait un an et demi, enfin ! Pas dix. Elle aurait pu te quitter si ça ne lui convenait pas.

— Elle m'aime. Et moi, je me sens bien avec elle. Mais est-ce que ça suffit ?

— Non. Si tu veux te sentir bien, prends un chien ou déjeune avec ta grand-mère. Tu n'as pas envie de quelque chose d'un peu plus excitant ?

— Ce qui est excitant ne dure pas. Ce n'est pas la réalité. Tu l'as déjà prouvé à deux reprises. Même si Nigel et toi vivez à nouveau sous le même toit, combien de temps crois-tu que ça va durer ? Pas toute la vie, je le crains.

— Toute la vie, ce n'est pas non plus la réalité. C'est un concept. Quand elle traverse la pièce, il faut que tu sentes un frisson au plus profond de toi. Il faut que ton cœur fonde quand tu la vois.

— Il n'y a peut-être que les filles qui ressentent ces choses-là.

— N'importe quoi. Les mecs aussi.

— Je ne sais pas. Elle est vraiment bien. Bonne épouse, bonne mère, maison casher : mes parents seront contents.

— Et toi malheureux. Réfléchis-y bien. Tu ne mangeras plus jamais de bacon ni de crevettes. Tu es trop jeune pour te caser. Et tant pis pour tes parents ! C'est ta vie, pas la leur.

— C'est aussi la sienne. Ils me tannent sans arrêt.

— Oui, ils te font un lavage de cerveau.

— Les mariages de raison, ça marche parfois. Il y a beaucoup de mariages arrangés dans les familles juives, à commencer par celui de mes grands-parents. Je crois qu'ils ont été heureux.

— On est au XXIe siècle, Sam. Tu ne peux pas les laisser te faire ça.

— J'ai 25 ans. Pour eux, il est grand temps que je me marie et que j'aie des enfants.

— Mes parents se sont mariés à 22 ans. C'est le seul exemple réussi que je connaisse. Aujourd'hui, ça ne marche plus. Regarde, moi, comme je me suis plantée. Et encore, j'étais amoureuse de Nigel quand nous nous sommes mariés.

— Sauf que toi, tu les choisis excitants. C'est une erreur. Ça ne peut pas durer. Avec des gens plus ennuyeux, si. Et elle ne me trompera pas, elle sera enceinte tout le temps.

— Sam, réveille-toi ! Ne va pas faire une bêtise. C'est de ton avenir que nous parlons. De ta vie. Peut-être soixante ans. Voire soixante-dix.

— Et de mes parents, que je suis censé honorer.

— Tu me brises le cœur.

— Je crois entendre ma mère. C'est ce qu'elle me répète vingt fois par jour.

— Sors ! Va te taper une fille, te saouler, manger un sandwich au jambon : ce que tu veux. Il faut que l'un de nous deux épouse la bonne personne. Et apparemment, ça ne peut être que toi.

Il rit mais elle sentit qu'elle perdait la bataille.

— Et si c'était elle, la bonne personne ?

— Pour quelqu'un d'autre, certainement.

Elle avait beau argumenter, ses parents avaient fait des dégâts. Sam ne savait plus où il en était. Ils bavardèrent encore un long moment, puis ce fut l'heure. Il devait aller dîner chez ses parents. Elle lui souhaita à nouveau une bonne Hanouka et lui promit de le rappeler dans quelques jours. En raccrochant, elle avait de la peine pour lui. Il méritait tellement mieux que Tamar...

La fête que donnèrent Nigel et Coco fut superbe. Le sapin, orné d'angelots anciens, avait été décoré par un fleuriste. Des chanteurs accueillaient les invités au son de cantiques de Noël. Tout le monde était d'excellente humeur et trouvait la maison magnifique. Le buffet était délicieux et plus que généreux, avec même du caviar. C'était Coco qui payait tout, bien sûr. Heureusement pour Nigel, car il n'avait plus que quelques centaines de livres sur son compte quand sa femme avait cédé et accepté de le reprendre.

Mais entre eux, ça allait bien mieux. Il prenait grand soin de ne pas la contrarier et, pour Noël, il lui offrit un bracelet en or acheté avec sa carte de crédit.

Il ne s'était pas encore mis à la recherche d'un emploi, mais avait promis de s'y atteler dès la nouvelle année. De son côté, Coco s'était engagée à ne pas lui en reparler d'ici là. Ils assistèrent ensemble à la messe de minuit, elle lui offrit la machine à espresso dont il rêvait et un pull Hermès, et ils organisèrent un week-end au ski pour leur anniversaire de mariage. Une semaine avant, une pensée vint la tracasser. Elle s'arrêta à la pharmacie en se rendant chez Leslie et acheta un test qu'elle comptait faire tranquillement chez son amie. Elle n'avait pas eu ses règles depuis novembre, juste avant que Nigel revienne vivre avec elle. Elle ne savait pas ce qu'elle espérait. Elle ne se sentait pas prête à avoir un bébé. Mais peut-être était-ce justement ce qu'il leur fallait pour les aider à apaiser leur mariage après cette année tumultueuse ? Elle avait beau s'y attendre, le résultat lui fit un choc. Elle était à la fois heureuse et terrifiée.

Elle ne dit rien à Leslie, elle voulait que Nigel soit le premier au courant. Il en rêvait. Et un enfant les lierait pour la vie. Même s'il était trop tôt, même si elle se sentait trop jeune, elle était prête à faire ce sacrifice pour lui. Elle fila chez elle en taxi entre deux rendez-vous en assurant à Leslie qu'elle revenait aussitôt. Elle ne pouvait pas attendre jusqu'au soir.

Elle entra sans bruit et monta en courant pour lui faire la surprise. Elle l'entendait parler dans son bureau, il devait être au téléphone. Elle ouvrit la porte et découvrit une femme blonde assise sur la table. Nigel était en train de lui faire l'amour. Elle gémissait tandis qu'il lui répétait qu'il l'aimait. Il regarda Coco avec épouvante tout en se retirant. La fille se retourna. Celle-ci, elle ne la connaissait pas, nota Coco. Peu importait.

— J'étais rentrée t'annoncer que je suis enceinte, espèce de porc ! lâcha-t-elle en lui lançant à la tête un livre qui le manqua de peu.

— Coco, s'il te plaît…

— Pas cette fois, contra-t-elle, glaciale. Sortez de chez moi, tous les deux. Tout de suite !

La fille ramassa ses affaires et se précipita dans la salle de bains tandis que Nigel restait planté là, à la fixer, comme en état de choc. Une fois de plus.

— Tu es enceinte ?

— Ça n'a plus d'importance, maintenant. Partez ou je reviens avec la police.

Elle retourna au bureau mais ne dit rien à Leslie. Elle était trop bouleversée. Quand elle rentra à 18 heures, Nigel n'était plus là. Il avait pris son ordinateur et quelques vêtements. Il avait dû sentir qu'elle ne plaisantait pas. Cette fois, elle ne pleura pas. C'était fini. Tout était mort en elle, hormis ce bébé dont elle ne voulait pas. Elle ne voulait plus de Nigel non plus. Il avait tué tout ce qu'elle avait pu éprouver pour lui. Une fois de plus, il avait piétiné son amour et sa confiance.

Elle ne ferma pas l'œil de la nuit, attendant le matin pour appeler l'avocat et entamer la procédure de divorce. Pour le bébé, elle n'avait pas encore décidé. Elle avait un peu de temps devant elle.

Au petit matin, alors qu'elle regardait le jour se lever, elle entendit arriver un SMS. Nigel ? Non, le message venait de Sam.

Une simple phrase.

Je suis fiancé.

Elle en fut presque aussi triste pour lui qu'elle l'était pour elle. Quelle sombre journée pour eux deux… Le mariage raté de Coco prenait fin quand celui de son meilleur ami commençait. Elle n'avait pas le cœur de lui répondre par des félicitations. Elle ne lui mentait jamais. Finalement, elle opta pour deux mots :

Mazel tov.

Ses parents avaient gagné. Il allait gâcher sa vie avec une femme qu'il n'aimait pas.

Quant à elle, l'homme qu'elle avait aimé, pour qui elle avait tant fait, avait tout gâché pour une énième blonde.

11

Coco téléphona à son avocat à la première heure. Elle commença par s'excuser de ne pas lui avoir donné de nouvelles depuis quatre mois.

— Nous avons essayé de recoller les morceaux, expliqua-t-elle. Mais ce n'est pas possible. Il m'a encore trompée. Je demande le divorce.

— Rappelez-moi depuis combien de temps vous êtes mariés ? Pas très longtemps, si je me souviens bien.

— Cela fera un an la semaine prochaine.

— C'est idéal pour nous. Comme je vous l'avais dit, il faut être marié depuis au moins un an pour pouvoir divorcer. Nous entamerons la procédure dès la semaine prochaine. Les papiers sont toujours en règle. Vous avez bien fait de réagir rapidement : aux yeux de la justice, un an, c'est court. Le juge n'appréciera pas que votre mari demande des contreparties financières exagérées. Et vous n'avez pas d'enfants. Y a-t-il autre chose que je dois savoir ?

Elle ne lui dit pas qu'elle était enceinte puisqu'elle n'avait pas pris de décision à ce sujet. Elle appréciait son côté neutre et méthodique et s'efforça d'adopter la même attitude. Elle lui avait déjà transmis une copie de leur contrat de mariage ainsi que le numéro de téléphone d'Ed pour les renseignements financiers dont il pourrait avoir besoin.

— Je l'ai surpris en train d'avoir un rapport sexuel avec quelqu'un d'autre. Deux fois. Les deux fois chez nous, avec des femmes différentes. Je ne vous ai pas parlé de la seconde. Cela date d'hier.

— Nous invoquerons donc le motif d'adultère. Connaissez-vous l'identité de ces femmes ?

— De la première uniquement.

— Et vous êtes bien certaine, cette fois, de vouloir divorcer ?

— À 100 %. Je lui ai redonné une chance et il a recommencé. Je n'attendrai pas la troisième fois.

— Cela me semble être une sage décision. Je doute qu'il ait droit à une prestation compensatoire, s'il en demande une, au bout de seulement un an. A-t-il un emploi ?

— Pas actuellement. Il a été licencié en juin.

— Il semble qu'il n'y ait rien à ajouter depuis notre dernier entretien, hormis ce détail. Je vous fais parvenir les documents aujourd'hui afin que vous puissiez les relire et les vérifier. Plus vite vous les signerez, plus vite je pourrai les présenter, ce qui me semble être une bonne chose à faire dans votre cas.

Ce « détail », c'était la blonde de la veille, songea-t-elle en raccrochant.

Elle sortit de la maison le cœur lourd. Fallait-il la vendre ? Même avec un bébé, elle serait trop grande. Elle n'en avait jamais vraiment voulu, de toute façon. Elle l'avait achetée pour faire plaisir à Nigel, ce qui était désormais le cadet de ses soucis. Le cas de la maison de campagne était moins préoccupant : elle avait été achetée très en dessous de sa valeur et avait globalement coûté beaucoup moins cher.

Elle commença à recevoir des SMS de Nigel à peine arrivée au bureau. Des messages désespérés dans lesquels il s'excusait et jurait de ne jamais recommencer. Elle y mit un terme en lui envoyant le nom et les coordonnées de son avocat et en lui demandant le nom du sien, dont elle espérait avoir des nouvelles très prochainement. Elle n'avait pas d'autre commentaire à faire. Elle avait espéré que l'annonce de sa grossesse le rendrait fou de joie et permettrait de sauver leur mariage mais elle souffrait moins, cette fois. Il ne restait rien à sauver. Peut-être n'y avait-il jamais rien eu à sauver, d'ailleurs. Elle ne savait plus. Avait-il tout manigancé depuis le début pour mettre la main sur sa fortune ? Il était manifestement bien renseigné. La liste jointe à leur contrat de mariage avait-elle fait l'affaire, ou avait-il consulté la presse et Internet ? Cela aurait suffi à attiser sa convoitise. Par malheur, elle était trop sensible au charme ensorcelant des séducteurs. Ed d'abord, et maintenant Nigel. Chacun à sa manière, ils avaient profité d'elle, de sa confiance et de son innocence. Le second en avait ajouté une couche en lui faisant dépenser des millions à son profit. Au moins tout l'argent ne s'était-il pas envolé.

Un coursier lui déposa peu avant midi les documents envoyés par l'avocat. Elle raconta alors à Leslie ce qu'il en était.

— Je demande le divorce, conclut-elle d'un ton égal.

Leslie hocha la tête. Elle était navrée pour Coco.

— Plus rien ne m'étonne. Pourtant, je le connais depuis toujours. Je ne l'aurais jamais cru capable de tout ça.

C'était du vol caractérisé et de la manipulation à grande échelle. Sauf que Coco avait beau être jeune, il ne fallait pas la prendre pour une idiote.

Nigel parvint tout de même à l'étonner encore. La semaine suivante, il lui envoya par mail le nom de l'avocat qui le représentait. Il ne la suppliait plus de lui pardonner, il savait qu'il n'avait aucune chance. Il s'intéressait donc à des aspects plus pratiques. Elle dut relire deux fois le paragraphe le plus stupéfiant pour être certaine de l'avoir bien compris.

« Si, comme tu le prétends, tu es réellement enceinte – et que tu n'inventes pas cette histoire de toutes pièces pour me faire souffrir et aggraver la situation –, l'éducation d'un enfant est une chose qui s'envisage à deux. Or, compte tenu de ton attitude envers moi, je ne nous imagine pas capables de coopérer. Dans ces circonstances, je doute que tu souhaites poursuivre ta grossesse. Toutefois, si tel était le cas, sache que je serais prêt à renoncer à mes droits parentaux sur le résultat de la gestation en échange de la pleine propriété de notre maison de Londres. Cela viendrait en supplément des arrangements financiers que le tribunal m'accordera et non en leur lieu et place. »

Il avait dû se faire conseiller par son avocat pour la forme. Le fond, en revanche, était du Nigel tout craché et reflétait une fois de plus son absence d'empathie et de moralité. Il n'avait même pas la décence de parler de bébé ou d'enfant. Il était écœurant. Il n'était pas question qu'elle lui donne quoi que ce soit, et certainement pas un bien immobilier qu'elle n'aurait aucun mal à très bien vendre.

L'indécence de sa proposition la rongea tout le week-end. Le dimanche soir, une idée lui vint. La proposition de Nigel prouvait son absence de sentiments envers elle comme envers le bébé. Cela dit, au-delà du manque de cœur qu'elle reflétait, l'idée avait du bon. Cela éviterait, si elle poursuivait sa grossesse, des années de bataille pour la garde, les droits de visite, la manière d'élever l'enfant – ainsi que le mauvais exemple auquel il serait exposé, si jamais Nigel s'en occupait. Elle se refusait à céder en contrepartie une maison qui valait des millions. En revanche, elle était prête à proposer la propriété du Sussex. Cela lui semblait une excellente monnaie d'échange pour la liberté de leur enfant – et la sienne. Si elle le gardait, elle souhaitait l'élever en paix.

Elle transmit donc le nom de l'avocat de Nigel au sien puis répondit à son courriel en proposant la maison de campagne plutôt que celle de Londres, si elle décidait de garder l'enfant. Elle ne reçut pas tout de suite de retour. Plus elle y songeait, plus sa suggestion lui plaisait. Il avait raison, élever un enfant, ça se faisait à deux. Mais pas avec un homme comme lui. Cet enfant, s'il voyait le jour, serait bien mieux sans lui. Sur le plan humain, Nigel ne valait rien. Le connaissant, il chercherait encore à justifier ses actions en se vantant d'avoir cherché à « leur construire une vie meilleure » et à « faire bon usage de son héritage ». Sauf qu'il n'avait jamais pensé qu'à lui, et s'était servi d'elle éhontément pour impressionner son petit monde.

Il mit deux jours à répondre à son mail. Il acceptait sa contre-proposition. Sachant qu'il n'avait pas la main, il avait tout de même eu l'intelligence de réviser ses ambitions. Elle fit suivre l'échange à son avocat, qui l'appela aussitôt.

— Vous ne m'avez pas dit que vous étiez enceinte. Cela risque de compliquer les choses, même si la transaction qu'il propose va certainement les simplifier. Il faudra faire très attention à la manière dont nous formulons les choses. Le juge pourrait avoir l'impression de protéger les droits de l'enfant en ne le privant pas de son père. L'échange des droits parentaux contre cette propriété du Sussex vous convient-il ?

— Oui. Parfaitement. Je suis prête à perdre les sommes que j'ai investies dedans pour qu'il sorte de notre vie.

L'avocat n'avait jamais rien négocié de semblable. Cependant, il en percevait bien les avantages.

— Le bébé est pour quand ? s'enquit-il avec prudence.

— Je ne le sais pas précisément. L'été prochain, sans doute, si la grossesse va à son terme. Je n'ai pas encore pris ma décision à ce sujet.

Il ne fit pas de commentaire.

La semaine suivante, l'avocat de Nigel leur fit parvenir le reste de ses exigences sur la fortune personnelle de Coco. Il essayait de faire annuler leur contrat de mariage au motif qu'il n'avait pas été représenté par un notaire, alors que c'était lui qui avait décidé de ne pas se faire conseiller. Il prétendait maintenant qu'il n'avait pas compris ce qu'il signait et que cela ne lui avait pas été bien expliqué. Il réclamait cinq millions de dollars en compensation du traumatisme du divorce, et un autre million de dommages-intérêts pour son licenciement dont il la rendait responsable parce qu'il avait dû superviser les travaux et leur vie mondaine. À cela s'ajoutait une prestation compensatoire de trois millions de dollars par an pendant dix ans pour lui permettre de retomber sur ses pieds et de conserver le train de vie auquel il avait été habitué. Enfin, il lui fallait un million pour ses vacances – et il donnait pour exemple de vacances la croisière à bord du yacht. Outre la propriété du Sussex qui faisait l'objet d'un accord à part, il demandait donc la bagatelle de trente-sept millions de dollars. Au bout d'à peine un an de mariage. Ce qui revenait en gros à quarante millions, pour lui avoir brisé le cœur et gâché douze mois de sa vie. Il avait en outre le culot d'arguer que cela ne représentait qu'un iota de sa fortune. Comparé à lui, Ed Easton était un ange.

— Son avocat est ambitieux, commenta froidement celui de Coco. Votre mari se fait une haute idée de sa valeur, dites-moi.

En règle générale, Harold Humphreys s'abstenait d'exprimer une opinion personnelle au sujet des affaires qu'on lui confiait. Mais rien qu'à lire ses exigences, ce type lui sortait par les yeux. Ses demandes étaient tellement ahurissantes qu'il ne pouvait s'empêcher de vouloir protéger la jeune femme. Comme par hasard, elle était parvenue à continuer à travailler parallèlement aux travaux, à leur vie sociale et même à une grossesse – et pas lui.

— Je pense que le juge ne verra pas tout à fait les choses de cet œil. Les magistrats sont des humains comme les autres. Ils travaillent, ont une famille à faire vivre et les mêmes dépenses que nous tous. Qu'il demande des sommes pareilles au bout de si peu de temps, quel que soit le montant de votre héritage, ne passera pas bien. Vous pourriez même demander une annulation pour fraude, mais cela prendrait plus de temps. Madame Martin, selon moi, le mieux à faire est de vous débarrasser de lui le plus vite possible. À moindres frais, bien sûr.

Elle s'était présentée à lui sous son nom de jeune fille ; elle ne voulait plus rien de Nigel.

— Merci, maître, répondit-elle. Ça me va.

— Je lance la procédure immédiatement.

Elle n'avait pas eu de nouvelles directes de Nigel depuis leur échange concernant la maison de campagne et ne s'attendait pas à en avoir. Elle l'imaginait, avec son avocat, analysant les chiffres pour déterminer ce qu'il pourrait obtenir. Le montant auquel ils étaient parvenus était, au dire de Harold Humphreys, scandaleux. Toujours selon son avocat, avec un peu de chance, le divorce serait prononcé d'ici six mois. S'ils trouvaient un accord, cela ferait accélérer les choses. Ce qui pouvait risquer de poser problème, si Nigel revenait sur leur arrangement, c'était la question de la renonciation à ses droits parentaux.

— J'aimerais beaucoup que ce point au moins soit réglé avant la naissance.

De toute façon, si elle était enceinte de deux mois, elle serait divorcée un mois avant d'accoucher.

— Je vais faire de mon mieux, promit-il.

Une rude bataille l'attendait, elle le savait. Pour Nigel, tous les coups seraient permis. Compte tenu des sommes en jeu, il y avait également le risque de fuites dans la presse. Cependant, son avocat lui semblait être l'homme de la situation tandis que celui de Nigel faisait des demandes abusives – peut-être au détriment de son client. Il faut dire que, cupide et dépourvu de remords, ce dernier l'y poussait sans doute.

Dès que la procédure fut engagée, Coco put enfin emballer tout ce qui appartenait à Nigel – quelques papiers, son matériel de sport, ses vêtements – dans des cartons et les faire livrer par transporteur dans le Sussex. Si leur arrangement n'aboutissait pas pour une raison ou une autre, elle le ferait expulser et mettrait le domaine en vente. Elle comptait bien se délester au plus vite des soucis inhérents à une propriété à la campagne – dont elle n'avait jamais voulu. Mais la priorité était déjà de prendre une décision concernant l'enfant qu'elle portait. Les questions immobilières viendraient ensuite. Quant à la bague de sa grand-mère, elle l'avait remise à son avocat pour qu'il la transmette à Nigel.

Leur vie mondaine ne lui manquait pas. Hormis pour leur fête de fin d'année, elle n'y avait de toute façon plus pris aucune part depuis septembre. Et maintenant qu'elle était séparée de Nigel pour de bon, elle n'avait aucune envie de revoir ses amis. Elle n'était vraiment liée qu'à Leslie et Sam. Elle avait perdu contact avec la plupart de ses camarades d'école et de fac au moment du décès de ses parents, puis quand elle était partie s'installer en Angleterre. Ceux de Columbia, désormais diplômés, étaient disséminés de par le monde. Pour elle, tout avait été bouleversé entre le deuil, le déménagement, son mariage... Les courants de l'existence n'avaient fait que la balayer, dans un sens puis dans un autre.

Elle mit une semaine à appeler Sam. Au début, elle était trop peinée, trop gênée pour lui raconter ce qui s'était produit. Elle se sentait idiote d'avoir redonné une chance à Nigel. C'était d'un sordide... D'autres soupçonnaient l'infidélité de leur partenaire, devinaient une liaison à une trace de rouge à lèvres sur un col. Pas elle. Non, elle avait eu le privilège de le prendre sur le fait, de vivre cette cuisante humiliation. Par deux fois. Elle répugnait à le raconter à Sam.

Cependant, ils ne s'étaient pas parlé depuis l'annonce de ses fiançailles et elle ne voulait pas qu'il pense que ce silence était dû au fait qu'elle désapprouvait sa décision. Elle était triste pour lui parce qu'elle pensait qu'il faisait une erreur, mais elle le soutiendrait toujours quels que soient ses choix. De son côté, il lui avait envoyé plusieurs messages pour lui demander si elle allait bien. Comme c'était très loin d'être la réalité, elle était restée évasive.

Après l'échange de mails concernant les droits parentaux, elle avait commencé à avoir des nausées matinales. Elle se demandait si c'était réellement physique ou si elles étaient déclenchées par la procédure de divorce. Quoi qu'il en soit, elle vomissait au moins une fois tous les matins et plusieurs fois le soir. Manger devenait une corvée et elle avait déjà perdu cinq kilos. De très mince, elle était devenue franchement maigre, au point que Leslie s'inquiétait. Elle ignorait que Coco était enceinte, bien sûr. Si elle gardait l'enfant, elle n'avait pas l'intention d'en parler avant un moment. Pas avant que ça se voie, en tout cas. Elle voulait avoir le temps de se faire à l'idée, de réfléchir sans que chacun lui donne un conseil ou un avis.

Elle était déjà allée chez le médecin, et une prise de sang avait confirmé sa grossesse. Elles avaient évoqué la possibilité d'une IVG. Le terme était pour août, il était temps qu'elle prenne une décision. Elles avaient fait une échographie de routine pour s'assurer que le cœur du fœtus battait normalement. Avoir vu le bébé à l'écran rendait la décision plus difficile que Coco n'aurait cru. Elle se sentait trop jeune pour de telles responsabilités. Cependant, cela aurait aussi été le cas si elle avait été encore en couple. Et, dans ce cas, elle aurait gardé l'enfant. La renonciation de Nigel à ses droits parentaux rendait la situation à la fois plus simple et plus compliquée. Une chose était sûre, comme pour tout depuis deux ans et demi : elle devrait y faire face seule. Et Sam allait être moins disponible pour la soutenir, maintenant.

Lorsqu'elle l'appela, il était occupé, mais heureux de l'entendre.

— Tu ne m'en veux pas ? demanda-t-il, inquiet. Je sais que la perspective de mes fiançailles avec Tamar ne t'emballait pas.

— Je trouve qu'il est trop tôt pour que tu te cases, c'est tout. Alors, comment tu te sens, maintenant que c'est fait ?

— Toujours pareil. Il me semble que je lui devais bien ça, depuis le temps. C'était ce qu'il y avait de mieux à faire.

Pour tout le monde sauf pour lui, songea Coco.

— Un an et demi, ce n'est pas l'éternité, Sam. Elle n'était pas enchaînée dans ton garage. Elle aurait pu te quitter, si cela ne lui avait pas convenu.

— Elle pensait que j'allais la demander en mariage. Disons que j'ai pris mon temps.

Il se sentait coupable de cela aussi. Le devoir avant l'amour. Coco, quant à elle, ne considérait pas le sens du devoir comme une raison suffisante pour se marier. Tamar n'aurait pas été déshonorée s'il ne l'avait pas épousée. Et elle n'était pas enceinte. N'empêche qu'il était prêt à porter le poids du monde sur ses épaules et à bien se conduire, quitte à se sacrifier.

— Tamar est tout excitée par les préparatifs du mariage. Ça fait plaisir de la voir aussi heureuse.

Coco aurait préféré le voir heureux lui, fou de joie à l'idée de ce mariage plutôt que résigné. Faire une bonne action plutôt que faire le bon choix, cela lui semblait insensé. Mais elle aussi avait fait des choses insensées – à commencer par épouser Nigel.

— Nous nous marions fin juin, précisa Sam. Je compte sur toi.

Si elle gardait le bébé, elle serait à six semaines du terme et ne pourrait sans doute pas prendre l'avion.

— Je risque de ne pas pouvoir venir, fit-elle d'une voix mal assurée.

Elle redoutait de lui révéler son état. Il n'allait pas bien réagir, elle le sentait.

— Oh non, tu ne peux pas être déjà prise ! Tu as un autre mariage ?

C'était le seul motif plausible à ses yeux. Il était loin d'imaginer dans quelle situation elle se trouvait. Elle inspira à fond et se lança :

— Non. Je suis enceinte. Je ne sais pas encore ce que je vais faire, mais je suis enceinte.

— Ce n'est pas une bonne nouvelle ? Nigel doit être aux anges. Il va pouvoir commencer à mettre des bébés dans toutes les chambres de la maison. Il n'avait que ça en tête, quand je suis venu. Il y a un problème avec ta grossesse ? ajouta-t-il après un silence.

— Non, avec le père. Je l'ai encore surpris en pleine partie de jambes en l'air avec une blonde. Une que je ne connaissais pas, cette fois-ci. Du porno en direct. Sur son bureau. Au moins, ce coup-ci, ils n'étaient pas dans mon lit.

Elle était loin de ressentir la légèreté qu'elle affichait, il le savait aussi bien qu'elle.

— Oh non, Coco ! s'exclama-t-il, effaré. Où en es-tu ?

— Je l'ai fichu à la porte et je demande le divorce. Pour de vrai, cette fois. J'ai eu ma dose et il le sait.

— Il est au courant que tu es enceinte ?

— L'ironie de la chose, c'est que je suis rentrée à la maison entre deux rendez-vous pour lui annoncer la bonne nouvelle, et que c'est là que je les ai surpris. Tiens-toi bien, il est prêt à me vendre ses droits parentaux contre la maison du Sussex et je suis d'accord. Je veux qu'il sorte définitivement de ma vie. À la base, il demandait la maison de Londres mais j'ai refusé. Et il réclame trente-sept millions en dommages-intérêts et compensations de toute sorte. Pas moins !

— Hein ? Mais pourquoi ? Il est fou ?

— Non, je le crois plutôt lucide. Mon avocat dit qu'il ne les aura pas, mais il obtiendra peut-être quelque chose quand même, en plus du Sussex. C'est pour ça que je ne t'ai pas appelé. J'essayais d'y voir plus clair. Ça s'est passé le même jour que l'annonce de tes fiançailles.

— Je suis désolé… Au début, je me suis bien dit qu'il t'était arrivé quelque chose. Et puis j'ai pensé que je me faisais un film et qu'en fait tu étais énervée.

— Bien sûr que non. Et je suis vraiment désolée de ne pas pouvoir venir à ton mariage si je garde le bébé.

Elle était sincère. S'il épousait Tamar, elle aurait voulu être à ses côtés.

— Quelle décision penses-tu prendre ?

— Je ne sais pas encore, mais il ne faut pas que je tarde trop. J'aurais l'impression de mal agir en faisant une IVG mais je ne me sens pas capable non plus d'élever un enfant toute seule. Et je ne suis pas sûre d'en avoir envie.

— Tu es capable d'aller au bout de tout ce que tu auras envie de faire, Coco, assura-t-il. Tu es l'être humain le plus fort que je connaisse, hommes et femmes confondus. J'aimerais avoir autant de cran que toi.

— C'est le cas, sauf que tu ne le sais pas. Tu es fondamentalement bon… Tu veux toujours faire au mieux pour les autres. Mais parfois, être fort c'est refuser, c'est penser à soi.

— J'aimerais m'en sentir le droit. Mais je ne veux pas faire de peine à Tamar ni à mes parents. Si ça se trouve, je ne rencontrerai jamais une autre fille avec laquelle j'aurai envie de faire ma vie. Elle, c'est le choix traditionnel idéal.

— C'est vraiment ce que tu veux, Sam ? La tradition ? Pas un truc un peu plus excitant, une femme qui te correspondrait vraiment ?

— Les relations excitantes, c'est ton truc à toi. Ed était excitant. Nigel aussi, à sa façon, dans son monde. Mais ils n'avaient que de l'éclat sans substance.

— Et Tamar a de la substance sans éclat.

— Je ne veux pas d'un mariage excitant : je veux un mariage paisible. Et toi aussi, c'est ce que tu voudras, un jour.

— J'ai cru que Nigel avait de la substance, se défendit-elle. J'ai cru que c'était quelqu'un de bien.

— Tu n'as pas attendu de le connaître assez pour le savoir. Quant à Ed, qui trompait sa femme avec toi, il était disqualifié d'avance. C'est l'éclat, je te dis, Coco. Tu tombes dans le panneau à chaque fois avec les mecs éblouissants.

— La prochaine fois, j'essaierai d'en trouver un bien terne, rétorqua-t-elle, ne plaisantant qu'à moitié. Le prochain super mec qui émerge de la brume, je pars en courant.

— J'espère bien ! Tu envisages de revenir à New York, si tu es enceinte ?

— Je ne crois pas. J'adore mon boulot ici. C'est génial de bosser avec Leslie. J'apprends beaucoup de choses sur l'architecture d'intérieur, l'immobilier...

Elle s'éloignait de plus en plus de ses études, songea Sam. Il ne la voyait pas s'y remettre un jour, surtout si elle avait un bébé qu'elle élèverait seule. D'un autre côté, un enfant la consolerait peut-être de la perte de ses parents. Et si recréer une famille était justement ce dont elle avait besoin ? Mais il se garda de donner son avis. La décision appartenait entièrement à Coco.

De son côté, il n'allait pas tarder à devenir père. Tamar voulait fonder une famille dès qu'ils seraient mariés. Ce n'était pas sans l'inquiéter. À 25 ans, il allait devoir dire adieu pour toujours à sa jeunesse et son insouciance. Il aurait préféré attendre quelques années. À l'inverse, les parents de Tamar estimaient que, à 24 ans, elle s'y mettait bien tard. Ils étaient soulagés que Sam et elle se fiancent enfin.

Sam n'avait donc plus que cinq mois pour vivre et respirer en dehors des responsabilités du mariage. Il se consolait en se disant qu'il agissait honorablement vis-à-vis de sa famille et de sa future femme. Mais il se rendait compte que cela faisait de la peine à Coco. Et lui aussi avait de la peine pour elle quand il songeait à tout ce qu'elle avait traversé. Et voilà qu'elle se préparait peut-être à faire face à la maternité en solitaire.

— On est dans une belle galère, tous les deux, remarqua-t-elle.

Cela le fit rire. C'était l'expression qu'elle employait quand, enfants, ils faisaient une bêtise ensemble à l'école.

— Oui. J'espère que ça finira bien. Ne laisse pas ce fumier te piquer un seul dollar. Il ne mérite même pas la maison de campagne. C'est dingue, ces types qui arrivent toujours à tirer un avantage de leurs méfaits.

— Je suis convaincue que le karma finit par les rattraper, dit-elle, philosophe.

En attendant, c'étaient Sam et Coco qui étaient punis.

12

Le ton montait entre les avocats de Coco et Nigel. Malgré l'absurdité de ses aspirations, ce dernier ne cédait pas d'un pouce. Entêté, il se raccrochait à l'argument selon lequel il avait signé leur contrat de mariage sans savoir dans quoi il s'engageait. Était-ce précisément dans l'intention de profiter de cette faille pour l'invalider par la suite qu'il ne l'avait pas fait lire à un notaire ? Avec lui, tout était possible. Coco découvrait peu à peu son côté calculateur. Jusqu'à présent, la seule chose à laquelle il consentait était l'échange de ses droits parentaux contre la maison du Sussex. De toute évidence, il ne le vivait pas comme un gros sacrifice. Il se conduisait comme si Coco était enceinte d'un autre alors qu'il savait aussi bien qu'elle que ce n'était pas le cas. Il n'éprouvait pas le moindre sentiment pour ce bébé qu'il considérait comme une monnaie d'échange. Partager la garde et les responsabilités ne l'intéressait en rien. Lui qui avait prétendu rêver d'avoir des enfants… !

Coco eut plusieurs échanges avec Ed au sujet de la procédure. Il était satisfait de l'avocat qu'elle avait choisi, et prêt à se battre pour protéger son héritage. Il restait disponible pour l'aider autant qu'il le pouvait.

Si, sur le plan humain, il était minable, il se révélait en revanche un très bon exécuteur testamentaire et gestionnaire de fortune.

Finalement, ce fut l'insensibilité de Nigel au sujet de son bébé qui décida Coco. Elle avait été adorée par ses parents. Le fait que le père de son enfant s'intéresse si peu à lui la choquait, et cette injustice renforça son lien avec le bébé. Cette volonté de le protéger la décida à le garder. Tout allait bien, pour le moment. Quand il naîtrait, ce serait comme si son père était mort ou n'avait jamais existé. Et Coco mettrait deux fois plus de cœur à l'aimer et à l'accueillir dans sa vie.

Pour l'instant, elle allait rester dans la nouvelle maison. Elle y serait bien, avec toute la place qu'il fallait pour qu'une nounou vive sur place, l'aide et s'occupe de l'enfant quand elle irait travailler.

À la fin du premier trimestre de grossesse, alors que les échanges entre les avocats avaient pris un rythme de croisière, Coco se sentit mieux physiquement et put consacrer davantage d'énergie à son travail. Elle adorait ses missions, la collaboration avec Leslie, l'entreprise qu'elles développaient. Chaque nouveau client représentait de nouveaux défis qui les forçaient à créer et innover en permanence. Le plus souvent, Coco et Leslie devaient se charger de la décoration et de l'ameublement. Il fallait même parfois louer des œuvres d'art. Les besoins et les demandes de chacun étaient radicalement différents mais grâce à leur faculté d'adaptation et de réinvention, tous étaient satisfaits de leurs services. Le bouche à oreille fonctionnait à plein, et les nouvelles demandes affluaient.

Un jour de février, Leslie, submergée, apporta un nouveau dossier à Coco.

— Désolée de te faire ce coup-là, Coco, je sais que tu n'as pas une minute pour souffler, mais peux-tu m'aider là-dessus ? Nouveau client, recommandation personnelle d'un client précédent. VIP. Auteur américain célèbre. Il vient à Londres pour l'adaptation d'un de ses livres à l'écran. Il a besoin d'un logement pour un an. Il n'apporte rien. Déteste l'art contemporain. Semble détester les gens en général. Aime les chiens. Ah et tu vas adorer : il a un bullmastiff de plus de soixante kilos. Le rêve des propriétaires, en somme.

Coco prit le dossier en riant.

— Ah oui, je vois, le plan facile. Qui est-ce ? J'ai entendu parler de lui ?

— Sans doute, à moins que tu n'aies jamais lu un livre. Ian Kingston.

— Waouh ! La grosse artillerie, fit-elle en ouvrant des yeux ronds.

— La bonne nouvelle, c'est qu'on a carte blanche. Ce sont les producteurs qui paient. Notre prix sera le leur. Appartement ou maison, pas de préférence. Mais calme, impérativement. Il en a besoin pour écrire.

— D'autres critères ?

— Je dirais quelque chose de confortable mais sobre. Peut-être à proximité d'un parc pour le chien. Ils ne l'ont pas dit clairement mais il a l'air difficile. C'est le bureau du producteur qui m'a appelée. Kingston ne veut pas s'en mêler mais semble s'attendre à ce qu'on tombe juste du premier coup…

— D'accord. Il faudrait être télépathe, avec ce genre de client.

— C'est ton point fort, heureusement ! Tu arrives toujours à deviner ce qu'ils veulent vraiment. Ah oui, et il faut que la cuisine soit bien. Monsieur est un cordon-bleu.

— Intéressant, le bonhomme.

— Et très gâté, sans doute. Il veut une salle de sport dans le quartier. Il a 41 ans.

— Marié ? Une petite amie ? Gay ? Des enfants ?

Coco était rodée et savait quelles questions poser.

— Ils ne l'ont pas précisé. J'ai l'impression qu'il est plutôt du genre solitaire. Ah, pas d'enfants dans l'immeuble, ajouta Leslie après avoir consulté sa fiche. Il tient à son calme. Il affirme que son chien n'aboie jamais et dort beaucoup.

Coco hocha la tête en continuant de prendre des notes. Elle allait commencer par appeler des agents immobiliers. Qu'il séjourne un an et non quelques mois et n'ait pas de préférence entre un appartement et une maison simplifiait considérablement les choses. Sans compter le budget illimité. Il ne stipulait pas le nombre de pièces. Il lui fallait sans doute un endroit confortable pour écrire et au moins une chambre. La difficulté, ce serait la super cuisine.

Après une semaine de recherches et de multiples coups de fil, Coco organisa six visites pour le vendredi. Elle était habilitée à signer le bail si elle jugeait qu'un bien correspondait à la demande. C'était une grosse responsabilité.

Elle avait rendez-vous avec trois agents immobiliers différents, dont une femme qu'elle appréciait particulièrement parce qu'elle ne lui mentait jamais. Contrairement à beaucoup d'autres, elle n'annonçait pas d'atouts qui se révélaient imaginaires, et ne cherchait pas non plus à cacher d'éventuels défauts.

Toutefois, rien ne convenait. Jusqu'à la dernière visite. Il s'agissait d'une maison dans une rue résidentielle très calme, non loin d'un parc. Elle appartenait à un couple de Suisses pour qui elle représentait avant tout un investissement. Ils ne venaient presque jamais à Londres, mais se gardaient comme pied-à-terre les deux niveaux supérieurs qu'ils prêtaient parfois à leur fils, banquier. Ils louaient les deux du bas si un locataire leur convenait. Relativement petite, la maison était entretenue à la perfection. Orientée plein sud, elle était lumineuse et ensoleillée. Le rez-de-chaussée se composait d'un salon et d'une salle à manger, d'un cabinet de toilette et d'une cuisine de belle taille équipée de ce qui se faisait de mieux. Il y avait même un garage double, que personne n'utilisait jamais.

— Le locataire actuel est un cuisinier romain, le chef vedette du Harry's Bar. Comme son père vient de mourir, il est rentré un an en Italie pour aider sa mère à tenir le restaurant familial. Les ustensiles de cuisine et les meubles lui appartiennent.

Et de fait, la cuisine avait de quoi faire rêver un chef amateur. Comme dans la salle à manger, plus formelle, une grande table permettait d'y recevoir.

L'étage comportait une grande chambre principale, une autre plus modeste et un petit bureau. C'était tout à fait l'image qu'elle se faisait d'un repaire d'écrivain, avec boiseries et cheminées. Le décor était masculin, confortable, avec de grands fauteuils clubs en cuir et des tapis persans. Une vaste salle de bains avec baignoire et douche était attenante à la grande chambre. Celle de la chambre d'amis, quoique plus petite, était très confortable aussi.

— Waouh, dit Coco à l'agent, elle est parfaite. Je prends ! Je n'ai pas vu le client, mais ça correspond parfaitement.

Une fois de plus, elle avait bien travaillé. Coco était enchantée. Le loyer n'était même pas exorbitant pour la qualité du bien.

— Y a-t-il une salle de sport dans les parages ? vérifia-t-elle.

— Oui, à deux rues. Assez select, l'abonnement est cher. Mais si c'est la boîte de prod qui paie, cela n'a peut-être pas d'importance.

— Parfait, répéta Coco.

— Il me faudrait le bail d'un an signé, le premier mois de loyer et une caution. Ils demandent cinq mille à cause du chien, au cas où il ferait des dégâts. Et le chef veut que le matériel de cuisine abîmé soit remplacé à l'identique.

Pour une fois, il n'y avait pas besoin de faire repeindre, de changer la moquette ou d'installer des rideaux, ni de dénicher des œuvres d'art convenables et pas trop chères : tout y était.

— Quand peut-il emménager ? s'enquit Coco.

— Tout de suite, s'il le souhaite. Le chef romain est parti il y a une semaine. Le ménage a déjà été fait de fond en comble. La vaisselle et les draps sont compris, bien sûr, puisqu'il s'agit d'une location meublée. J'ai vérifié, le linge de maison est de très belle qualité.

Coco remplit un chèque pour le premier mois de loyer et la caution, comme Leslie lui avait dit de le faire. La société de production signerait le bail.

— Coup de chance ! annonça-t-elle, ravie, en rentrant au bureau. Il y a tout ce qu'on voulait, y compris une cuisine de rêve. C'est l'appartement d'un chef romain qui repart vivre un an en Italie. Ian Kingston va adorer. Et s'il n'en veut pas, je m'y installe et il peut prendre ma maison. C'est top. Il y a même une pièce géniale qui semble faite pour écrire. J'ai hâte qu'il visite.

— On ne saura peut-être jamais ce qu'il en pense, la prévint Leslie. Mais l'important c'est que notre client, en l'occurrence la production, soit satisfait.

— Tu sais quand il veut emménager ?

— On m'a dit le 1er avril, mais éventuellement en mars.

— Eh bien, il peut s'installer dès demain s'il en a envie. Il est chez lui.

Elle rendit à Leslie le dossier avec toutes ses notes puis reprit celui d'un autre client pour lequel elles n'avaient encore rien trouvé. Il s'agissait d'Américains qui arrivaient avec six enfants de moins de 10 ans et un labrador. Il fallait une grande maison plutôt qu'un appartement, où le voisinage risquait de se plaindre. D'autre part, les propriétaires voyaient rarement d'un très bon œil une famille aussi nombreuse.

Ce métier leur apprenait beaucoup de choses sur les gens, les relations, les modes de vie des uns et des autres.

En mars, Coco se rendit au tribunal pour l'audience préliminaire qui allait permettre à chacune des deux parties d'établir ce qu'elles souhaitaient. Le juge était une femme. Selon l'avocat de Coco, cela pouvait jouer pour ou contre elle : certaines étaient plus dures que les hommes tandis que, chez d'autres, la solidarité féminine pouvait jouer. Celle-ci, en tout cas, avait déjà étudié le dossier.

Quand ce fut son tour, elle se tourna vers Coco.

— Cet échange d'une maison de campagne contre les droits parentaux de votre mari vous convient-il ? Si je comprends bien, il ne souhaite pas faire partie de la vie de l'enfant ? ajouta-t-elle d'un air réprobateur.

— Il semble que non, madame la juge.

— À qui appartient la maison ? En d'autres termes, qui l'a payée ?

— Moi, madame la juge.

— Elle n'est ni occupée ni hypothéquée ?

— Non, madame la juge.

— Bien. C'est une demande très inhabituelle mais je vais vous l'accorder. Êtes-vous certaine de pouvoir vous débrouiller seule ?

— Il me semble que oui.

— Vos parents pourront vous aider ? Ils sont en Angleterre ?

— Non, madame la juge, ils sont décédés tous les deux il y a presque trois ans. Mais ça va aller, affirma Coco d'un ton assuré.

— Vous avez un emploi ? s'enquit la juge en la scrutant par-dessus ses lunettes.

— Oui. Je travaille dans une petite entreprise qui aide les étrangers à trouver un logement et à s'installer à Londres. Il s'agit souvent de cadres, diplomates, chercheurs, écrivains ou producteurs de cinéma qui viennent ici pour d'assez courtes périodes.

Cette très jeune femme mûre et raisonnable qui expliquait son métier avec animation fit sourire la juge. Et un bel héritage pouvait expliquer les chiffres absurdes que brandissait son mari.

— Je vais donc confirmer la renonciation de votre mari à ses droits parentaux et l'officialiser. Vous devrez transférer le titre de propriété à son nom. Et je rétablis également votre nom de jeune fille, comme vous l'avez demandé. Quant au reste…

Elle reprit le dossier et regarda tour à tour les deux avocats. Nigel ne s'était même pas présenté au tribunal. Dans son costume bleu trop brillant, son avocat avait l'air d'un avocat véreux, comme aurait dit son père.

— Messieurs, commença la juge. Parlons-nous en dollars, en livres, en yens ou dans une autre monnaie dont j'ignore l'existence ? Le couple en question a été marié moins d'un an. M. Halsey-Smythe avait un emploi jusqu'à il y a huit mois. C'est un homme valide de 34 ans, avec un bon diplôme universitaire. Je ne doute pas qu'il retrouve très vite du travail. Ah, je vois qu'il est question de dollars et de livres. Et qu'il existe un contrat de mariage, que M. Halsey-Smythe a signé. Même si maintenant, il le conteste, ajouta-t-elle d'un air contrarié.

— L'héritage de Mme Martin provient de ses parents décédés, souligna l'avocat de Coco. Il est investi aux États-Unis.

— Qu'elle l'y laisse. Une prestation compensatoire de trois millions de dollars par an pendant dix ans pour un homme dans la force de l'âge, après moins d'un an de mariage, c'est plus qu'excessif. Je ne vois pas non plus de raison de lui accorder un million de dollars de dommages-intérêts pour la perte d'un emploi qui lui rapportait 60 000 livres par an. Quant aux cinq millions pour préjudice moral… Dans la mesure où Mme Martin, quelles que soient ses ressources, se retrouve seule et enceinte, c'est plutôt elle qui devrait les percevoir.

Pris de panique, l'avocat de Nigel se leva sans en avoir demandé l'autorisation et s'adressa à la juge.

— M. Halsey-Smythe n'a pas les moyens d'indemniser Mme Martin, madame la juge.

— Merci de cette information. Veuillez vous rasseoir, maître. Je rejette donc les demandes de

M. Halsey-Smythe. Et j'aimerais bien savoir ce que l'on fait pendant des vacances à un million de dollars. Ce doit être fascinant. Je pense qu'il pourra s'en passer également. Dans un accord séparé, il reçoit une très belle propriété à la campagne, rénovée tout récemment, avec des terres et quatre chevaux montables, si j'en crois les documents fournis à la cour. Cela me semble une compensation plus que suffisante. Et je réduis sa demande de prestation compensatoire à onze mois à raison de 5 000 livres par mois, soit un total de 55 000 livres. Il pourra s'estimer heureux. Je vais confirmer ce jugement, le signer et en renvoyer copie aux deux parties. S'il y a d'autres points à résoudre, adressez-les-moi pour une audience ultérieure. Je vois que M. Halsey-Smythe ne conteste pas le motif d'adultère. J'accorde donc aux deux parties un jugement provisoire de divorce car la cour ne voit pas de raison empêchant le divorce. Dans six semaines et un jour à compter d'aujourd'hui, c'est-à-dire le 1er mai, vous pourrez demander un jugement définitif. Lorsque les deux parties se seront vu notifier le jugement définitif, sans doute en juillet, vous serez divorcés – et libres de vous remarier si vous le souhaitez.

Elle donna un petit coup sec de son marteau pour clore le débat. L'avocat de Nigel fila, sans doute pour lui téléphoner. Coco et Me Humphreys sortirent du tribunal tout sourire, non sans l'avoir remerciée. Coco venait de remporter une grande victoire. Elle y laissait certes une maison, mais y gagnait la liberté de son enfant. Elle l'avait débarrassé d'un père qui, plus tard, aurait certainement tenté de lui soutirer de l'argent. La juge avait raison, Nigel devait s'estimer heureux d'avoir récupéré la propriété du Sussex, qu'il ne méritait pas. Il repartait avec un gros lot, et Coco avec un bébé qu'elle aimait chaque jour un peu plus.

Lors de la visite de contrôle suivante, elle apprit que c'était une fille. Elle décida qu'elle l'appellerait Bethanie, comme sa mère. Maintenant qu'elle connaissait son sexe, le bébé devenait plus réel à ses yeux. L'excitation la gagnait peu à peu. À quatre mois de grossesse, cela commençait à se voir.

Elle appela Sam pour lui faire part du jugement. Il se réjouit, même s'il était furieux que Nigel ait récolté une belle propriété.

Leslie et Coco avaient su que Ian Kingston avait emménagé dès la mi-mars. Ne recevant ni remerciements ni plaintes, elles supposèrent qu'il était satisfait. Aussi furent-elles très étonnées d'avoir de ses nouvelles la première semaine d'avril. Il appela pour demander s'il pouvait passer et Leslie accepta. Deux jours après, il se présenta au bureau. Il était grand, mince, avec les cheveux aussi noirs que ceux de Coco et un regard ténébreux. Il portait un jean, un tee-shirt blanc, un blouson de cuir et des bottes de moto. Il venait d'acheter en Italie une Ducati ancienne, avec laquelle il était rentré à Londres. C'était le parfait bad boy, avec son sourire canaille et craquant. Leslie le reconnut dès son entrée et se leva aussitôt pour l'accueillir. Il la remercia de lui avoir déniché la maison idéale. Il voulait d'ailleurs prolonger le bail de dix ans, ajouta-t-il, pince-sans-rire. Leslie le présenta à Coco, qui avait du mal à ne pas le fixer béatement tant il était beau, et souligna que c'était à elle que revenait tout le mérite.

— J'ai envoyé des photos de la cuisine à mon architecte à New York. Je veux qu'il me fasse exactement la même. Et la semaine dernière, à Rome, j'ai retrouvé où travaillait le chef qui occupe l'appartement en temps normal. C'est un type super. Je suis allé dîner dans son restaurant familial et je l'ai prévenu qu'il risquait de se retrouver SDF si je refusais de partir.

Leslie et Coco se réjouirent de le savoir aussi bien installé. Le tournage commençait dans quelques jours, leur apprit-il. Pour le moment, c'était la panique sur le plateau. Mais lorsque les choses auraient pris leur rythme de croisière, il pourrait se remettre à l'écriture du livre qu'il avait commencé.

Il ne resta pas longtemps mais sa visite produisit une forte impression sur les jeunes femmes. C'était tout de même l'un des auteurs américains les plus en vue. Son immense succès et son physique lui garantissaient un statut de star. Il était terriblement sexy, avec une légère distance qui le faisait paraître insaisissable. Et soudain, ce sourire à faire fondre la banquise.

— Waouh… canon, hein ? lâcha Leslie quand il fut parti.

Coco en convint. Personne ne restait insensible à son magnétisme.

— Tu as vu la façon dont il te regardait ? Il ne t'a pas quittée des yeux.

Leslie aurait parfois pu être un peu jalouse de Coco. Mais son amie était d'une grande modestie. Elle n'avait absolument pas conscience de son physique et n'en jouait jamais. Aussi, à la côtoyer quotidiennement et à la voir aussi humble que charmante, on oubliait presque à quel point elle était belle.

— Mais non, il t'a regardée pareil, protesta-t-elle.

— Pas du tout, assura Leslie en souriant. D'ailleurs, les mecs dans son genre préfèrent souvent les femmes plus jeunes. Moi, j'ai presque le même âge que lui.

Leslie se savait jolie, mais Coco était dotée d'une plastique renversante et d'un visage magnifique. Peu importait à son amie qui, enfin remise de son divorce, sortait avec un homme fou d'elle et qu'elle aimait beaucoup.

Un peu plus tard dans l'après-midi, Coco eut la surprise de recevoir un appel de Ian Kingston.

— Je voulais vous remercier encore une fois de m'avoir déniché la maison idéale, dit-il de sa belle voix grave. Puis-je vous inviter à boire un verre un de ces jours ?

— Avec plaisir, répondit-elle avec simplicité.

Elle n'y voyait aucune ambiguïté. Ce type était un mythe, et un vrai sex-symbol. Il avait toutes les femmes à ses pieds. Qui plus est, elle était enceinte de cinq mois. Sans doute la pensait-il mariée. Leslie, qui avait beaucoup lu sur lui car elle adorait ses livres, disait qu'il était omnivore et sortait aussi bien avec de très jeunes femmes qu'avec des stars de cinéma de 60 ans, alors que lui-même avait la quarantaine.

Cependant, la plupart du temps, on le voyait avec des beautés dans le genre de Coco.

— Demain ? proposa-t-il.

Ils convinrent de se retrouver dans un bar branché de Notting Hill dont elle avait entendu parler sans jamais y aller. S'y côtoyaient écrivains, mannequins, photographes et stars de cinéma.

Elle en parla à Leslie qui haussa les sourcils d'un air taquin.

— Mais non, répondit Coco en posant la main sur son ventre qui s'arrondissait.

Elle portait un jean noir, un pull rose et des bottes qu'elle n'avait pas mises depuis la fac. Pour accompagner Nigel à des cocktails et des week-ends chics à la campagne, elle avait dû s'habiller en adulte. Maintenant, elle pouvait revenir au style décontracté qui lui ressemblait davantage. Être libérée des exigences de cette vie mondaine la soulageait plus qu'elle ne s'y était attendue.

Elle avait vu dans la presse people que les fêtes que Nigel donnait dans sa fabuleuse maison du Sussex attiraient tout le gratin. Comment parvenait-il à les financer, avec les 5 000 livres par mois de prestation compensatoire que la juge lui avait accordées ? Mystère.

Le vendredi à 19 heures, elle retrouva Ian à Notting Hill. Il l'attendait au bar, déjà bondé de gens du quartier ainsi que de quelques mannequins connus en jean et tee-shirt. Elle alla vers lui en souriant. Elle avait choisi un pull suffisamment ample pour que sa grossesse soit à peine visible et il ne sembla rien remarquer. De toute façon, quelle importance ? C'était très gentil de sa part de l'inviter pour la remercier.

— C'est votre chien, dehors ? s'enquit-elle après avoir commandé.

En entrant, elle avait vu un énorme bullmastiff roux sagement assis devant la porte. Personne ne risquait de l'embêter, vu son gabarit.

— C'est Bruce, oui. Il se plaît bien, ici. C'est mon meilleur ami. Mon alter ego. Je suis moins à l'aise avec les humains, avoua-t-il avec son sourire éblouissant. Comme la plupart des auteurs, d'ailleurs. J'imagine que nous nous mettons à écrire parce que nous avons peur des gens. Nous sommes de grands observateurs mais de mauvais participants.

Coco trouva cette idée intéressante. Il avait l'esprit vif, et sans doute la langue bien acérée, à l'occasion. Vu la tension qu'elle sentait bouillonner en lui, elle l'imaginait aisément en colère. Mais son sourire était un vrai rayon de soleil. On aurait tout fait pour le mériter.

— Comment êtes-vous arrivée à Londres ? voulut-il savoir.

— Les raisons qui m'ont amenée ici sont ennuyeuses et compliquées.

— Comme la vie en général.

— J'ai arrêté mes études de journalisme à Columbia et je suis venue faire un stage ici, au *Time*. J'y ai passé environ huit mois avant d'être débauchée par Leslie, qui était ma cheffe au journal, quand elle a monté sa boîte.

— Quelque chose me dit que c'est un peu plus compliqué que ça, fit-il en pointant l'index vers son ventre.

Il avait donc remarqué...

— Peut-être bien. Je vous ai épargné la version longue. À New York, j'ai vécu une histoire assez lamentable avec un homme marié. J'ai été idiote, et j'ai bien retenu ma leçon. Mais pas tant que ça, en fait. En arrivant ici, je suis tombée amoureuse et je me suis mariée trop vite. Ça a duré à peine un an, je suis en plein divorce. Et je vais avoir un bébé. Il a renoncé à ses droits parentaux, donc ma fille et moi serons seules, ce qui est très bien.

Du moins l'espérait-elle. Elle n'était pas aussi sûre d'elle qu'elle le montrait, mais n'allait pas s'ouvrir de ses doutes à un homme qu'elle connaissait à peine.

— Eh bien, on peut dire que vous vous êtes débarrassée de bonne heure des grosses erreurs inévitables ! Après l'homme marié et le salaud, je suis sûr que le prochain sera bien.

— Je ne cherche pas. Je fais une pause.

— Votre famille est à New York ?

Elle hésita un instant à répondre. Mais il était un observateur attentif de la race humaine – cela constituait son fonds de commerce –, et il s'en aperçut.

— Mauvaise question... Ils n'aimaient pas votre ex-mari ? Ils ne sont pas contents que vous attendiez un bébé ?

— Ils sont morts il y a presque trois ans, dans l'attentat de Cannes. Deux des onze Américains qui y ont perdu la vie.

— Mon Dieu ! Je suis désolé. Très mauvaise question. Je suis parfois indiscret, avec ma passion de la vérité. Déformation professionnelle. Quel cauchemar vous avez dû vivre...

— Nous étions très proches. Ils étaient merveilleux.

Elle parvint à le dire sans pleurer. Le temps faisait son œuvre, même s'ils lui manquaient encore tous les jours.

— Moi aussi, j'ai perdu mes parents jeune. On grandit vite, après cela. Ma mère était extraordinaire. Une sainte. Et mon père, le diable incarné – alcoolique, violent. Il a tué ma mère avant de se suicider. J'avais 17 ans. J'étais au lycée. Moi aussi, j'ai tout arrêté. J'ai sillonné l'Europe en stop, puis la Turquie et l'Afrique du Nord. Le Maroc. Et ensuite la Libye. J'ai vécu un peu à Paris, et je suis rentré à New York quand mon premier livre a été publié. Je l'ai écrit à 18 ans et trimballé dans mon sac à dos pendant deux ou trois ans avant de me décider à l'envoyer à un éditeur. Et du jour au lendemain, comme par magie, je me suis retrouvé écrivain. Je viens souvent à Londres, je m'y plais bien. Mais je finis toujours par retourner à New York. Pour en repartir. J'ai du mal à tenir en place, à rester connecté. Quand j'écris, je ne donne plus signe de vie, ce que beaucoup de gens – et surtout les femmes – ont du mal à supporter. J'ai été marié deux fois, à deux femmes formidables que j'ai rendues très malheureuses mais qui semblent m'avoir pardonné parce qu'elles valent mieux que moi. Je passe énormément de temps avec Bruce, qui me comprend. Je n'ai pas d'enfant. J'aurais trop peur de devenir comme mon père. J'aime la solitude, jusqu'à ce que je m'en lasse. Alors je refais surface et je m'aperçois que tout le monde m'en veut de m'être éclipsé. L'idée d'être responsable d'un autre être humain me fait horreur et je suis allergique à l'engagement sous quelque forme que ce soit. Donc, au risque de vous paraître grossier, si vous cherchez un père pour votre bébé, passez votre chemin. Rien que l'idée me donne de l'urticaire. Mais je vous trouve captivante et j'aimerais passer du temps avec vous, si vous ne m'en voulez pas de disparaître de temps à autre et si vous ne comptez pas sur moi. Je crois qu'il faut écrire la vérité sur l'étiquette. Je suis à la fois gentil et épouvantable, comme mes ex-femmes se feraient une joie de vous le confirmer, alors qu'elles m'aiment. Et je les aime aussi. Nous restons très soudés.

Il sourit sans l'ombre d'un remords. Il la prévenait simplement qu'il était difficile. Il paraissait aussi compliqué que fascinant…

Une chose était sûre, il ne manquait pas de franchise. Il n'était pas comme tout le monde mais ne s'en cachait pas. À peine avait-il fini de se dévoiler que deux femmes s'approchèrent pour lui demander un autographe. Il fut poli mais pas plus chaleureux que ça.

— Je ne suis pas à l'aise avec les inconnus, avoua-t-il en posant sur Coco son regard intense. Être célèbre, c'est une plaie. Il m'arrive même de prétendre ne pas être moi quand on m'aborde.

— Je ne cherche pas de père pour mon bébé, lui dit-elle de façon tout aussi directe. Je suis tombée enceinte par accident. Le jour où je suis rentrée chez moi, toute contente, pour l'annoncer à mon mari, je l'ai trouvé en train de coucher avec une autre femme. Pour la seconde fois en quatre mois. C'est là que ça s'est fini. Il a proposé de renoncer à ses droits parentaux, ce qui m'a semblé être une bonne idée. J'ai troqué ma fille contre une maison de campagne. Et je ne crois pas avoir perdu au change. Je compte l'élever seule. Je m'en sens capable.

— Ah, un authentique connard, fit Ian avec sympathie. Pas un connard adorable comme moi.

Elle rit. Elle n'avait pas de mal à imaginer qu'il pouvait être difficile. L'assassinat de sa mère par son père avait forcément laissé de lourdes séquelles. Ses livres, extrêmement violents et sensibles à la fois, en portaient la trace. Hormis les démons qui le hantaient, il avait aussi le don pour comprendre la psychologie des êtres.

— Eh bien, il me semble que les présentations sont faites, commenta-t-il en souriant. Tu dînes avec moi ? Je ne suis pas végétarien et encore moins végan. J'aime les fast-foods, avec une préférence pour les cheeseburgers. Plus ils sont gras, mieux c'est.

— Moi aussi.

Sa compagnie comme sa franchise brutale lui plaisaient. Il avait un petit côté James Dean moderne, avec une rage sourde – mais en encore plus beau, même à 41 ans.

— Quel âge as-tu, au fait ? Je ne vais pas aller en prison si je t'invite à dîner ?

— 24 ans.

— Ça me va. Je pourrais à la rigueur être ton père, pas ton grand-père.

Nigel avait dix ans de plus qu'elle. La différence d'âge ne l'effrayait pas. Hormis Sam, qui faisait preuve d'une grande maturité, elle se sentait mieux et plus en phase avec des hommes plus âgés qu'elle. Du reste, Ed lui-même lui avait souvent donné l'impression de se conduire comme un gamin irresponsable.

Ian l'emmena dans un petit restaurant de style américain dont elle n'avait jamais entendu parler et qui se révéla excellent. La conversation ne languit pas. Il lui raconta ses voyages. Marrakech, Tanger. Il avait beaucoup aimé la Turquie. Après cela, il lui était difficile de se fixer aux États-Unis.

— Je suis nomade dans l'âme. Mais je dois dire que la tente que tu m'as trouvée est la plus belle que j'aie jamais eue. Le chef italien est super. C'était sympa de le rencontrer à Rome et de dîner dans son restau. Il est cool.

Ian aussi était cool. Presque trop. Coco passait une excellente soirée.

Il la renvoya sagement chez elle en taxi et elle songeait encore à leur soirée quand il la rappela deux jours plus tard.

— Tu n'as pas envie d'un burger, par hasard ? Ils me rendent cinglé, sur le plateau. Je suis entouré de divas. J'ai besoin de parler à quelqu'un de sensé. Ici, je ne connais que toi qui le sois.

— Je suis flattée. Avec plaisir.

Puis ils allèrent chez lui. C'était encore mieux avec ses affaires disséminées ici et là. Il la fascinait. Son esprit allait à cent à l'heure et elle buvait ses mots, haletante.

Après cela, ils prirent l'habitude de se voir deux ou trois fois par semaine pour un café, un verre, un dîner. Un soir, il lui prépara un repas marocain chez lui – un couscous à l'agneau délicieusement épicé. Il buvait très peu, ce qui étonnait Coco. Et il se rendait à la salle de sport tous les matins à 5 heures, ce qui se traduisait par une forme physique remarquable.

La première fois qu'il l'embrassa, en mai, elle était enceinte de six mois. Cela la gênait un peu mais il lui assura qu'il la trouvait magnifique et que l'enfant ne le dérangeait pas le moins du monde – du moment qu'il n'avait pas à l'élever ni à s'occuper de lui à l'adolescence. Cela la fit rire. Lorsqu'ils firent l'amour, ce fut simple, naturel, comme s'ils étaient ensemble depuis toujours. Elle passa plusieurs nuits chez lui, puis il vint chez elle. Il fut stupéfait de la taille de la maison.

— C'est ton mari qui a eu l'idée de cet endroit ? Je m'en doutais, enchaîna-t-il comme elle confirmait d'un hochement de tête. Ça ne te ressemble pas du tout. Cette maison va t'attirer des ennuis. Tu as intérêt à dire que tu la gardes en l'absence des propriétaires. Les coureurs de dot vont se ruer sur toi comme des mouches sur un pot de confiture.

— J'ai l'habitude, j'en ai épousé un.

Avec Ian, elle était tranquille. Son succès planétaire le mettait à l'abri du besoin. Elle se sentait si bien avec lui qu'elle devait se répéter de ne pas tomber amoureuse. Il ne lui avait fait aucune promesse concernant un avenir qu'il n'évoquait même pas. Il vivait l'instant présent tout en étant follement sexy, intelligent et agréable à vivre. Elle était conquise par son esprit et, lui, heureux avec elle.

En juin, il la prévint qu'il allait se remettre à écrire et donc disparaître quelque temps. Il ignorait quand il referait surface. Cela pouvait prendre plusieurs mois. Il ne pouvait pas le prédire : il était à la merci du livre qu'il écrivait.

— Au moins, maintenant, je préviens. Avant, je m'évanouissais dans la nature et quand je revenais six mois plus tard, tout le monde était furieux.

— Tu vas me manquer...

— Chut. Toi aussi, tu vas me manquer. Mais ce n'est pas le propos. Je vais et je viens, c'est ma nature. Comme les oiseaux, les saisons ou un chat errant qui arrive, reste un moment et repart. Tu me manqueras sans doute plus que je ne te manquerai. Je m'attache aux êtres, alors il faut que je rompe l'habitude. L'écriture passe avant tout. C'est nécessaire, autrement je ne serais pas bon.

Elle le revit encore une fois, puis il s'évapora. Elle avait passé deux mois merveilleux avec lui. Peut-être n'aurait-elle jamais plus. Peut-être ne lui donnerait-il plus signe de vie. Quoi qu'il en soit, il était de ces sublimes comètes qui traversent le ciel en une pluie d'étoiles. Être avec lui était fabuleux.

Elle parla de lui à Sam lorsqu'il l'appela avant son mariage.

— Et voilà que ça recommence. Coco, je t'en prie, ne t'attache pas à lui. Il t'a dit lui-même qu'il n'était pas fiable. Crois-le. Moi aussi, j'adore ses livres, mais il faut quand même être un peu dérangé pour écrire comme lui.

— Il n'est pas dérangé, il est génial.

— Précisément. Tu te laisses encore éblouir. Il faut que tu arrêtes, et que tu rencontres quelqu'un de vrai.

— Je t'assure qu'il n'y a pas plus vrai que lui.

— J'ai peur que tu tombes encore dans le panneau des émotions fortes. Une vraie relation, c'est quelque chose de discret qu'on est sûr de retrouver le soir en rentrant. Ian Kingston ne sera jamais là quand tu auras besoin de lui. Il t'a prévenue dès le début.

— C'est vrai, concéda-t-elle. Et toi, c'est ce que tu as avec Tamar ?

Quelque chose de discret qui ne lui ferait jamais défaut. Il avait peut-être raison.

— Oui, je crois. En tout cas, je sais que je pourrai toujours compter sur elle. Je n'aurai sans doute pas avec elle des nuits comme celles que tu partages avec Ian Kingston, mais elle ne me décevra pas non plus.

— Comment peux-tu en être sûr ?

— On n'est jamais sûr de rien. Sauf que les indomptables, les éblouissants finissent toujours par se consumer et disparaître dans l'atmosphère. En te brûlant au passage. Ils n'y peuvent rien : ils sont ainsi. J'imagine combien ils sont attirants. Mais, un jour, on se retrouve les mains vides. Tu as besoin de quelqu'un auprès de toi, Coco. Surtout maintenant, avec le bébé. Enfin, je suis quand même un peu là.

Sauf qu'il se mariait la semaine suivante. Bientôt, il se consacrerait à Tamar. Coco n'était pas sûre de beaucoup aimer l'idée.

— Tu es bien certain de ta décision ? lui demanda-t-elle encore une fois.

— Oui. Maintenant, ça va.

— Et ça te suffit ?

— Il faudra bien. C'est là qu'est ma vie.

À travailler avec son père dans un secteur inintéressant ? À épouser une fille ennuyeuse mais fiable qui plaisait davantage à ses parents qu'à lui ? Coco aurait souhaité mieux pour son ami. Mais dans un sens, Sam avait raison. À poursuivre les comètes, Coco vivrait des moments magnifiques que lui ne connaîtrait jamais et qui faisaient vibrer son âme. Mais, au bout du compte, elle se retrouverait les mains vides.

13

Coco était enceinte de sept mois, en juin, lorsque Ian disparut pour écrire. Au début, il lui manqua beaucoup. Ils avaient passé tellement de temps ensemble qu'elle s'y était accoutumée. Pour tromper l'absence, elle commença à préparer l'arrivée du bébé. L'accouchement l'inquiétait, sans sa mère ni aucune femme de sa famille pour la soutenir.

Les dernières semaines de grossesse furent pénibles. Sous la vague de chaleur qui touchait Londres, elle se sentait comme une baleine échouée. En juillet, comme prévu, la juge prononça le divorce définitif. Elle n'avait pas de nouvelles de Nigel et n'en voulait surtout pas. Il n'avait de place ni dans sa vie ni dans celle de son enfant. Ian se manifesterait-il avant la naissance ? Il semblait bien que non. Il était perdu dans son monde, elle ne savait où. Elle parlait quotidiennement avec Sam, à qui elle montrait son ventre énorme sur FaceTime. Elle avait l'air de cacher un ballon de plage sous sa robe. Elle préférait ne pas imaginer ce que ce serait de faire sortir le bébé. Cela lui paraissait impossible. Elle avoua à Sam qu'elle avait peur. Il regrettait profondément de ne pas être là pour l'aider.

Une semaine avant la date de son terme, il lui apprit que Tamar était enceinte de deux mois.

— Waouh ! Vous n'avez pas perdu de temps.

— Elle est tombée enceinte lors de notre nuit de noces.

Elle avait 23 ans et Sam semblait très protecteur vis-à-vis d'elle, son épouse, la mère de son enfant. Elle avait eu des nausées dès le début et il se désolait de la voir dans cet état. Toutefois, il ne cacha pas à Coco que la perspective de devenir père l'effrayait. C'était trop de responsabilités. Avant de raccrocher, Coco lui promit de l'appeler dès que le travail commencerait.

Leslie s'était proposée pour la conduire à la maternité mais ne resterait pas avec elle. Coco allait se débrouiller toute seule avec la sage-femme et les infirmières. Elle aurait été trop mal à l'aise que Leslie assiste à son accouchement. La seule dont elle aurait voulu à ses côtés, c'était sa mère. Comment cela allait-il se passer ? Elle ne connaissait personne qui ait mis un bébé au monde et puisse lui dire la vérité. Elle ne savait que ce qu'elle avait lu dans les livres, et qui lui faisait encore plus peur. Malgré les cours de préparation à l'accouchement auxquels elle s'était inscrite, elle ne se sentait pas prête.

Elle était restée à son poste jusqu'au bout, et elle se trouvait au bureau quand le travail commença. Elle ne comprit pas tout de suite ce qui lui arrivait. Avait-elle mangé quelque chose qui ne passait pas ? Vers l'heure du déjeuner, les crampes se transformèrent en contractions. Comme elle n'avait pas envie de se retrouver seule chez elle, elle resta chez Leslie. Vers 16 heures, les douleurs se firent plus intenses. Elle téléphona à la sage-femme qui lui dit de venir pour qu'elle l'examine.

— Allez, c'est parti, dit-elle à Leslie en serrant les dents et en se cramponnant à son bureau comme une nouvelle contraction s'annonçait. La sage-femme veut que je vienne à l'hôpital maintenant.

Leslie n'en revenait pas. Coco ne s'était plainte de rien de toute la journée.

— Tu vas accoucher là, maintenant ?

— Pas dans la minute, mais bientôt, j'espère. Il faut juste qu'on s'arrête chez moi attraper mon sac.

Elles prirent la voiture de Leslie qui courut chercher les affaires de Coco. Vingt minutes plus tard, elles étaient à l'hôpital. La douleur ne cessait de croître. Une infirmière vint la chercher à la voiture avec un fauteuil roulant.

— Bonne chance ! lança Leslie tandis qu'elles s'éloignaient et que Coco lui faisait un signe de la main. La prochaine fois que je te verrai, tu seras maman !

Elle avait de la peine de voir Coco affronter cela sans sa mère ou le père de son enfant. Cependant, Coco lui avait dit très clairement qu'elle ne voulait pas qu'elle reste. Elle tenait à accoucher seule. Leslie n'avait pas voulu insister de peur de la gêner. Elle retourna au bureau où elle essaya sans succès de travailler. Elle était inquiète et impatiente de recevoir l'appel lui annonçant que le bébé était né.

Une infirmière aida Coco à se déshabiller et à s'installer sur le lit en attendant la sage-femme. Elle avait de plus en plus mal. Bientôt, elle perdit les eaux et les contractions se rapprochèrent. Elle appela Sam sur FaceTime pendant qu'elle en était encore capable.

— Comment ça se passe ?

Il aurait tant voulu être auprès d'elle ! L'imaginer seule lui brisait le cœur.

— La vache, c'est horrible, lâcha-t-elle en grimaçant de douleur.

— Ce sera bientôt fini. Et ensuite, tu la verras.

Il ne savait que lui dire d'autre. C'est alors que la sage-femme entra et qu'ils durent raccrocher.

Bientôt, tout se précipita. Son col était déjà dilaté de sept centimètres ; l'anesthésiste vint lui poser la péridurale qu'elle avait demandée. Elle pleura en serrant la main de l'infirmière. Elle avait l'impression d'être à bord d'un train express. Elle se rendit compte que la nuit était tombée. Quelle heure pouvait-il être ? La douleur lui faisait perdre la notion du temps.

Sous l'effet de la péridurale, les contractions se calmèrent. Elle somnola un peu avant que tout reparte de plus belle. L'infirmière était auprès d'elle. La sage-femme lui enjoignait de pousser. Lorsqu'on réduisit la dose de la péridurale, la douleur redevint insoutenable. Alors on remonta la dose. Quelqu'un dit qu'elle poussait depuis deux heures. Cela lui semblait une éternité. Il fallut pousser encore, et plus fort. Il y avait maintenant deux infirmières dans la salle, qui lui tenaient les jambes tandis qu'elle poussait et poussait jusqu'à n'en plus pouvoir. Alors elle sentit une pression inédite, inimaginable. Tout le monde lui disait de pousser plus fort. Et, soudain, un cri. Elle regarda et, pleurant et riant à la fois, découvrit sa fille.

Elle était magnifique. C'était le portrait de sa mère. Ce fut comme si Bethanie était présente dans la salle auprès d'elle. Coco vit par la fenêtre que le soleil se levait. Il était 6 heures du matin. Le travail avait duré quatorze heures, ce qui était censé être rapide pour un premier accouchement. Sa fille était à son sein. On lui dit que trois kilos, ce n'était pas très gros. Elle, cela ne lui avait pas semblé si petit que ça. Elle avait eu l'impression d'expulser un éléphant. Comment cela pouvait-il faire aussi mal ? Mais maintenant qu'elle la tenait dans ses bras, elle ne regrettait rien. Devant ce ravissant petit visage levé vers elle, ces doigts et ces orteils minuscules, elle se dit que tout cela en valait vraiment la peine. Elle avait envie d'appeler Sam pour lui présenter son bébé mais elle tremblait trop. On l'enveloppa dans une couverture bien chaude et on emmena la petite à la nursery pour la nettoyer. C'était fini. Elle avait réussi. Comme l'avait dit Leslie, elle était maman. Cela tenait à la fois du miracle et du mystère. On lui injecta un antalgique pour qu'elle arrive à dormir. En sombrant dans un sommeil réparateur, elle songea que, à son réveil, Bethanie et elle embarqueraient pour leur voyage ensemble.

Quand Leslie vint voir Coco et son bébé, elle put lire sur le visage de son amie combien cela avait été dur, mais aussi à quel point elle était heureuse. La petite fille était ravissante. Le portrait de sa mère.

Coco avait appelé Sam pour lui montrer sa fille endormie et son petit visage en bouton de rose.

— Comment ça s'est passé ? s'enquit-il, soulagé qu'elles aillent bien toutes les deux.

— Ç'a été dur. Ça n'en finissait pas. Mais le jeu en vaut la chandelle, franchement. Elle est si jolie...

Il fut touché de découvrir le bébé et de voir Coco, si fière malgré ses yeux cernés. Lui aussi était fier d'elle. Il avait hâte de rencontrer la petite.

Elles sortirent le lendemain. Coco avait tout préparé pour la chambre du bébé, et mis un couffin dans la sienne. Elle avait décidé de ne pas se faire aider au début, pour vivre pleinement chaque instant. Le jour suivant son retour, une infirmière vint les examiner toutes les deux. Tout allait bien.

Elle resta chez elle deux semaines avec son bébé avant de l'emmener en visite au bureau. Elle avait trouvé quelqu'un pour venir la garder dès qu'elle reprendrait le travail.

C'est alors que Leslie lui fit une proposition. Elle avait besoin de lever des fonds pour développer l'entreprise et engager des assistants. Comme elle aimait vraiment travailler avec Coco, elle souhaitait qu'elle investisse avec elle pour devenir son associée. C'était très tentant. Elles en reparlèrent au téléphone le soir, pendant que Bethanie dormait. Coco était emballée à l'idée de devenir l'associée de Leslie, qu'elle appréciait beaucoup et avec qui elle travaillait bien, dans cette agence qui lui tenait particulièrement à cœur.

En s'endormant ce soir-là, elle songea qu'elle avait désormais un bébé et une entreprise. Elle avait beaucoup de chance. Elle regarda encore une fois Bethanie, assoupie dans son berceau. Tout allait bien, dans son monde et dans sa grande maison. Tout le temps de l'accouchement, elle n'avait pas songé une seule fois à Nigel. Pour elle, il n'existait plus ; pour sa fille, il n'existerait jamais. Elles se suffiraient à elles-mêmes, elle le savait. Elle sourit à son bébé et comprit, pour la première fois, avec quelle intensité ses parents l'avaient aimée. En dépit de tout, Nigel lui avait fait le plus beau des cadeaux. Elle éprouva pour lui un instant de gratitude, avant de le chasser à tout jamais de son esprit.

14

Ian réapparut en octobre, quatre mois après s'être éclipsé. Il était ravi du premier jet de son livre et plus heureux encore de revoir Coco.

Elle aussi lui montra son œuvre. Bethanie, huit semaines, endormie dans son berceau.

— Elle est très jolie, commenta-t-il, fasciné. Elle te ressemble.

— Elle ressemble aussi beaucoup à ma mère.

Elle ne rêvait pas, Sam aussi s'en était rendu compte sur FaceTime.

Elle avait repris le travail à plein temps, dans son nouveau rôle d'associée à 50 %. Une nounou venait chez elle la journée pour garder Bethanie, et Coco s'en occupait le soir. Le temps passé avec elle lui était infiniment précieux.

Côté professionnel, elles disposaient maintenant du budget nécessaire à la promotion de l'entreprise et au développement de l'équipe. Elles envisageaient de déménager dans un espace plus grand que la salle à manger de Leslie.

Lorsque Ian l'invita à dîner au restaurant, elle demanda à la nounou si elle pouvait rester plus tard pour s'occuper de Bethanie.

— Tu m'as manqué, lui dit-il d'emblée.

— Toi aussi, tu m'as manqué.

— Comment s'est passé l'accouchement ? Ça a été ? Je me suis inquiété pour toi.

Pas assez pour l'appeler, tout de même. Cela aurait signifié une forme d'engagement qui allait à l'encontre de sa nature.

— J'ai eu peur, c'était dur, mais, à la fin, c'était magnifique. Ça fait très mal. Beaucoup plus que je n'aurais cru.

— Tu le sauras pour la prochaine fois, fit-il en souriant.

— Je ne veux pas de prochaine fois. Ou alors, il faudra que ce soit avec la bonne personne. Je ne pense pas qu'on doive vivre un truc pareil seule, expliqua-t-elle, pensive.

Toute cette expérience l'avait tout de même beaucoup secouée, et elle était contente de retrouver Ian. Il lui avoua que la maison lui plaisait tant qu'il était resté à Londres ces quatre mois. Pourtant, il ne s'était pas manifesté une seule fois. Il était ainsi et rien ne le ferait changer. Elle le savait.

— Peut-être, mais tu l'as fait, Coco. Et tu as l'air de t'être débrouillée comme un chef.

Ils recommencèrent à se voir autant qu'avant. Maintenant, le plus souvent, il venait chez elle, puisqu'il fallait qu'elle s'occupe de Bethanie. Son chien, Bruce, couchait dans la cuisine et leur faisait la fête le matin. Certes, Ian n'avait pas été là pour ce moment crucial de son existence et il ne serait sans doute jamais là quand elle aurait besoin de lui, mais la souplesse avec laquelle il se coulait dans la vie de Coco leur convenait à l'un comme à l'autre. Il comblait un vide et s'adaptait parfaitement, telle la pièce manquante d'un puzzle. Elle n'attendait pas de lui plus que ce qu'il avait à offrir. Elle ignorait combien de temps cela durerait, s'il disparaîtrait à nouveau. Pour l'instant, elle n'avait besoin de rien de plus – et elle n'avait de place pour rien de plus.

Un mois après le retour de Ian, Sam l'appela en pleine nuit, en sanglots. Au début, il pleurait si fort qu'elle ne comprenait pas ce qu'il disait. Elle finit par saisir que son père avait fait une crise cardiaque pendant le dîner et qu'il était mort. Sa mère était terrassée, de même que son frère et ses sœurs. C'était tellement inattendu… Il était bouleversé. Pire, maintenant, tout reposait sur ses épaules : l'entreprise, sa famille, sa femme, bientôt un bébé. Il perdait pied.

Ils parlèrent jusqu'à ce qu'il soit un peu calmé, puis elle lui dit qu'elle prenait le premier avion du lendemain. Elle viendrait avec Bethanie, qui n'avait que 3 mois. Par chance, Coco lui avait fait faire un passeport sans attendre, au cas où elle voudrait l'emmener à New York.

— C'est vrai ? Tu viens ?

Il avait l'air extrêmement touché par son geste. Mais pour Coco, c'était la moindre des choses. Combien de fois Sam l'avait-il soutenue dans les coups durs ?

— Évidemment que je viens ! Quand mes parents sont morts, tu étais là, non ?

Il avait même vécu des mois chez elle, et avait continué de lui rendre visite quotidiennement par la suite.

— Nous allons faire la shiv'ah toute la semaine prochaine.

— C'est quand les proches viennent honorer le défunt et soutenir la famille ?

— Et prier.

— Ta mère me permettra d'être présente ?

— C'est moi le chef de famille, désormais. C'est moi qui fixe les règles.

Il était si jeune... Comme elle, il se retrouvait bien trop tôt chargé de lourdes responsabilités. Pire, sa famille se reposait sur lui à un point qui semblait injuste à Coco.

— Je t'envoie un texto dès que je sais quand j'arrive. Et je t'appelle dès que je suis à l'appartement.

À New York, c'était l'heure du dîner. Elle put donc téléphoner aussitôt à Theresa, qui continuait de s'occuper de l'appartement de ses parents et de qui elle était restée proche. Coco lui avait même envoyé une photo de Bethanie à la naissance. Elle lui expliqua la situation et lui demanda si elle pouvait compter sur elle pour garder le bébé. Rien ne pourrait lui faire plus plaisir, assura la gouvernante. Il lui tardait de les voir toutes les deux.

Coco alla faire sa valise. Elle prit plusieurs robes noires, ainsi que les affaires du bébé. Puis elle réserva un vol pour New York à midi. Il fallait qu'elle se présente à l'aéroport à 10 heures.

Elle se recoucha sans bruit auprès de Ian. Quand il se leva à 5 heures, comme tous les jours, pour aller à la salle de sport, elle lui expliqua la situation.

— Je serai rentrée dans quelques jours, promit-elle.

— Je n'aurai pas bougé. Je t'attends. Je suis désolé.

Il lui sourit et la serra dans ses bras. Il savait que ce séjour serait douloureux et raviverait de pénibles souvenirs.

— Sam a toujours répondu présent quand j'avais besoin de lui. Je ne peux pas ne pas y aller. En plus, le pauvre va se retrouver avec d'énormes responsabilités.

— Comme toi, lui rappela-t-il gentiment.

Ils se levèrent et, pendant qu'il s'habillait, elle lui fit son thé préféré.

— Tu es une bonne amie, dit-il pendant qu'elle buvait son café.

Il l'embrassa avant de partir et elle entendit sa moto démarrer puis rouler lentement, pour que Bruce puisse le suivre sur le court trajet jusqu'à chez lui.

Elle eut tout juste le temps de se dire que ces quelques jours à New York n'allaient pas être drôles que Bethanie se mit à pleurer. Elle alla lui donner son biberon – elle venait d'arrêter de l'allaiter – et l'habiller puis elle se prépara à son tour, à temps pour partir à l'heure. C'était la première fois qu'elle voyageait avec sa fille. Elle monta dans le taxi chargée d'un sac à langer, de son sac à main, du bébé, d'une poussette et de sa valise. Elle avait l'impression de s'être transformée en pieuvre pour ne rien perdre en route.

Elle parvint à occuper la petite jusqu'à l'embarquement puis elles dormirent toutes les deux une bonne moitié du vol. Au réveil, Bethanie pleura un peu, et Coco s'en excusa auprès des passagers autour d'elle. À l'aéroport, elle se fit aider pour transporter tout son barda, passa la douane et monta dans un taxi qui la conduisit à l'appartement de ses parents. Elle n'y était pas revenue depuis deux ans et demi. Dans l'intervalle, elle s'était mariée, avait divorcé et était devenue mère. Sa vie n'était plus la même. Maintenant, c'était celle de Sam qui allait changer.

Theresa l'attendait. Elle trouva Bethanie magnifique. Tout le portrait de sa grand-mère. Cette ressemblance avait quelque chose de réconfortant, comme si la mère de Coco continuait de vivre un peu à travers sa petite-fille.

Coco confia la petite à Theresa en lui indiquant comment préparer le biberon et quand le lui donner. Puis elle se dépêcha de se changer pour filer chez Sam. Avec le décalage horaire, il était 16 h 30 à New York.

Lorsqu'elle arriva, vêtue d'une robe toute simple, d'un manteau de laine noir et de chaussures plates, une bonne vingtaine de visiteurs se pressaient dans l'appartement. La famille était assise autour de la table de la salle à manger où les gens venaient la saluer en parlant tout bas. Le père de Sam avait été enterré le matin même, conformément au rite juif.

Coco alla d'abord auprès de la mère de Sam qui l'étreignit et la remercia d'être venue.

— Elle arrive de Londres, maman, précisa Sam qui venait d'apparaître à côté d'elle.

Elle lui sourit et le serra dans ses bras, non sans remarquer qu'aucune de ses sœurs n'était présente. Elles devaient toujours être en froid avec leur mère. Son frère, en revanche, était là, coiffé d'un grand chapeau noir semblable à celui du rabbin. Il avait presque 18 ans, maintenant.

Coco suivit Sam dans la cuisine où des proches s'activaient, disposant sur des plateaux de grandes quantités de nourriture.

— Où sont tes sandwichs au bacon ? chuchota-t-elle pour le taquiner.

— Chuuuuut ! répondit-il en riant. Ma mère peut entendre à travers des murs de pierre, tu sais.

Une jolie blonde sans maquillage et visiblement enceinte les rejoignit. À la façon dont elle regardait Sam, Coco devina que c'était Tamar. De près, ses cheveux lui parurent un peu bizarres et elle comprit qu'il s'agissait d'une perruque. Celle de Mme Stein, un modèle coûteux fait par son coiffeur, était élégante, mais celle-ci était peu flatteuse et visiblement artificielle. Comme la vie de Sam avait changé ! ne put s'empêcher de songer Coco, un peu effarée. Entre sa mère, son frère et sa femme, il était plongé jusqu'au cou dans le judaïsme orthodoxe. Hormis ses sœurs, qui s'étaient éloignées, son père était sans doute le moins traditionaliste de la famille. Pauvre Sam...

Dire que, très peu religieux, il avait toujours rêvé de rejoindre une synagogue libérale…

Lorsque Tamar s'approcha, il lui passa un bras autour des épaules. La jeune femme examina timidement Coco, dans sa robe noire simple mais élégante. Elle avait déjà retrouvé sa silhouette d'avant la grossesse. Sam les présenta, puisque c'était la première fois qu'elles se voyaient.

— Bonjour, Tamar. Comment te sens-tu ? s'enquit Coco en faisant référence à son état.

Elle se sentait un peu coupable d'avoir tout fait pour dissuader Sam de l'épouser, mais elle restait sur sa position. Elle ne lui semblait pas être la femme qu'il fallait à son ami, avec ses traditions strictes auxquelles il ne croyait pas et sa maison casher. Et cette perruque ! Leurs filles, s'ils en avaient, seraient-elles obligées d'en porter une ? Certainement.

Sam était coiffé d'une kippa de velours noir qu'il garderait sans doute toute la semaine que durerait la shiv'ah. Peut-être même la mettait-il tout le temps pour faire plaisir à sa femme.

— Ça va mieux, maintenant, répondit Tamar d'une petite voix. Au début, j'ai été bien malade.

Enceinte de cinq mois, elle flottait dans une robe noire informe trop longue pour elle. Elle manquait d'éclat et n'avait rien de dangereusement éblouissant, c'était certain. Mais justement, c'était ce que voulait Sam. Il avait choisi quelqu'un de stable et de solide.

Seul, il était beaucoup plus sophistiqué, plus moderne. En le voyant chez lui, Coco comprit mieux à quel point il était pris au piège au quotidien de traditions qui ne lui convenaient pas, entouré de gens qui le freinaient, marié avec une femme qui avait pour seul projet de l'entourer d'enfants qu'il ne se sentait pas prêt à avoir. Elle aurait voulu le prendre par la main et s'enfuir en courant avec lui, vers la liberté. Il y avait renoncé pour épouser Tamar parce que c'était « une fille bien ». Aux yeux de Coco, le sacrifice, personnifié par cette épouse bien fade, était beaucoup trop grand.

Coco resta deux heures à bavarder tranquillement avec Sam, puis elle prit congé de Mme Stein. Tamar était auprès d'elle, comme sa fille. On avait servi un peu de vin casher et Coco se rappela comment, à 15 ans, Sam et elle s'étaient saoulés au Manischewitz un jour qu'il en avait volé une bouteille après shabbat et l'avait apportée chez elle en la cachant sous son blouson. Coco avait trouvé que ça ressemblait à du jus de raisin, et en avait bien trop bu.

Sam prit l'ascenseur avec elle et ils restèrent un moment sur le trottoir, à papoter.

— Elle porte sa perruque en permanence ?

— Sauf au lit, avec moi. Question de pudeur. Personne n'est censé la voir nu-tête à part moi. Comme elle est très religieuse, elle se rase le crâne et met un foulard la nuit. Je m'y suis fait, maintenant.

On se faisait à tout, songea Coco. Elle trouvait que cette tradition, dont elle ne comprenait pas l'utilité, enlaidissait tristement les jeunes femmes. Il n'y avait vraiment plus aucun glamour dans la vie de Sam, et bien peu de beauté.

Ils savaient que le bébé était un garçon ; en un sens, c'était un soulagement. Tout le monde se réjouissait pour eux.

— Peut-être que nos enfants se marieront ensemble, un jour, dit Coco en souriant.

Sam ne portait pas de manteau sur son costume et l'air glacé de novembre les fit frissonner.

— Ça va me faire bizarre de ne plus voir mon père au bureau tous les jours, lâcha-t-il tristement. Avec qui je vais pouvoir me disputer ?

Il ne put retenir ses larmes.

— Tu vas t'y habituer, je te promets, le réconforta-t-elle en le prenant dans ses bras. Au début, pour mes parents, j'ai ressenti la même chose. Et puis, un jour, c'est comme s'ils faisaient partie de nous. Ils sont à l'intérieur. Plus à l'extérieur.

— À notre mariage, lui raconta-t-il de but en blanc, les hommes et les femmes n'ont pas dansé ensemble. Moi, j'aurais voulu, mais nos familles ont refusé. On avait pensé juste matérialiser une séparation mais les parents de Tamar ont exigé deux salles différentes.

— Tu n'en as jamais marre de tout ça, de tous ces gens qui décident à ta place ?

Le conseil de sa mère résonnait encore dans sa mémoire.

— Tout le temps. Mais c'est comme ça. C'est ce qu'on attend de moi, ce pour quoi j'ai signé. Et puis j'ai l'habitude, Coco. Cela ne me choque pas autant que toi.

N'empêche, elle avait du mal à le digérer. La mère de Sam était-elle plus stricte que lorsqu'ils étaient enfants ? Ou ne s'en rendait-elle pas bien compte, à l'époque ? Autrefois, Sam lui racontait qu'il arrivait à son père de manger des aliments non casher en cachette de sa mère. Mais aujourd'hui, il n'était plus là. Heureusement que Sam avait Tamar et, bientôt, un enfant pour se consoler de son deuil.

— Est-ce que Ian a réapparu, au fait ?

Il ne pouvait nier être assez impressionné qu'elle sorte avec lui, même si c'était encore un homme qui lui en mettait plein la vue mais qui ne serait jamais là pour elle.

— Oui, il y a quelques semaines. Figure-toi qu'il est resté à Londres tout ce temps et ne m'a jamais appelée… Il écrivait.

— Il ne sera jamais l'homme que tu veux, Coco. Fais attention qu'il n'occupe pas trop l'espace. Cela t'empêcherait de rencontrer quelqu'un de vrai qui sera là à plein temps. C'est dangereux, ce genre de relation. C'est assez satisfaisant pour que tu n'ailles pas voir ailleurs, mais sans t'apporter ce que tu es en droit d'attendre d'une vraie vie de couple.

— Tu as raison, ce que tu dis est parfaitement vrai. Mais je n'ai envie de rien ni de personne d'autre pour le moment.

— Et cela n'arrivera jamais, si tu vis dans un monde sur mesure pour lui.

— Il est vraiment génial, Sam.

— Je sais, mais il ne remplit pas les conditions requises pour la vraie vie. Il n'en a même pas envie.

Elle hocha la tête. Ian ne s'en était jamais caché. L'ennui, c'est que sa compagnie était grisante et qu'on en devenait vite dépendant. Elle était accro. Et elle se contentait des doses qu'il voulait bien lui donner parce que c'était mille fois mieux, mille fois plus intéressant que ce qu'elle avait connu avec d'autres.

L'appartement de Coco était de l'autre côté du parc. Quand ils étaient petits, Sam et elle essayaient de s'envoyer des signaux en captant les rayons du soleil avec un miroir. Mais cela n'avait jamais marché : ils habitaient trop loin, aux deux opposés de Central Park. N'auraient-ils d'ailleurs pas risqué d'y mettre le feu, s'ils avaient réussi ? s'était-elle souvent demandé.

— À demain. Merci d'être venue de Londres, dit-il quand elle se tourna vers lui en souriant avant de monter dans son taxi.

— Je viendrais de la lune, si tu avais besoin de moi.

Pendant le trajet, elle se demanda ce qu'aurait été leur vie s'ils avaient fini ensemble. Drôle, sûrement, et folle, et fabuleuse. Sauf que cela n'aurait pas pu arriver car la mère de Sam l'aurait tuée ! Il n'était pas question qu'une chrétienne mette la main sur son fils. De toute façon, l'idée de sortir ensemble ne les avait jamais effleurés. Meilleurs amis, c'était parfait.

Coco resta quatre jours à New York mais ne retourna pas chez Sam. Elle ne voulait pas envahir sa mère, et elle avait senti que sa présence mettait Tamar mal à l'aise.

La veille de son départ, Sam et elle se retrouvèrent en fin de journée pour faire une grande promenade dans Central Park West. Elle n'avait aucune raison de rester plus longtemps. L'appartement, bien vide sans ses parents, était trop triste. À Londres, tout était plus facile.

— Tu crois que tu reprendras tes études, un jour ? lui demanda-t-il.

— Je n'en sais rien. Je ne vois pas à quoi ça me servirait. J'adore mon boulot et ça marche bien. Je ne me vois plus journaliste.

— Et moi, je ne me vois plus comptable. Sauf que c'est ma boîte, maintenant.

— Tu pourrais peut-être opérer les changements auxquels tu avais pensé mais dont ton père ne voulait pas ?

— J'espère. Tamar a dit qu'elle m'aiderait. Et ma mère propose de garder le bébé. Sabra aussi va avoir un enfant mais ma mère ne veut pas entendre parler d'eux, et tu sais comme elle est têtue. Quant à Rebecca, elle envisage d'entrer dans les ordres. J'avoue que ça m'a fait un choc. Elle est encore plus religieuse que ma mère, finalement. J'ai l'impression que toute ma famille est un peu cinglée, conclut-il en souriant. Tu te rends compte, une fille bonne sœur ? Je crois que ma mère ne s'en remettra pas.

— Il y a quelques activistes juives très intéressantes qui sont devenues nonnes au moment de la Seconde Guerre mondiale. Sainte Edith Stein, par exemple, qui a sauvé beaucoup de gens avant de mourir à

Auschwitz. J'ai lu un livre sur elle qui m'a beaucoup impressionnée.

— Au moins, tu n'es pas entrée au couvent.

— Peut-être que je le ferai quand Bethanie sera adulte. Je ne me vois plus dans une relation de couple traditionnelle. Les hommes avec qui tu voudrais que je sois m'ennuient. Et avec ceux qui m'excitent, qui ne sont pas comme les autres, qui m'éblouissent, comme tu dis, je me brûle les ailes à chaque fois.

— Je te demande simplement de faire attention à ce que Ian Kingston ne te brise pas le cœur. J'ai comme l'impression que ses blessures peuvent le rendre dangereux.

— Et c'est peut-être ça, justement, qui en fait quelqu'un de si intéressant. Ou alors peut-être que je suis devenue comme ça, moi aussi, depuis que j'ai perdu mes parents et que j'ai eu Bethanie seule. Je ne suis plus franchement traditionnelle non plus.

— Sauf que tu es fiable. Je sais que je peux toujours compter sur toi. Tu seras juste assez traditionnelle pour l'homme qui sera fait pour toi. Un peu d'excentricité pimente agréablement la vie.

Elle ne voyait pas en quoi Tamar pouvait pimenter celle de Sam, en tout cas. Elle lui paraissait plus fade qu'un gâteau de riz. Mais il l'avait choisie et il était trop tard pour revenir en arrière. Du reste, c'était une fille intelligente. Seulement, contrairement à lui, elle manquait de personnalité et d'humour. Pour employer une image biblique, il était la lampe et elle le boisseau.

Avant qu'ils se quittent, il la remercia encore d'avoir fait tout ce voyage pour lui.

— J'essaierai de revenir quand ton fils sera né. J'ai hâte de le connaître.

Elle l'embrassa une dernière fois avant de monter dans le taxi et lui fit signe tandis que la voiture s'éloignait.

Elle passa la moitié de la nuit éveillée, à penser à ses parents, à regarder les photos d'eux encadrées disséminées un peu partout dans l'appartement. Elle en fourra plusieurs dans sa valise. Quand elle repartit le lendemain matin avec sa fille, quelque chose lui disait qu'elle ne reviendrait pas. Pas avant longtemps, en tout cas. Et cette pensée avait quelque chose d'étrangement libérateur.

15

Impatient de la retrouver, Ian vint chez elle dès le soir de son retour. Ils firent l'amour pendant des heures. Heureusement pour eux, Bethanie était une enfant facile qui dormait bien. Coco adorait être avec elle, s'occuper d'elle. Elle semblait aussi beaucoup amuser Ian, qui prétendait pourtant ne pas s'intéresser aux enfants. Il lui parlait comme à une petite adulte qui n'aurait pas su s'exprimer dans sa langue mais comprenait tout ce qu'il lui disait.

Il lui expliquait le thé vert et les lustres, l'art chinois, les mérites comparés de la cuisine française et de la cuisine italienne et la valeur du système métrique. Parfois, elle le regardait fixement avant de partir d'un grand éclat de rire, comme si elle le trouvait ridicule ou désopilant. Coco s'attendait à la voir lui répondre un jour par une tirade du même genre.

Coco fêta ses 25 ans avec Ian. Il l'invita chez lui et lui concocta un dîner magnifique arrosé de château Margaux et de château d'Yquem pour le dessert. Ils avaient déjà laissé Bethanie plusieurs fois le temps d'un week-end romantique, en particulier à Venise où ils étaient allés d'église en église jusqu'à en avoir le tournis. Il les connaissait toutes, jusque dans les moindres détails de leur histoire. Coco n'avait jamais appris autant de choses avec aucun professeur.

Ils passèrent aussi Noël ensemble. En janvier, il s'éclipsa deux mois pour écrire tandis qu'elle se concentrait sur Bethanie et sur son travail. Elle savait que Ian réapparaîtrait bientôt, ce qu'il ne manqua pas de faire, comme les hirondelles au printemps. L'aura qu'il laissait derrière lui lorsqu'il s'absentait était si riche que Coco n'avait envie de personne d'autre. C'était précisément ce contre quoi Sam l'avait mise en garde. Ian la satisfaisait si pleinement qu'elle n'avait envie d'aucun autre en son absence. De toute façon, qui aurait été à la hauteur ? Il était unique, brillant et merveilleux amant : même trois mois d'attente valaient le plaisir de sa présence. Au lieu de se languir, elle entrait comme en hibernation, prenait des forces, acquérait des connaissances à partager avec lui quand il reviendrait pour combler à nouveau son âme et son esprit.

Le fils de Sam et Tamar naquit en mars, deux semaines après le terme prévu. La pauvre Tamar subit quarante-huit heures de travail et, à cause de complications suite à l'accouchement, Sam dut s'occuper d'elle et du bébé, qu'il adorait. Il s'appelait Nathan. Son deuxième prénom, Isaac, était celui du père de Sam, conformément à la tradition juive.

Au printemps, Ian et Coco se rendirent à Saint-Pétersbourg. Il avait pris l'habitude de lui donner le premier jet de ses manuscrits à relire. Partager ainsi le processus de création était captivant. Elle était flattée qu'il prête autant d'intérêt à son opinion car c'était un écrivain d'un immense talent. Quel privilège que d'être ainsi le témoin de la genèse de ses œuvres !

Le temps filait, et les années s'additionnaient comme des perles sur un collier. Coco profita d'un voyage professionnel de Ian à New York pour l'accompagner et rendre visite à Sam. La famille s'était agrandie avec l'arrivée d'un deuxième enfant, Hannah. Et d'un troisième, Ruth, un an plus tard. Tamar aidait encore un peu son mari au cabinet mais avait souvent trop à faire à la maison. Elle tomba enceinte de leur quatrième tout aussi rapidement. Encore un garçon. Sam avait fait considérablement évoluer l'affaire familiale, passant de la comptabilité au conseil fiscal. Nombre de ses clients, dont certains pesaient lourd, lui étaient adressés par des avocats spécialistes du droit des successions. Sa mère ne voyait pas ces changements d'un très bon œil et Tamar pas toujours non plus, mais Sam commençait enfin à aimer ce qu'il faisait. Maintenant qu'il tenait les rênes du cabinet et pouvait le conduire à sa guise, la perte de son père avait au moins eu un effet positif.

Ian et Coco n'étaient pas officiellement en couple, il n'en avait jamais été question. Cependant, ils vivaient ensemble lorsqu'il ne se retirait pas du monde pour écrire. Ian avait dû finir par rendre la maison qu'il adorait et s'était installé chez Coco, avec son chien qui vivait entre la cuisine et le bureau de son maître.

Il allait et venait à sa guise, sans qu'elle lui demande de comptes.

Ils étaient maintenant ensemble depuis quatre ans. Coco avait 28 ans et Ian 45. Pour Bethanie, il était comme un oncle bienveillant. Ils avaient toujours de longues conversations le matin, au petit déjeuner. À sa demande, elle l'appelait monsieur Ian. C'était une plaisanterie entre eux, parce qu'il ne voulait pas être un père de substitution. Pourtant, sans l'admettre, il en jouait le rôle à de nombreux égards. Leslie et Coco avaient désormais des locaux très chics à Knightsbridge. Les affaires marchaient bien.

En rentrant d'un week-end en amoureux à Prague, Coco trouva un jour Bethanie apathique et fiévreuse. Pensant que c'était une petite grippe, elle lui donna de quoi faire tomber la fièvre. Mais ce fut pire le lendemain, et le jour suivant. Comme cela ne passait pas, elle finit par appeler la pédiatre qui souhaita voir la fillette et procéder à quelques examens de routine. Cela pouvait être aussi bien un streptocoque qu'une mononucléose ou un mauvais virus, mais on était déjà au cinquième jour de fièvre et c'était anormal. Après la prise de sang, quand Coco lui proposa une glace et un ballon, Bethanie ne voulut même pas sortir de la voiture.

Le soir, Ian essaya de rassurer Coco, en vain. Elle avait craint une méningite mais le médecin lui avait assuré qu'elle aurait été beaucoup plus malade, voire pire. Cela lui avait fait froid dans le dos.

Méningite ou pas, il n'y avait toujours pas d'amélioration, et l'attente du résultat des analyses était angoissante. La pédiatre la rappela le lundi matin alors qu'elle s'apprêtait à partir au bureau. La nounou était venue garder la petite, qui n'était toujours pas en état de retourner à l'école.

— Les nouvelles ne sont pas très bonnes, annonça le médecin d'un ton préoccupé. Les analyses montrent un résultat auquel je ne m'attendais pas.

— Une méningite ? avança Coco, prise de panique.

Ian n'était pas encore rentré de sa séance de sport matinale.

— Non. Elle a trop de globules blancs et pas assez de rouges. Il pourrait s'agir des premiers symptômes d'une leucémie.

Coco eut l'impression qu'un couteau lui transperçait le cœur. Bethanie avait récemment eu une visite médicale de routine qui n'avait rien indiqué de tel.

— J'aimerais qu'elle voie un oncologue dès aujourd'hui. Plus vite nous agirons, mieux ce sera.

— Oh mon Dieu ! Comment est-ce possible ?

— Cela arrive, hélas. C'est le second cas que je vois en relativement peu de temps. Je vous tiens au courant dès que j'aurai eu l'oncologue et que je saurai quand il peut vous recevoir.

Elle rappela une demi-heure plus tard.

— Il propose que vous veniez maintenant. Est-ce possible ?

— Bien sûr.

Elle nota l'adresse, alla chercher Bethanie, lui mit un blouson par-dessus son pyjama et la porta dans la voiture. Sur le trajet, elle appela Leslie pour la prévenir qu'elle ne pourrait pas venir.

Un quart d'heure plus tard, elles étaient chez le spécialiste. Coco porta Bethanie jusque dans la salle d'attente, et la garda dans ses bras. La petite avait peur qu'on lui fasse une nouvelle prise de sang et se mettait à pleurer dès que sa mère la lâchait. Une infirmière essayait tant bien que mal de la distraire avec un jouet en attendant l'oncologue, qui l'examina et étudia les résultats transmis par la pédiatre. Puis il s'entretint avec Coco dans son bureau pendant que l'infirmière restait avec Bethanie dans la salle de consultation. Celle-ci semblait n'avoir qu'une envie : s'allonger par terre en serrant son doudou.

— C'est grave ? demanda sans détour Coco au médecin.

Bethanie était l'amour de sa vie, sa seule famille. Sa détresse devait se lire dans ses yeux.

— Ce n'est pas bon. Ça ne me plaît pas. J'aimerais faire faire une ponction lombaire et une biopsie de moelle osseuse pour savoir de quoi il retourne exactement. S'il s'agit d'une leucémie, selon le type, nous avons de bons résultats chez les enfants de l'âge de Bethanie.

Coco avait la nausée. L'oncologue les envoya directement à l'hôpital et deux heures plus tard les examens prescrits étaient faits, sous anesthésie. Coco vivait son pire cauchemar. Elle appela Ian. Quand elles rentrèrent il les attendait, en état de choc. Il semblait plus affecté encore que Coco.

L'oncologue la rappela le lendemain à la première heure, après une nuit qui lui parut interminable. Bethanie souffrait d'une leucémie myéloïde aiguë, théoriquement la plus facile à traiter. Il fallait commencer la chimiothérapie le plus vite possible.

— Par chance, nous l'avons prise très tôt, dit le médecin pour la rassurer. J'aimerais que le traitement soit mis en place d'ici la fin de la semaine.

Coco avait peine à y croire. Sa petite fille si parfaite et si gaie, qui riait et jouait tout le temps, avait une leucémie. S'ils ne gagnaient pas la bataille, elle mourrait. Cette pensée lui était insoutenable.

— Quelle est la qualité du traitement, ici ? s'inquiéta-t-elle. Pensez-vous que je devrais la ramener aux États-Unis ?

— C'est une possibilité, répondit-il sans se vexer de sa demande, d'autant plus légitime qu'elle était américaine. Il y a un excellent service d'oncologie pédiatrique à Boston, ainsi qu'au Sloan Kettering à New York. Les Français sont très forts aussi ; meilleurs que nous dans certains domaines.

— Puis-je attendre demain pour prendre ma décision ? J'aimerais passer quelques coups de fil à New York.

— Bien sûr. Il ne faut pas traîner mais vous avez le temps d'étudier les différentes options. Téléphonez-moi quand vous voulez.

Il lui donna son numéro de portable et elle le remercia vivement avant de raccrocher. La tête lui tournait. Ian était à la salle de sport, et elle appela Sam. C'était toujours à lui qu'elle se raccrochait lors d'un coup dur.

— Qu'est-ce qui ne va pas ?

Elle ferma la porte de son bureau et se laissa enfin aller à pleurer en entendant la voix familière.

— Bethanie a une leucémie. On lui a fait des examens hier. Je viens d'avoir les résultats. C'est une LMA. Il faut faire de la chimio. Est-ce que tu connais un pédiatre oncologue hors pair à New York ?

Elle s'attendait à ce qu'il lui dise qu'il allait faire des recherches mais sa réponse, immédiate, la surprit.

— Oui. Ne prends aucune décision tant que je ne l'aurai pas joint. C'est un de mes clients et il paraît que c'est le meilleur de New York. Je vais voir s'il peut te recevoir ou te recommander quelqu'un qui pourra échanger avec ton médecin de Londres. Comment s'appelle-t-il ?

Il nota le nom et promit de la rappeler au plus vite. Elle était encore à son bureau, la tête entre les mains, quand le téléphone sonna dix minutes plus tard.

— Il dit que le médecin que tu as vu est excellent, l'un des meilleurs, mais qu'il préférerait que tu amènes Bethanie à New York pour des examens complémentaires. Tu pourras alors décider de la faire soigner ici ou à Londres. Coco, je mettrais sans hésiter la vie de mes enfants entre les mains de ce type. J'ai une confiance totale en ce qu'il dit. Dans son domaine, c'est un crack. Il peut te recevoir après-demain.

La recommandation de Sam suffisait à Coco.

— Je prends l'avion demain.

Son esprit se mit à galoper dans tous les sens. Il y avait tant de choses à préparer, à organiser.

— Il aimerait recevoir par mail les résultats des analyses et des examens qui ont déjà été pratiqués afin d'en parler avec son équipe avant ton arrivée.

— Je m'en occupe.

— Je t'envoie son nom et son adresse. Juste pour te prévenir, ce n'est pas le type le plus chaleureux de la terre. Mais c'est le meilleur.

— Du moment qu'il la guérit, ça peut être le neveu de Frankenstein, je m'en moque pas mal. Oh, Sam, fit-elle en se remettant à pleurer, je ne veux pas qu'elle meure.

L'angoisse et la peine de Coco lui brisaient le cœur.

— Ça ne va pas arriver, promit-il. La première chose qu'il m'a dite quand je lui ai parlé du cas, c'est que les enfants atteints de LMA guérissent très souvent complètement, surtout à l'âge de Bethanie. Accroche-toi. Allez, on se voit demain. Envoie-moi ton numéro de vol. Je viens te chercher à l'aéroport.

— Tu n'es pas obligé. On peut se retrouver à l'appartement.

— Tais-toi donc.

Sa réaction la fit sourire. Il ne changeait pas. Dans toutes les crises de la vie de Coco, il avait toujours été là, providentiel. Il était même capable de sortir de sa manche le meilleur spécialiste de New York pour soigner sa fille.

Après avoir raccroché, elle rappela l'oncologue qui avait vu Bethanie pour le mettre au courant, et lui donna l'adresse mail du Dr Jeff Armstrong au Sloan Kettering afin qu'il lui transmette les résultats.

Ensuite, elle réserva deux sièges sur un vol le lendemain. Elle hésita à en prendre un troisième au cas où Ian voudrait les accompagner mais il pourrait toujours le faire dans un second temps. Elle finissait tout juste les bagages quand il rentra. Elle avait attendu de le voir pour lui annoncer. Dès qu'il vit sa mine, il s'inquiéta.

— Le médecin t'a rappelée ?

Elle lui résuma rapidement la situation.

— Elle a une leucémie. Ils veulent la mettre sous chimio. Je pars à New York avec elle demain. Sam a parmi ses clients un grand ponte de l'oncologie pédiatrique qui veut bien la voir après-demain au Sloan Kettering. Je ne sais pas encore si je la ferai soigner ici ou là-bas. Tu veux venir avec nous ?

Il ne répondit pas tout de suite mais s'assit en face d'elle. Il était aussi pâle, aussi choqué qu'elle.

— Je vais vous laisser prendre vos marques. Appelle-moi quand tu l'auras vu. Je vous rejoindrai plus tard si vous restez.

Elle hocha la tête. Elle ne trouva même pas bizarre qu'il ne les accompagne pas. Plus rien ne l'étonnait. Bethanie se réveilla en pleurant et Coco alla la consoler.

Elles décollaient le lendemain à 9 heures et seraient à New York à midi, heure locale. Pour être à l'heure à l'aéroport, il fallait qu'elles partent à 6 heures. Toute la journée, Coco courut dans tous les sens et Ian resta enfermé dans son bureau.

Encore fiévreuse, Bethanie s'endormit de bonne heure. Coco, épuisée, se traîna pratiquement dans la cuisine où Ian avait préparé le dîner, comme presque tous les soirs. Elle savait qu'il allait bientôt de nouveau s'éloigner pour écrire mais ne savait pas quand. Il ne la prévenait jamais à l'avance car il ignorait lui-même quand il serait prêt à s'y mettre. Quand cela le prenait, il s'en allait.

Elle parvint tout juste à avaler quelques bouchées. Les valises étaient prêtes. Coco avait pris tous les jouets et les doudous préférés de Bethanie au cas où elles resteraient à New York. Pour elle, elle n'emportait que quelques vêtements simples et confortables. Elle prévoyait de toute façon de passer l'intégralité de son séjour à l'hôpital.

— Je n'arrive toujours pas à y croire, fit-elle finalement en posant sa fourchette, renonçant à essayer de manger.

— Il ne faut rien lâcher, Coco. Elle est plus costaude que tu ne crois. Et si ce toubib est vraiment le meilleur, il va la guérir.

— Ils ont un taux de réussite élevé, mais pas 100 %, lui rappela-t-elle. Certains enfants ne s'en sortent pas. Dans tous les cas, la chimio va la rendre très malade. Elle va perdre ses cheveux...

Mais Coco était prête à tout accepter pour que sa fille vive. Aussi désemparé qu'elle, Ian rangea la cuisine pendant qu'elle montait prendre un bain pour essayer de se détendre après cette journée atroce. Depuis qu'elle lui avait appris le diagnostic, il avait très peu parlé. Il semblait désorienté, égaré.

Quand il la rejoignit dans la salle de bains une demi-heure plus tard, elle sentit que ça n'allait pas. Une autre mauvaise nouvelle allait tomber.

— Que se passe-t-il ? lui demanda-t-elle.

Elle se rendit compte qu'il pleurait. Il lui fallut plusieurs minutes pour se calmer.

— Il y a des choses que tu ignores sur moi, commença-t-il d'une voix étranglée. Des choses que la plupart des gens n'ont pas à savoir. Mais toi, si. Je t'ai dit que mon père avait tué ma mère. C'était un fou, un alcoolique, un drogué qui alternait les séjours en prison et en hôpital psychiatrique. Il a assassiné ma mère dans un accès de démence. J'avais une petite sœur de dix ans de moins que moi. Elle avait 7 ans. Il l'a tuée aussi. J'étais sorti. Je les ai trouvés en rentrant, morts tous les trois. Je ne m'en suis jamais remis. De ce jour, je n'ai plus vraiment aimé personne, je n'ai plus pu m'attacher à personne. À part à toi et Bethanie, depuis quatre ans. C'est à cause de ce qui est arrivé à ma sœur que je n'ai jamais voulu d'enfants. Je ne peux pas être aussi proche d'un être, l'aimer autant. En un sens, mon père m'a tué, moi aussi. Ce que tu vois aujourd'hui, c'est ce qui reste de moi. Ce sont les morceaux que j'ai pu recoller après qu'il a tué Weenie et ma mère. C'est moi qui ai trouvé les corps, répéta-t-il. Je ne peux même pas te décrire l'horreur.

Elle tendit la main vers lui mais il ne la laissa pas le toucher. Il n'aurait pas supporté la tendresse de son geste au milieu de ce flot de souvenirs atroces.

— Une partie de moi est morte avec eux et je ne peux toujours pas avoir une relation normale. Tu le sais, lorsque je me sens trop proche, je pars en courant, je fuis jusqu'à remettre la distance nécessaire. C'est pour ça que j'ai disparu quand tu as accouché. Ça ne m'empêche pas d'adorer Bethanie. Je ne vais pas pouvoir être là pour toi, Coco. Je ne vais pas y arriver. Ça me tuerait. Je me sens plus proche de toi et de la petite que de quiconque. Mais je n'ai pas l'étoffe d'un mari ni d'un père. S'il lui arrivait quelque chose, je te jure que j'en mourrais. Tu es forte, Coco. Bien plus forte que moi. Je ne suis qu'une coquille vide, pas un homme. Je voudrais vous accompagner demain, mais je n'en suis pas capable. Quand vous partirez, je m'en irai loin d'ici pour être à nouveau seul. Ne compte pas sur moi. Je ne peux pas être là pour toi ni pour elle. Je suis un hologramme, une image, une illusion. À l'intérieur de moi, il ne reste rien.

Il pleurait tant qu'elle le prit dans ses bras, encore trempée de son bain, et le garda contre elle.

— Je comprends quand tu disparais. Je ne t'en veux pas.

— Cette fois, tu vas m'en vouloir. Et elle aussi. Mais je ne peux pas, Coco, je ne peux pas.

Ils restèrent un long moment enlacés sans rien dire tandis qu'il sanglotait. Il avait mis son âme à nu devant elle.

— Je suis désolée, Ian. Je t'aime. Si tu savais comme j'ai de la peine pour ce que ton père vous a fait à toi, à ta mère, à ta sœur… Nous allons nous en sortir. Il vont guérir Bethanie et tout ira bien.

Elle devait être forte pour lui, en plus de l'être pour sa fille et pour elle-même.

— Elle va s'en sortir, oui. Mais je ne peux pas être avec vous dans ce combat. En partant, demain, il faudra que tu renonces à moi. Fais-le, Coco, si tu m'aimes. Je ne veux pas te faire défaut.

Pourtant, c'était bien le cas. Il aurait voulu soutenir Coco et Bethanie mais il n'en était pas capable. Au moins il était honnête avec elle, plus qu'il ne l'avait jamais été avec quiconque.

Ils passèrent la nuit étendus l'un contre l'autre sans dormir. Ian caressait le visage et le corps de Coco comme s'il voulait être certain de se rappeler chaque centimètre d'elle. Ils ne firent pas l'amour, ils n'auraient pas pu. Ils restèrent ainsi, à s'aimer sans rien dire, pendant que Ian lui faisait ses adieux muets. Le reverraitelle un jour ? Elle en doutait. Alors qu'elle devait se battre pour ne pas perdre Bethanie, voilà qu'elle le perdait lui. Mais de toute façon, il fallait qu'elle concentre toute sa volonté, toutes ses forces sur sa fille.

Au matin, il la tint contre lui un long moment avant de serrer Bethanie très fort dans ses bras.

— Occupe-toi bien de ta maman pour moi, hein, miss Beth ?

— Oui, monsieur Ian, répondit-elle d'une toute petite voix en lui souriant.

Il s'arma pour ne pas pleurer devant elle. Puis il plongea longuement ses yeux dans ceux de Coco et l'embrassa. Elle sentit quatre années de sa vie disparaître dans la brume. Lorsque le taxi démarra, Ian resta sans bouger, aussi longtemps qu'il put les voir. Puis il rentra faire ses bagages. Le moment était venu de reprendre la route. Pour lui, c'était fini. Pour Coco et Bethanie, le combat ne faisait que commencer.

16

Comme promis, Sam était venu les chercher à l'aéroport. Son visage grave s'éclaira quand il prit Bethanie dans ses bras.

— Coucou, oncle Sam ! Où est Nathan ?

Les deux petits, qui avaient à peu près le même âge, se parlaient par FaceTime.

— À l'école, bien sûr. Et toi, qu'est-ce que tu fais à New York ?

Coco avait pris une poussette au cas où sa fille serait trop fatiguée ou trop mal en point pour marcher. Sam l'y déposa en douceur.

— Je suis là parce que je suis malade. On va me guérir.

— Ça me semble un très bon plan.

Il échangea un regard avec Coco qui s'efforçait de faire bonne figure malgré la tension et l'épuisement qui se lisaient sur ses traits. Il l'embrassa mais ne lui demanda pas comment elle allait. C'était inutile.

Sam avait pris une voiture avec chauffeur pour simplifier les choses au maximum et gagner du temps. La voiture fut là presque aussitôt et le porteur y chargea les valises. Puis il les accompagna à l'appartement où les attendait Theresa, qui emmena Bethanie manger quelque chose dans la cuisine. Coco n'était pas revenue à New York depuis son dernier séjour avec Ian, six mois plus tôt. Theresa continuait à entretenir l'appartement qu'elle ne se résignait pas à vendre, comme si elle s'attendait à y retrouver ses parents. Sauf qu'ils n'étaient pas là et que tout vieillissait et se fanait, même si la gouvernante laissait les volets fermés quand il n'y avait personne – c'est-à-dire tout le temps.

— Comment va-t-elle ? demanda Sam tout bas quand ils s'assirent dans le salon que Theresa avait fleuri à leur intention.

Ces bouquets lui rappelaient sa mère, qui en mettait partout.

— Elle est épuisée. Elle se sent mal. Il me tarde de voir le médecin. Je m'obstine à espérer qu'il y a une erreur, même si je sais bien que non.

— Je viendrai avec toi, annonça Sam d'un ton égal. Le rendez-vous est à 10 heures. Tamar me charge de te dire combien elle est désolée.

Elle avait donné naissance quelques semaines plus tôt à leur quatrième enfant, un garçon prénommé David. Les deux derniers étaient nés par césarienne, et les suites l'avaient épuisée.

— Elle dit que c'est fini mais je ne la crois pas. Pourtant, quatre, c'est bien. Ça me va très bien, à moi.

Elle savait quel père dévoué il était. Dès qu'il rentrait du bureau, il aidait Tamar à s'occuper des petits. Cependant, il ne pouvait ni les porter, ni accoucher, ni les allaiter.

— Comment va Ian ?

Il s'était habitué à ce qu'il fasse partie du décor de la vie de Coco, à sa manière fantasque. Ils étaient ensemble depuis un moment, maintenant. Voyant qu'elle hésitait, il eut un étrange pressentiment.

— Quelque chose ne va pas ?

— Oui, on peut dire ça comme ça. Il est parti aujourd'hui.

Elle était encore trop secouée pour réagir. Elle se doutait qu'elle ressentirait toute la force de l'impact plus tard, quand elle serait seule.

— Il est parti pour écrire.

— Un autre livre ? Où ça ?

— À l'entendre, il est parti pour de bon. Il n'est pas capable de faire face à la maladie de Bethanie.

— C'est une blague ? Dis-moi qu'il n'a pas dit ça sérieusement.

— Je crois que si. Tu avais raison, il y a quelque chose de très abîmé chez lui. Il lui est arrivé quelque chose d'atroce quand il était jeune. Je connaissais une partie de l'histoire, mais pas tout, jusqu'à hier soir.

— Atroce au point qu'il ne puisse pas rester à tes côtés ?

Sam ne voyait pas ce qui pouvait justifier un tel comportement, pas plus qu'il ne pouvait imaginer ce que traversait sa meilleure amie, quittée par l'homme qu'elle aimait au moment où elle s'apprêtait à emmener sa petite fille atteinte d'une leucémie se faire soigner à New York. Il était fou de rage.

— Il en est incapable, Sam. Quand il avait 17 ans, son père a assassiné sa mère et sa petite sœur de 7 ans avant de se suicider. C'est Ian qui les a trouvés. Il dit que, depuis, il lui manque une partie de lui. Il ne peut aimer personne et pourtant, il nous aime. Cela, je le sais. Mais l'idée que Bethanie puisse mourir, c'est trop pour lui. C'est un homme brisé. Et pour l'instant, je veux me concentrer exclusivement sur Bethanie. Je ne peux pas m'occuper de lui en plus. Il a peut-être eu raison de partir. Je ne suis pas de taille à réparer ce qu'on lui a fait. Dès qu'il éprouve quelque chose de trop fort, il prend la fuite.

— Mon Dieu, Coco. Quoi d'autre ?

— Il me semble que ça suffit. Dans l'immédiat, je veux concentrer toute mon énergie sur Bethanie. Je m'occuperai de moi plus tard. Et de Ian, s'il revient. Ce dont je doute.

C'était comme s'il était mort, et une part d'elle avec lui. En vérité, il était mort depuis longtemps. Il n'était plus qu'une enveloppe dont le cœur battant saignait depuis vingt-huit ans.

— Et toi, demanda-t-elle, tout va bien ?

— Oui, si ce n'est que je crois que Tamar fait encore une dépression post-partum. Ça lui est déjà arrivé la dernière fois. Elle ne dit presque rien, depuis la naissance.

Il en connaissait bien plus que beaucoup d'hommes sur l'accouchement et ses suites.

— Je n'ai pas vécu ça, mais je n'ai eu qu'un enfant…

— Tu as 28 ans, tu ne sais pas ce que l'avenir te réserve. Tu pourrais très bien rencontrer quelqu'un et en avoir d'autres.

— Oui, je sais. Soit Ian va revenir, soit un autre mec éblouissant va débarquer, un mec abîmé, exotique, différent, célèbre, génial ou sortant de l'ordinaire d'une façon ou d'une autre, je vais encore perdre la tête et ça va se terminer de la même manière. Les hommes dans le genre de Ian ne tiennent pas la distance. Mais, comme tu me l'as dit un jour, c'est ma spécialité. Quatre ans, c'était déjà pas mal.

Sam parut surpris qu'elle ait déjà fait son deuil de sa relation avec Ian. Il faut dire qu'il l'avait prévenue, elle savait un peu à quoi s'attendre. La veille, l'étoile filante s'était transformée en poussière entre ses mains.

— J'espère qu'il reviendra, dit-il tout de même d'une voix grave.

— Moi aussi mais je n'y compte pas. Ça va être dur pour Bethanie. Elle l'adore, et c'est réciproque. Ça l'a terrassé de nous voir partir. Il aurait voulu venir mais il n'en a pas la force. Maintenant, il faut nous concentrer sur ce qui va se passer ici.

Elle était déterminée. Toutes les fibres de son être se tendaient vers Bethanie.

Sam partit peu après et revint les chercher à 9 h 30 le lendemain matin pour les emmener au Sloan Kettering. Il avait pris une journée de congé pour les accompagner.

Bethanie sortit en trombe de la chambre d'enfant de Coco pour lui dire bonjour. Après une bonne nuit de sommeil, elle était mieux. Pas Coco. Elle n'avait pas pu se retenir d'appeler Ian, qui n'avait pas décroché. Elle ignorait où il était et si elle le reverrait jamais. Sans y croire, elle ne pouvait s'empêcher d'espérer.

Après avoir étudié les résultats des analyses et examiné Bethanie, le Dr Armstrong émit des conclusions relativement encourageantes. Il confirmait le diagnostic de l'oncologue qui l'avait vue à Londres. Bethanie était bien atteinte d'une LMA. Elle était prise de bonne heure, ce qui, selon lui, rendait le pronostic favorable. Il n'empêche qu'elle était très gravement malade. Il prescrivit leur protocole standard pour cette forme de leucémie : six semaines d'une chimiothérapie intensive, qui allait être très pénible. Il souhaitait commencer dès le lendemain. Dans l'idéal, elle serait en rémission à la fin de cette première série et pourrait passer à un traitement plus léger. Le tout devait durer six mois environ, selon la manière dont elle réagirait. Elle avait 95 % de chances de rémission et même de guérison. Car une guérison complète était tout à fait possible, estimait-il. Plutôt que de rentrer à Londres, il conseillait de la faire soigner à Boston, à Paris ou au Sloan Kettering, où il la suivrait personnellement. Coco le trouvait impressionnant à plus d'un titre. Il semblait très brillant.

— J'aimerais la faire soigner ici, confirma-t-elle.

Il hocha la tête et la regarda intensément. Grand, athlétique, il était blond et avait les yeux d'un bleu profond. Presque austère, il souriait rarement sauf lorsqu'il s'adressait à ses jeunes patients. Il lui décrivit le protocole. Bethanie allait être hospitalisée six semaines pour recevoir sa chimio et être protégée des risques d'infection. On allait lui poser une chambre implantable pour administrer plus facilement les produits. Ensuite, elle pourrait rentrer chez elle. Coco pouvait passer autant de temps qu'elle le souhaitait à l'hôpital avec elle. Malgré sa froideur, le Dr Armstrong inspirait confiance. On se rendait compte qu'il avait l'habitude de diriger. Et s'il ne manifestait que peu d'empathie quand il parlait à Coco, il se montrait d'une grande douceur quand il examinait Bethanie.

— On démarre demain, donc, dit-il en se levant.

Même si les six prochains mois s'annonçaient difficiles, Coco était pressée que le traitement commence.

— Quand vous aurez fini ici, conclut le Dr Armstrong, il faudra choisir entre Paris, Boston et New York pour le suivi. Nous avons le même protocole.

En sortant du cabinet, elle remercia encore Sam. Il fallait qu'elle téléphone à Leslie sans tarder. Elle n'allait pas pouvoir travailler jusqu'à la fin de l'année et le suivi ne pouvait pas se faire à Londres. Il fallait penser à tant de choses, prendre tant de décisions... Elle faillit envoyer un SMS à Ian pour lui dire ce qu'il en était, mais elle se retint. Cela ne ferait que le torturer. Il fallait qu'elle traverse cette épreuve seule, avec le soutien de Sam quand il aurait le temps. Mais elle ne pouvait pas trop se reposer sur lui non plus : il avait une entreprise à diriger, quatre jeunes enfants, une femme qui n'allait pas fort pour le moment. Et sa mère n'allait pas très bien non plus depuis un an.

Il y avait des limites à ce qu'il pouvait endosser. Elle ne voulait pas trop alourdir son fardeau.

Il les conduisit tout de même à l'hôpital le lendemain pour le début du traitement, et partit au bureau une heure plus tard en promettant d'appeler régulièrement dans la journée pour prendre des nouvelles.

La première chimio ne sembla pas avoir d'effet trop violent. Cependant, la dose augmentant, Bethanie fut bientôt aussi malade qu'on le lui avait annoncé. Son système immunitaire étant déprimé, elle ne pouvait pas sortir de l'hôpital. Elle avait constamment la nausée et dormait beaucoup. Elles vivaient dans une bulle. Coco la gardait sur ses genoux pendant des heures ou lui lisait des histoires pour l'endormir. Elle ne quittait l'hôpital que pour aller chercher des vêtements propres. En dehors de cela, elle passait tout son temps avec elle.

Elle tenta plusieurs fois d'appeler Ian ou de lui envoyer des messages, en vain. Sa seule lumière durant ces six semaines interminables fut la visite quotidienne de Sam.

Le grand ponte en personne, Jeff Armstrong, passait voir Bethanie chaque jour et s'arrêtait dire un mot à Coco quand il la croisait dans le couloir. Un jour, il la prit de court en évoquant une soirée de gala au profit de l'hôpital à laquelle il lui suggéra d'assister. Elle n'avait aucune envie de quitter le chevet de Bethanie, mais elle se sentait obligée d'accepter. Tamar ne se sentant toujours pas bien, Sam, qui devait s'occuper de ses enfants, déclina son invitation. Elle prit donc une place à mille dollars et y alla seule. Elle n'avait pas prévu de tenue pour ce genre de circonstance. Par chance, elle retrouva dans un placard une robe du soir qui datait un peu mais lui allait encore. Ce n'était pas formidable mais, avec une coiffure un peu travaillée, des sandales du soir, une grosse broche en brillants et une pochette de satin noir, cela ferait l'affaire. De toute façon, elle n'était pas d'humeur festive. Quelle ne fut donc pas sa surprise de se retrouver à la table d'honneur, à côté de Jeff Armstrong ! Il lui proposa une visite privée du laboratoire de recherche le lendemain. Comment refuser ? Cela aurait été grossier, compte tenu de tout ce qu'il faisait pour Bethanie.

La visite fut passionnante et assez intense. Pendant deux heures, il lui expliqua tout en détail. Puis ils allèrent voir Bethanie. Au moment de partir, il gratifia Coco d'un de ses rares sourires. Elle n'était pas insensible à ce qui émanait de lui. C'était un homme plein d'assurance et d'autorité, et un esprit supérieur. En y songeant, elle reconnut les premiers signes de ce qui l'attirait à chaque fois. Un esprit brillant, un homme séduisant au sommet dans son domaine. Ce côté éblouissant qui caractérisait tous les hommes qu'elle attirait – et qui, en retour, l'attiraient comme la flamme le papillon de nuit. Mais il jouait un rôle crucial dans sa vie puisqu'il essayait de sauver sa fille ; il était hors de question que leur relation devienne trop personnelle. Au cours du dîner, il lui avait glissé que, dans l'idéal, ils avaient besoin de dons d'un million de dollars pour financer leurs travaux de recherche. De toute évidence, ses visites et les petits moments qu'il passait avec elle dans les couloirs n'étaient pas sans arrière-pensée. Elle envisageait évidemment de faire un don et, s'ils guérissaient Bethanie, elle leur serait à jamais reconnaissante. Toutefois, elle était mal à l'aise qu'il la voie comme une source de financement et profite, même très subtilement, de sa détresse.

— Aimez-vous la voile ? lui demanda-t-il un jour en la croisant dans l'hôpital.

— Oui, j'aimais bien, mais il y a très longtemps que je n'ai pas navigué.

— J'ai un petit bateau amarré au Chelsea Piers, si le cœur vous dit de faire une sortie avec moi un de ces jours.

Bel homme, il devait approcher la cinquantaine. Il lui faisait penser à Ed en plus jeune, ou à un Ian plus sociable. Bref, c'était tout à fait son genre. Comme Ian, c'était un crack dans sa spécialité. Ian, qui ne répondait toujours pas à ses messages, alors que Jeff Armstrong manifestait clairement son envie de passer du temps avec elle…

— Je préfère ne pas laisser Bethanie pour le moment, répondit-elle tout de même avec son sourire le plus chaleureux.

Le soir, Sam apporta un dessin que Nathan avait fait pour Bethanie. Quoique bien malade, dans l'ensemble, la petite tenait le coup. Coco en profita pour lui demander des nouvelles de chez lui. Tamar ne parvenait pas à sortir de sa dépression et le bébé avait mal au ventre. En prime, il avait dû aller récupérer Nathan, qui s'était cogné la tête à l'école.

— Je suis en train de me transformer en M. Maman, constata-t-il dans un soupir.

Elle finit par lui parler de Jeff Armstrong.

— J'ai un petit souci, lui confia-t-elle. Je crois qu'Armstrong me drague. Il a suggéré que j'achète un billet pour un gala au profit de l'hôpital, ce que j'ai fait pour soutenir la recherche. Je me suis retrouvée à côté de lui à table, ce qui m'a paru un peu bizarre. Et, aujourd'hui, il m'a invitée à faire du bateau avec lui. Le tout en me précisant qu'ils aimeraient attirer des dons d'un million de dollars et plus. C'est trop pour moi, même si je compte bien leur faire un beau chèque. Disons que je le trouve un peu trop amical. Je ne suis pas là pour ça, je suis là pour Bethanie. Cela dit, c'est bien le genre qui me fait toujours craquer : brillant et séduisant. Il a ce côté éblouissant dont tu parles, Sam, et qui causera ma perte.

— Toi, repartit-il en riant, tu es vraiment trop belle pour ton bien.

— Tu parles, je ne ressemble à rien. Je ne me sens vraiment pas sexy, par les temps qui courent. Ce n'est ni le moment ni le lieu. En plus, je suis toujours amoureuse de Ian, lui confia-t-elle avec tristesse.

— Est-ce que Jeff t'a parlé de sa magnifique épouse ? C'est une Chinoise qui enseigne à la faculté de médecine de Columbia. Elle est sans arrêt en déplacement pour des conférences, d'où son absence à la soirée de gala, sans doute.

Il avait l'air de trouver déplacé que Jeff ait fait des avances à Coco.

— Peut-être en veut-il seulement à mon argent.

— Non, il veut ton argent et il te veut. Avec toi, c'est gagnant-gagnant, Coco. Tu es jeune et belle *et* tu peux faire un don substantiel. Ce qui n'est pas le cas de beaucoup de femmes de ton âge.

— C'est reparti pour un tour, alors... Je n'ai pas envie d'être la cible de ses attentions, surtout s'il est marié.

— Continue à dire non, il finira par saisir le message.

La situation amusait tout de même un peu Sam. Très exposé de par son métier, et très occupé, Jeff n'allait pas se mettre à harceler Coco. L'ennui, c'est qu'il était très séduisant, et elle seule et angoissée. Dans le rôle du sauveur, il n'était que plus dangereux. Mais Coco ne voulait pas d'un homme marié, sauveur ou pas. Tout ce qu'elle attendait de lui, c'était qu'il soigne sa fille.

Un jour de la semaine suivante, alors que Bethanie dormait et que Coco se dégourdissait les jambes dans le couloir, il l'invita à déjeuner. Sans insister, il ne manquait tout de même pas de persévérance. Quand ils se retrouvèrent en même temps à la cafétéria quelques jours plus tard, il s'assit à sa table.

— M'éviteriez-vous, par hasard ? lui demanda-t-il avec un regard de braise et une voix de velours.

Faute de savoir quoi répondre, elle opta pour la vérité.

— J'ai ouï dire que vous étiez marié, répondit-elle d'un ton neutre en le regardant dans les yeux.

Flattée par son attention, elle se trouvait dans une position dangereuse, telle une droguée qui aurait décroché et ne voudrait pas replonger.

— C'est vrai, concéda-t-il sans aucune gêne. Ma femme et moi avons un accord. Elle est extrêmement prise et moi aussi. Il n'est pas toujours facile de faire tenir un mariage dans ces conditions. Le nôtre est mort depuis des années et vous êtes une femme captivante.

Elle avait aussi vingt ans de moins que lui. Oui, c'était Ed tout craché. Le même homme, le même style, les mêmes mots. C'en était risible. Soudain, il perdit toute sa séduction. Elle ne vit plus en lui qu'un homme marié, au faîte de sa carrière, tellement sûr de lui qu'il se voyait comme une bénédiction pour les femmes qui avaient la chance de le côtoyer. Bref, un narcissique des plus classiques. Néanmoins, elle avait beau savoir qu'il était très professionnel, elle ne voulait pas courir le risque de le contrarier et qu'il se désintéresse du cas de Bethanie.

— Je suis très touchée par vos propositions, dit-elle avec un air faussement timide – c'était vraiment complètement idiot de devoir flirter avec lui pour repousser ses avances –, mais j'ai bien du mal à me concentrer sur autre chose que ma fille, pour l'instant. Peut-être quand elle ira mieux…

À la façon dont il hocha la tête, elle eut l'impression qu'il la mettait au frais pour plus tard. Un petit casse-croûte nocturne, peut-être ? Médecin et chercheur brillant, il n'en était pas moins un homme avec une forte libido qui s'ennuyait dans son couple et cherchait une nouvelle camarade de jeu. Comme Nigel. Comme Ed. Comme tant d'autres... Ian, au moins, ne l'avait jamais trompée. Avec son honnêteté parfois brutale, ce n'était pas son style. Les hommes de l'espèce de Jeff avaient besoin d'alimenter en permanence leur ego démesuré et vorace. Et elle n'avait aucune envie d'être la petite souris donnée en pâture au boa. De ce jour, il ne se joignit plus à elle et ne l'invita plus. Se faire éconduire ne plaisait pas à ces hommes-là.

À la mi-juillet, six semaines après le début de son traitement, Bethanie fut déclarée en rémission. Elle put sortir de l'hôpital et poursuivre un traitement plus léger à domicile. Coco put alors l'emmener à Southampton. Pour protéger son crâne chauve – la petite était très malheureuse d'avoir perdu ses cheveux –, elle lui mit un petit bob semblable à celui qu'elle portait quand elle était bébé.

Elles firent des châteaux de sable, dormirent dans le même lit et s'amusèrent beaucoup. Coco devait s'interdire de songer à ses parents et à Ian, ces êtres qu'elle avait aimés et perdus. Tout son esprit, tout son cœur étaient occupés par Bethanie qui était, pouvait-elle enfin l'espérer, sur la voie de la guérison. Elle était infiniment reconnaissante à toute l'équipe du Sloan Kettering. Et elle n'était pas peu fière d'avoir su résister à un homme marié brillant et séducteur. Cette fois, elle ne s'était pas laissé éblouir.

17

Les mois qui suivirent, consacrés à la fin du traitement de Bethanie, passèrent à toute vitesse. Sa rémission se confirmant, elle avait pu continuer à être soignée à la maison. Coco passait presque tout son temps avec elle. De temps à autre, quand elle pouvait s'échapper, elle allait voir une exposition. La mère et la fille retournèrent plusieurs fois à Southampton durant l'été. Mi-août, Bethanie eut 5 ans. Une petite fête fut organisée à l'hôpital, et une autre à l'appartement avec Theresa, Coco et Sam. Toujours immunodéprimée, elle ne pouvait pas encore voir d'autres enfants. En septembre, cependant, au bout de quatre mois de traitement, les médecins se dirent satisfaits. Elle n'avait plus de cancer. Coco espérait pouvoir rentrer à Londres à l'automne. Il lui tardait de reprendre le travail pour soulager Leslie qui gérait seule l'entreprise depuis des mois. Surtout, il lui tardait que la vie reprenne son cours et que Bethanie redevienne une petite fille normale. Plusieurs fois, elle lui avait demandé où était Ian. Comme il n'avait donné aucun signe de vie depuis leur départ de Londres, elle lui avait répondu qu'il écrivait un livre. Sa fille y était habituée et savait que, dans ces cas-là, on ne pouvait pas lui téléphoner.

Un jour, sur la plage, elle avait demandé à Coco pourquoi elle n'avait pas de papa. Elle lui avait répondu que c'était comme ça, que tout le monde n'en avait pas. Cela avait semblé lui suffire. Elle lui dirait la vérité quand elle serait plus grande, avec douceur. Elle avait appris par Leslie que Nigel vivait désormais à Dubaï et recevait dans le Sussex quand il était de passage en Angleterre. Coco ignorait ce qu'il faisait et s'en moquait pas mal.

Elle dînait avec Sam quand il avait le temps, c'est-à-dire pas souvent. Et jamais dans des restaurants casher. Cinq mois après la naissance de David, Tamar n'avait toujours pas remonté la pente. Sam, qui s'occupait presque tout seul des enfants, était à bout. À 30 ans tout juste, il menait la vie que ses parents avaient souhaitée pour lui. Bien loin de celle dont il avait rêvé.

— Tamar parle de reprendre des études de droit, lui apprit-il non sans irritation. Je ne sais pas comment elle compte faire avec les enfants. Il nous faudrait une nounou à plein temps, et ça coûte un bras. On a déjà un peu d'aide, mais ma mère n'est plus assez en forme et moi je n'ai pas le temps de tout assumer. Ça fait quatre ans que je n'ai pas pris une journée juste pour moi. Tu imagines ?

Il adorait ses enfants, mais Coco avait l'impression qu'il était en train de se noyer. Elle ne voyait pas comment l'aider. Il lui demandait de temps à autre si elle avait des nouvelles de Ian et, comme la réponse était toujours négative, il cessa de lui poser la question pour ne pas raviver sa peine.

Pour Halloween, Bethanie se déguisa et récolta des bonbons à l'hôpital. Et en novembre, enfin, une dernière batterie d'examens confirma la bonne nouvelle : il n'y avait plus trace de leucémie dans son organisme. Théoriquement, elle était en rémission. Et le Dr Armstrong et son équipe estimaient qu'il y avait de bonnes chances que la maladie ne revienne pas. Sa guérison fut officiellement fêtée dans le service de pédiatrie avec des glaces et des ballons.

Tous les médecins et les infirmières vinrent lui dire au revoir. Le dernier jour, avant de partir, Coco remit à Jeff une enveloppe contenant un chèque de 500 000 dollars. Si ce n'était pas autant qu'il espérait, cela restait un don considérable.

La veille de son retour à Londres, elle dîna avec Sam. Les six mois qu'elle avait passés à New York lui semblaient une éternité.

— Tu crois que tu reviendras vivre ici, un jour ? lui demanda-t-il, un peu mélancolique.

Même si c'était pour de tristes raisons, il avait été tellement heureux qu'elle soit si près. Il lui confia qu'elle l'avait aidé à traverser une bien mauvaise passe. C'était grâce à elle qu'il avait tenu. Tamar commençait à aller mieux. Elle ne voulait plus d'autre enfant, affirmait-elle. Maintenant, Sam la croyait. Le dernier lui avait trop coûté. Il avoua à Coco qu'il était soulagé.

— Je ne crois pas revenir m'installer ici pour de bon, lui répondit-elle. Mais je garde l'appartement.

En revanche, je vais peut-être vendre la maison de Londres. Elle est trop grande pour nous deux et je n'y ai pas que de bons souvenirs. D'autre part, j'envisage de reprendre mes études.

— C'est vrai ? Tamar aussi ne pense qu'à ça. Elle était trop jeune pour se marier. Et moi aussi. Quand je pense que j'ai plein de copains de fac qui sont encore célibataires, et moi j'ai quatre enfants !

— Tu le regrettes ?

— Parfois, concéda-t-il après une hésitation. Avec le cabinet de mon père à diriger, ça fait beaucoup. J'aimerais mieux avoir un plus petit bureau et m'occuper de plus gros clients. Je suis en train de me focaliser sur le conseil en investissements. Ça me plaît beaucoup plus que la compta… Mais ma mère s'y oppose, et Tamar aussi, parce que c'est plus risqué. Pourtant, c'est tellement plus intéressant et plus lucratif…

— Alors fonce ! Fais-toi confiance, l'encouragea-t-elle. Tu ne peux pas continuer à vivre indéfiniment pour les autres.

Il hocha la tête, pensif. Depuis des années qu'il le faisait, il ne se sentait guère épanoui.

— Et toi, où comptes-tu t'inscrire, pour tes études ?

— Tu vas me prendre pour une folle, le prévint-elle avec dans les yeux cette lueur malicieuse qui lui rappelait le temps du lycée, les meilleures années de leur vie.

— Je t'ai toujours prise pour une folle, au bon sens du terme. Toi, tu fais des choses. La plupart des gens sont trop frileux et gaspillent leur vie, comme moi.

— Ne sois pas si dur avec toi-même, Sam. Tu fais beaucoup. Et tu as quatre enfants, que veux-tu de plus ?

Il ne le dit pas, mais il aurait voulu retrouver ses rêves. Coco n'avait pas renoncé aux siens : elle s'en était inventé de nouveaux.

— Bethanie doit être suivie dans un hôpital universitaire qui applique le même protocole qu'ici, enchaîna-t-elle. Donc Boston, New York ou Paris. Alors j'envisage de faire les deux semestres qui me manquent à l'université américaine de Paris. Après les six mois que nous avons passés ici, j'ai besoin de changer d'air, et je n'ai pas envie d'aller à Boston. Alors que Paris, pour un an, ça me tente bien. Ensuite, pourquoi pas rentrer à Londres. Il faut que je voie ce que ça donne pour la boîte, mais Leslie a l'air de très bien se passer de moi. J'ai l'impression d'être devenue un peu nomade, comme Ian. J'aviserai à mon retour.

Coco avait envoyé un message à Ian pour lui annoncer que Bethanie, qui avait été incroyablement courageuse, était en rémission. Il y avait lieu d'espérer qu'elle était complètement guérie. S'il n'avait pas répondu, au moins était-il au courant. Elle lui devait bien cela, lui semblait-il. Sans lui, sans Bruce couché dans la cuisine à attendre son maître ou un repas, la maison de Londres allait lui paraître bien vide.

Dans la grande maison, en effet, il n'y avait pas un bruit. Tout était impeccable. Bethanie se précipita dans sa chambre pour retrouver ses poupées et ses peluches, qui n'avaient pas bougé. Ian avait laissé un mot sur son petit lit. Il fit monter les larmes aux yeux de Coco quand elle le lui lut.

Miss Beth,

Quand tu liras cette lettre, tu seras rentrée et guérie. Amuse-toi bien à l'école, joue avec tes amis, sois gentille avec ta maman et n'oublie pas de lui dire combien tu l'aimes. Je pars monter des chameaux et écrire un livre. N'oublie jamais que je t'aime. Tu vas nous manquer, à Bruce et à moi.

Je t'embrasse, avec tout mon amour,

M. Ian

Il ne parlait pas de revenir ni de la revoir un jour.

Coco alla vérifier, il n'y avait pas de mot sur son lit à elle. Qu'aurait-il pu lui dire, de toute façon ? Elle savait ce qu'ils avaient partagé et combien ils s'étaient aimés. Cela lui suffisait. Cependant, en se couchant, elle découvrit sur sa table de chevet les épreuves de son dernier livre, dont elle avait lu le premier jet. Elle l'ouvrit à la page de dédicace, qu'il n'avait pas encore rédigée à l'époque.

« Aux quatre femmes que j'ai aimées et que j'aimerai toujours, Weenie, ma mère, Coco et Bethanie. Avec tout mon amour, I. K. »

Elle avait une grosse boule dans la gorge. En dessous, à l'encre marron qu'il utilisait toujours, il avait ajouté : « Je t'aime. Ian. » Le livre l'attendait depuis six mois là où il l'avait déposé en partant.

Au terme de cette odyssée au cours de laquelle elle avait affronté la maladie de Bethanie, la perte de Ian et, maintenant, le retour dans cette grande maison vide, Coco ne savait trop que faire. Elle allait commencer par retourner au bureau et appeler l'université américaine de Paris. Elle voulait vivre sa vie, maintenant, sans en perdre une miette. Paris lui semblait la destination idéale, pour un temps au moins.

En allant voir Bethanie, qui dormait paisiblement, elle vit qu'elle avait punaisé la lettre de Ian sur son petit tableau d'affichage. En se glissant entre ses draps frais, Coco se demanda ce que lui réservaient les prochains chapitres. Sa fille guérie, elle pouvait à nouveau se consacrer à sa vie professionnelle et personnelle. Elle ne savait pas où était Ian mais elle l'espérait heureux. Elle savait qu'elle l'aimerait toujours et que lui aussi l'aimerait, du mieux qu'il le pouvait.

Le lendemain, Coco déposa Bethanie à l'école où tout le monde fêta son retour en se levant et en applaudissant à son entrée dans la classe décorée en son honneur d'affiches et de dessins lui souhaitant la bienvenue. Puis elle se rendit au bureau, qu'elle reconnut à peine. Leslie avait refait les locaux et engagé trois assistants supplémentaires qui avaient déjà fort à faire. Elles s'étaient parlé sur FaceTime presque tous les jours et Leslie lui avait envoyé de nombreux mails pour la tenir informée. L'agence continuait de se développer. Coco ne se sentait pas indispensable. Elle tâta donc le terrain auprès de Leslie au sujet d'un éventuel long séjour à Paris pour reprendre ses études.

— Vas-y, répondit son amie avec un grand sourire. Après cette année cauchemardesque, tu mérites bien de faire ce qui te plaît.

C'était un peu l'impression de Coco. Après avoir traversé l'enfer, elle avait envie de fêter la vie et cette victoire suprême que représentait la guérison de Bethanie.

Quand elle appela le bureau des inscriptions de l'université, on lui répondit qu'elle s'y prenait un peu tard mais qu'elle pouvait commencer en janvier. Elle devait juste leur transmettre la copie de son dossier de scolarité de Columbia. Elle revint voir Leslie avec un grand sourire.

— Au fait, j'ai une nouvelle cliente pour toi, annonça-t-elle.

— C'est vrai ? Qui ? Une VIP ?

— Évidemment ! Moi ! J'aimerais que tu me trouves un appartement ou une maison à Paris pour un an. Je ne pense pas rester aussi longtemps mais j'aime autant avoir un logement pour un an, au cas où on voudrait rester un peu après.

— Sacré défi ! Je n'ai pas tellement de contacts à Paris et je ne parle pas français. Attends, je crois qu'une des nouvelles, si. Je vais voir ce que je peux faire.

Une semaine plus tard, elle accueillit Coco tout excitée, et lui mit un dossier dans les mains. Il contenait la description et les photos d'une charmante maison avec trois chambres, Rive gauche.

— Pour le difficile, nous sommes rapides, pour l'impossible, encore plus. Qu'en dis-tu ?

Coco parcourut le contenu du dossier avant de le refermer et de le lui rendre en souriant.

— Je prends.

— Comme ça ? Sans même faire un saut là-bas pour visiter ?

— Pas besoin, j'ai toute confiance en toi.

Elle retrouvait un peu l'esprit du pied-à-terre qu'elle avait trouvé pour Ian lorsqu'il était venu à Londres, et cette légère atmosphère de conte de fées. Elle fit aussitôt le chèque de caution. Quant au dossier d'inscription à l'université, elle l'avait déjà renvoyé. En décembre, la veille de ses 29 ans, elle reçut un mail confirmant qu'elle était admise en second semestre de dernière année à l'université américaine de Paris. Elle pourrait être diplômée en juin.

Elle trouva ensuite une petite école bilingue qui lui parut idéale et avait une place pour Bethanie.

Coco fêta son anniversaire avec Bethanie et Leslie. Celle-ci avait un nouvel homme dans sa vie, avec lequel elle semblait très heureuse. C'était un talentueux designer qu'elle avait rencontré par l'agence : il avait fait appel à leurs services un an auparavant, quand il avait déménagé de Copenhague à Londres. Coco le trouva très sympathique.

Elle acheta un arbre de Noël qu'elle décora avec Bethanie. Elle rendait grâce de chaque jour passé avec elle. Le lendemain du Nouvel An, enfin, elles partirent pour Paris. Bethanie fit sa rentrée quelques jours plus tard, puis ce fut au tour de Coco. À circuler de classe en classe, de cours en cours avec son sac plein de cahiers, elle avait l'impression d'être remontée des années en arrière. Même si elle se sentait la « vieille dame » du groupe – alors que la différence d'âge se voyait à peine et que certains étaient beaucoup plus âgés qu'elle –, elle se plaisait beaucoup en compagnie des autres étudiants.

À la fin d'un cours, alors qu'elle avait fait tomber ses affaires, un garçon en marinière l'aida à les ramasser. Avec sa crinière brune, il avait l'air d'un grand gamin. Autour d'un café, à la pause, elle apprit qu'il s'appelait Jimmy, qu'il venait du Vermont et qu'il avait 23 ans. Elle lui expliqua qu'elle avait interrompu ses études huit ans plus tôt, sans préciser pourquoi, et qu'elle avait eu envie de les reprendre pour passer son diplôme. Il la traitait comme si elle avait le même âge que lui, ce qu'elle trouvait très agréable. Ce n'était ni un écrivain célèbre, ni un chercheur, ni un capitaine d'industrie, ni un gigolo – juste un jeune homme qui la traitait comme une jeune fille. Elle l'invita à dîner ce week-end-là, et il vint avec deux amis. Comme elle s'étonnait de les voir jouer aussi gaiement avec Bethanie, il lui apprit qu'il était l'aîné de sept enfants.

Ils prirent l'habitude d'aller au cinéma ensemble, et ils avaient de longues discussions dans les cafés près de la fac. Cette vie lui faisait un bien fou. Comme un plongeon dans l'eau fraîche, elle la réveillait. Elle se sentait de nouveau complètement vivante. Elle apprenait de nouvelles choses et s'en remémorait d'autres. Les livres qu'elle lisait prenaient un tout autre sens maintenant qu'elle était adulte. Après les mois douloureux au Sloan Kettering, elle se sentait rajeunir. Un après-midi, alors même qu'elle s'était promis de ne pas le faire, elle finit par coucher avec Jimmy. Il y avait dans tout cela une fraîcheur et une simplicité délicieuses. Elle avait trouvé une baby-sitter que Bethanie adorait, une jeune Française, ce qui lui donnait la liberté de sortir de temps en temps.

— Tu es la femme la plus excitante que je connaisse, lui disait Jimmy.

S'ils n'avaient que six ans d'écart, elle avait déjà vécu plusieurs vies. Elle parla de lui à Sam, mais sans lui avouer leur relation intime. De toute façon, elle n'était pas amoureuse de lui, même si elle l'aimait énormément. Il avait la vie devant lui, tout à découvrir. Petit génie de l'informatique, il visait un master au célèbre Massachusetts Institute of Technology. Comme il avait trois colocataires, ils faisaient l'amour chez Coco à l'heure du déjeuner. Parfois, Jimmy venait dîner le soir avec Bethanie et elle. La petite pensait que c'était son ami à elle. Il leur arrivait de jouer pendant des heures ou d'aller au parc faire de la balançoire. Il se montrait avec elle d'une patience infinie. Ce séjour à Paris était exactement ce qu'il fallait à Coco et Bethanie. Il leur faisait un bien fou à toutes les deux.

Leslie l'appelait régulièrement pour avoir son avis sur certains nouveaux clients et pendant les vacances scolaires, elle retourna à Londres pour l'aider. Jimmy les accompagna et en profita pour voir des copains qui faisaient leurs études en Angleterre. Elle retrouvait l'insouciance perdue de ses premières années d'université. En retournant en cours, elle redevenait gamine.

Un jour, elle eut la surprise de recevoir un mail de Ian, dont elle avait cessé d'espérer avoir des nouvelles. Il se trouvait à Marrakech, dans un vieux palais qu'il louait, et travaillait sur son prochain livre. Il demandait des nouvelles de Bethanie et espérait qu'elle était toujours en rémission. C'était, disait-il, le principal motif de son message. Toutefois, il voulait aussi savoir comment allait Coco, à qui il pensait tous les jours. Il les embrassait toutes les deux. Mais il n'émettait pas le souhait de la revoir.

Elle lui répondit qu'elle faisait des études à Paris et qu'elle en était ravie. C'était le parfait contrepoint à leurs six mois d'enfer à New York. Sa vie à Paris était un petit coin de paradis. Elle lui assura qu'elle était heureuse d'avoir de ses nouvelles mais ne demanda pas non plus à le voir. Ce serait trop dur de se retrouver en face de lui sans être avec lui, or il ne souhaitait manifestement pas rouvrir cette porte, même si elle lui manquait. Il n'évoquait pas de prochain séjour en Angleterre et ne disait pas non plus où il comptait se rendre après Marrakech.

Après leur semaine à Londres, Jimmy, Bethanie et elle rentrèrent à Paris pour reprendre les cours.

Au printemps, Coco visita Giverny avec Jimmy. Ils allèrent aussi à Versailles. La fin du semestre approchant, il commençait à la regarder avec un air mélancolique. Lui passait le début de l'été en Écosse avec des amis avant de retourner dans le Vermont. Comme tous les ans, il irait faire de la voile en famille dans le Maine avant d'entrer au MIT à l'automne pour sa dernière année.

— Ça veut dire que c'est fini, Coco ? lui demanda-t-il tristement la veille de son départ pour Édimbourg.

— Je crois que oui. Pas toi ?

— Ces six derniers mois ont été les plus heureux de ma vie, fit-il comme s'il avait été chassé de Brigadoon.

— Pour moi aussi, et les plus faciles. Maintenant, il faut que tu ailles jouer avec les enfants de ton âge, et moi aussi.

Elle venait de comprendre une chose qui la fit sourire. Pour Jimmy, l'éblouissement, c'était elle.

— Pourquoi ? On est bien, ensemble.

Hormis le fait qu'il repartait à Boston et elle à Londres, il ne voyait pas pourquoi mettre fin à leur relation.

— Ce ne serait plus le cas si nous essayions de jouer les prolongations. Cela n'a jamais été notre intention. Ça nous est tombé dessus par hasard et nous a fait passer un semestre très sympathique.

— Tu veux venir me voir en Écosse ?

— Je ne crois pas.

Elle ne lui avait jamais dit qu'elle l'aimait parce que ce n'était pas le cas et qu'elle ne voulait pas lui mentir. La vérité était bien plus douce : Jimmy et elle étaient amis. Des amis très proches. Ils n'oublieraient ni l'un ni l'autre ces quelques mois à Paris et ce souvenir resterait d'autant plus doux que rien ne viendrait le gâcher.

Lui dire au revoir au lieu de tenter de prolonger leur histoire, la faire évoluer ou la traîner dans son quotidien fut l'un des actes les plus adultes de la vie de Coco. Au moment où il partait en pleurant, elle l'embrassa.

— Maintenant, trouve-toi une fille sympa dans le Vermont et tombe amoureux d'elle. Ne recherche pas les extravagantes, les indomptables, les originales, les femmes fatales : avec elles, rien ne dure. Elles sont semblables à l'écume sur le sable et tu te retrouveras seul, comme moi. C'est le meilleur conseil que je puisse te donner.

Il lui fit un dernier signe de la main et disparut dans le métro pour aller prendre son train à la gare du Nord.

Son diplôme en poche, elle rentra à Londres avec Bethanie, après avoir rendu la maison de Paris. La petite avait adoré son école et parlait désormais français. Coco s'était autorisée à jouer les adolescentes attardées pendant un semestre : il était temps de redevenir adulte. L'enfance et l'adolescence ne duraient pas toute la vie et c'était aussi bien. Sa vie et son travail commençaient à lui manquer. Régénérée, revigorée, elle se sentait prête à reprendre les rênes de son existence.

18

Leslie fut ravie de voir revenir Coco. Son petit ami danois, avec qui elle sortait depuis deux ans, lui avait demandé sa main. Ils se mariaient début juillet. Elle souhaitait que Coco dirige l'agence quinze jours pendant son voyage de noces.

— Tu as abandonné l'enfant prodige à Paris ? lui demanda-t-elle, taquine. Figure-toi que j'ai presque cru que c'était sérieux, au début, entre vous ! Puis j'ai compris que tu t'amusais.

Leslie avait rendu visite à Coco deux fois à Paris et Jimmy avait fait un séjour à Londres, de sorte qu'ils avaient eu l'occasion de se rencontrer. Elle avait bien jaugé la situation.

— Il est à Édimbourg, là, avant de rentrer chez lui, dans le Vermont.

— Est-ce qu'il était désespéré, en partant ?

— Un peu, seulement, concéda Coco en souriant. Il va s'en remettre. Ce genre d'histoire n'est pas fait pour durer. Rien n'est fait pour durer à part ce qui est vrai. Mais c'est dur à trouver. Mon ami Sam dit que je suis attirée par les hommes qui m'en mettent plein la vue. Il n'a pas tort.

— On est toutes passées par là, fit valoir Leslie, qui savait de quoi elle parlait. À part ça, on a reçu une proposition intéressante. Un investisseur new-yorkais adore notre concept, il voudrait ouvrir un bureau là-bas. Il souhaiterait que l'une de nous deux l'aide à monter son projet. Tu connais la ville, pas moi. Il propose d'augmenter notre capital d'exploitation, de créer une filiale et d'engager une équipe. Cela ferait croître l'activité de façon exponentielle. Qu'en dis-tu ?

— Tu me demandes de retourner m'installer à New York ? Je t'avoue que je n'en ai pas envie et je ne suis pas prête. J'aime mieux vivre ici.

— Non, je crois qu'il compte seulement sur nous pour l'aider à démarrer, lui montrer comment nous travaillons. Ensuite, tu pourras repartir. À mon avis, c'est l'affaire de trois mois. Ça te tenterait plus ?

— Trois mois, c'est d'accord. Et je te dois bien ça après t'avoir laissée tomber une année entière. Être scolarisée là-bas quelques mois ne sera pas un problème pour Bethanie. Pas à son âge. Quand veut-il commencer ?

— Mi-septembre, je crois. Il a déjà trouvé des locaux à SoHo et il est en train de faire passer les premiers entretiens.

— Je me souviens que tu voulais avoir une antenne à New York, quand tu as commencé. C'est l'occasion !

— Donc tu es partante ?

— Oui. Je pourrais partir dès ton retour de voyage de noces, ce qui me donnerait deux mois pour l'aider à tout préparer et un mois en soutien au début de l'activité. Je serais de retour mi-octobre. Ça peut marcher.

N'allait-elle pas regretter de se retrouver à nouveau bloquée trois mois à New York ? Cela dit, elles pourraient passer les week-ends à Southampton. Bethanie n'irait à l'école là-bas que six semaines, elle le vivrait comme une nouvelle aventure. Et puis, surtout, Coco pourrait passer du temps avec Sam.

— Je le préviens que tu es d'accord. Merci, Coco ! C'est une belle opportunité pour nous. On pourra se servir de ce modèle pour ouvrir des filiales dans d'autres villes à mesure qu'on trouvera les bons associés. Celui-ci m'a été chaudement recommandé, et par notre banque et par un ami commun.

Quatre jours plus tard, alors qu'elles travaillaient sur des listes de ressources pour le bureau de New York, Coco reçut un message de Sam. Il était à Londres pour voir un gros client et espérait dîner avec elle. Grâce au développement de son activité de conseil en investissements, son cabinet connaissait une belle croissance.

Elle lui proposa de venir chez elle, mais il avait déjà pris une chambre d'hôtel à côté de là où il avait ses rendez-vous. Elle se réjouissait de lui annoncer sa venue à New York pour trois mois.

En passant le prendre à son hôtel, elle lui trouva un air inhabituellement grave qu'elle mit sur le compte de la fatigue. Elle l'emmena dans un de ses restaurants italiens préférés, où ils seraient bien pour parler.

Ils commencèrent par commander leur repas et un verre de vin. Ils avaient peu échangé, ces derniers temps. Sam était très occupé et quelque chose disait à Coco que sa vie n'était pas simple. Au téléphone, elle le trouvait stressé, ses messages étaient brefs, et ils ne se parlaient plus jamais sur FaceTime. Il devait être débordé par l'expansion de sa société. Elle avait si peu de nouvelles qu'elle ne savait même pas où en était Tamar.

— On divorce, annonça-t-il de but en blanc.

Cette nouvelle fit à Coco l'effet d'une bombe. Jamais il n'avait évoqué de mésentente particulière entre sa femme et lui.

— Pardon ? Sam, tu rigoles ? C'est arrivé quand ? Pourquoi tu ne m'as rien dit ? Tu as rencontré quelqu'un ?

Pour elle, la décision venait forcément de Sam.

— Pas du tout. C'est Tamar qui me quitte. Elle dit qu'elle s'est mariée trop jeune, qu'elle ne savait pas ce qu'elle faisait. Et aussi que je ne suis pas assez orthodoxe pour elle. Que notre vie l'étouffe. Qu'elle n'arrive pas à s'occuper des enfants et qu'elle n'en a plus envie. Que je l'ai privée de sa jeunesse. Elle veut recommencer à travailler, après ses études de droit. Et moi, je suis censé me débrouiller pour tout organiser. Ça fait un moment qu'elle en parle. Des études de droit, hein, pas du divorce… Ça, c'est nouveau. Ma mère va faire une attaque. Et Sabra et Liam se séparent aussi. Il l'a trompée avec sa secrétaire ! Toute ma famille part en vrille, hormis les deux fanatiques religieux – ma sœur nonne et mon frère rabbin –, qui nagent dans un bonheur divin. Sinon, c'est la débandade.

Son air dépité la fit sourire malgré tout.

— La vache ! Qu'est-ce qui s'est passé ?

— Sabra et Liam ne s'entendent plus et ce n'est pas la première fois qu'il la trompe. Ils se disputent sans arrêt. C'est un vrai cauchemar d'être avec eux. Quant à Tamar, elle a eu une espèce d'épiphanie dans laquelle je n'ai visiblement pas ma place. On a essayé de consulter un conseiller conjugal, mais ça n'a pas marché. Je n'avais même pas envie de t'en parler, ça ne fait qu'empirer.

Il avait l'air plus sidéré que désespéré. Coco l'était plus encore.

— Tu crois qu'elle voit quelqu'un d'autre ?

Cela paraissait peu probable, mais Sam n'ayant sans doute pas beaucoup de temps à lui consacrer, peut-être était-elle allée chercher du réconfort ailleurs.

— Elle a changé de synagogue. Si ça se trouve, elle est amoureuse du rabbin ou de quelqu'un qu'elle voit là-bas. Elle ne me trouve pas assez religieux pour son goût. Et elle n'a pas tort. J'aimerais me rapprocher d'une communauté réformée alors qu'elle reste strictement orthodoxe. Ma mère va en mourir.

Il se la figurait toujours comme un être fragile, ce que Zippora Stein n'était nullement.

— Ta mère est beaucoup plus forte que tu ne le penses, elle va surmonter ça, ça ne fait aucun doute ! Mais toi, comment ça va ? Tu tiens le coup ?

— Je suis sous le choc. Je m'attendais à tout sauf à ça. Certes, elle est déprimée et malheureuse depuis la naissance de David. Mais je ne me doutais pas que c'était à ce point. Elle m'a dit il y a une semaine qu'elle voulait me quitter. J'ai préféré attendre de te voir pour t'en parler.

— Vous allez réussir à trouver un arrangement convenable pour les enfants ? Ils sont encore bien petits…

— On y travaille. Sa dernière grossesse l'a vraiment changée. Et moi aussi, je suis à bout. En plus, le petit a constamment mal au ventre, il pleure tout le temps. J'ai suggéré qu'on essaie une nounou à plein temps plutôt que le divorce. Figure-toi qu'elle veut les deux. Ça ne semble pas l'intéresser de recoller les morceaux. Ça ne va pas être simple, avec quatre enfants et ses études de droit. Et moi, j'ai beaucoup de travail.

— Je n'en reviens pas, Sam. Ça s'est fait comme ça, sans préavis ni négociation ?

— Pas que je sache. Elle dit qu'elle m'avait prévenu, mais ce n'est pas vrai. Ou alors je ne l'ai pas entendue… Si tu savais comme je me sens minable…

Il avait les larmes aux yeux. Coco était triste de le voir aussi malheureux.

— Ce n'est pas ta faute, Sam. La petite souris que tu as épousée s'est transformée en tigresse.

À 28 ans, Tamar devenait adulte. Elle voulait conquérir l'indépendance et la liberté, et tout ce à côté de quoi elle était passée.

— Elle voudrait que j'aie la garde, et elle un droit de visite. Donc elle quitte aussi les enfants. L'ironie de la chose, c'est que pendant longtemps c'est moi qui trouvais que ça faisait trop, trop tôt. Si on a eu des enfants si tôt, c'est parce que c'était ce qu'*elle* voulait, et que nos familles attendaient de nous. Et puis il y a son intransigeance religieuse et le peu d'intérêt qu'elle portait, jusqu'à très récemment, à l'extérieur et au monde en général. Il y a deux ans, j'ai failli avoir une aventure avec une fille qui travaillait à mon cabinet. Je suis allé jusqu'à la licencier pour qu'on ne fasse pas une bêtise que l'on aurait regrettée. Et voilà que Tamar me quitte. Moi non plus, je ne suis pas heureux. N'empêche que je ne m'en vais pas, que je ne me plains pas de ses convictions religieuses et que je ne lui reproche pas notre mariage. Certes, je me suis laissé influencer par mes parents, mais j'assume ma décision. Il est vrai que nous n'avons rien en commun et pas grand-chose à nous dire. J'adore mes enfants, mais entre le boulot et eux, je passe mon temps à courir. J'ai beau me mettre en quatre pour la satisfaire, elle se plaint sans arrêt. Et ma mère qui veut que je poursuive le travail de mon père sans rien modifier pour lui rendre honneur… Sauf que ce qu'il a créé n'est plus d'actualité aujourd'hui. Certes, il nous a fait vivre, mais c'était un autre temps et un autre homme, un peu étriqué. Il avait peur de voir grand. C'était notre pain quotidien mais, aujourd'hui, il est rassis. Il n'y a aucune magie, aucune créativité là-dedans. Moi, je m'intéresse bien plus au côté investissement qu'à la comptabilité. Ah, Coco, toi, au moins, tu as poursuivi tes rêves ! Moi, jamais. Et maintenant, divorcé avec quatre enfants, qu'est-ce que je vais faire ?

Sam était pris en tenaille entre le monde dans lequel il avait grandi et celui dans lequel il aurait souhaité évoluer. Alors qu'il aspirait à laisser pousser ses ailes et à s'envoler, Tamar et sa mère le retenaient. Et voilà qu'après l'avoir lesté de quatre enfants avant l'âge de 30 ans, sa femme le laissait en plan. C'était très inattendu de sa part, mais surtout tellement injuste... Désolée de le voir aussi abattu, Coco lui prit la main.

— Tu vas t'en sortir. Et magnifiquement bien, je te le parie.

Elle ne connaissait pas meilleur mari, meilleur père, meilleur fils ni, surtout, meilleur ami que lui. Depuis des années, il gérait tout sans l'aide de personne. Il disait d'ailleurs la même chose de Coco. L'un et l'autre avaient dû affronter des situations difficiles sans l'aide d'un conjoint. Ian lui-même, qui était pourtant un homme bon et sincère, n'avait pas été là quand elle avait eu vraiment besoin de lui. Et il continuait de se terrer à Marrakech avec ses livres et son chien, de peur de vivre. Coco avait pris des risques quitte à être blessée et à souffrir. Les plaies de Sam cicatriseraient, comme les siennes.

— Je ne comprends pas, continua-t-il, manifestement blessé. Pourquoi se dérober devant la difficulté au lieu de fournir un effort supplémentaire ?

Se dérober, ce n'était pas davantage le style de Sam que celui de Coco. Pourtant, entre ses propres responsabilités et celles de Tamar qu'il assumait en plus des siennes, sa barque était bien chargée. Et elle menaçait de couler.

— Même si Tamar concédait cet effort et que vous vous remettiez ensemble, souligna Coco avec cette franchise qu'elle s'efforçait de toujours adopter avec lui, tu serais encore coincé dans un mariage dont tu n'as jamais voulu, avec une femme que je ne suis pas certaine que tu aies jamais aimée. Tu disais que tu l'aimais, c'est vrai, mais tu l'as surtout épousée par respect pour tes parents et pour elle. On ne reste pas toute une vie avec quelqu'un par respect.

— C'est ce qu'ont fait mes parents, pourtant.

— Je pense qu'ils s'aimaient aussi. Moi, ma mère m'a toujours conseillé de ne pas me plier à la volonté des autres et de sortir des sentiers battus. Et j'y suis peut-être allée un peu fort en tentant l'impossible avec des hommes qui ne s'y prêtaient pas. Je savais que Ian était abîmé ; je n'avais pas mesuré à quel point. Chez Nigel, tous les signes annonciateurs étaient là ; j'ai fermé les yeux. Je savais qu'il voulait une vie de noble anglais et n'avait pas la première livre pour. Je n'ai pas vu, ou je n'ai pas voulu voir, qu'il comptait sur mes dollars – et que par-dessus le marché, il reluquait toutes les filles qui passaient. Quant à Ed, je savais qu'il était marié. Ils sont des millions à tromper leur femme comme lui ; c'est la plus vieille histoire du monde.

— Tu étais jeune, rappela Sam avec un sourire indulgent.

— N'empêche que je savais. Je ne peux plus me permettre ce genre d'aveuglement. Tu as raison, je me laisse éblouir à chaque fois par des étoiles filantes sans substance. Tiens, là je viens encore de passer six mois à m'amuser avec un gamin adorable mais à peine sorti du jardin d'enfants. Il faut que je prenne un peu ma vie au sérieux. Et pour commencer, je devrais vendre ma maison londonienne. Elle est trop grande, ça n'a pas de sens. Autrefois, elle me rappelait Nigel, et maintenant, elle me rappelle Ian. J'aimerais quelque chose qui soit vraiment à moi. Et je devrais vendre aussi l'appartement de mes parents, qui me déprime. Il faut que j'accepte de m'en détacher. C'est dur de grandir.

Il sourit. Ils menaient l'un et l'autre des vies d'adultes depuis longtemps déjà et avaient endossé de lourdes responsabilités alors qu'ils n'étaient encore que des enfants.

— Au fait, je vais être à New York pour trois mois ! Enfin une bonne nouvelle ! Nous avons un nouvel investisseur qui veut y ouvrir une filiale. Je vais l'aider à démarrer. J'en profiterai peut-être pour mettre en vente l'appartement. En revanche, j'aimerais garder la maison des Hamptons pour y emmener Bethanie l'été. Il faut que je commence à organiser ma vie. J'ai presque 30 ans, il est temps que j'entre dans l'âge adulte.

Après Ian, la maladie de Bethanie et l'intermède parisien avec Jimmy, elle avait l'impression de repartir de zéro. Heureusement que Leslie avait géré l'agence de main de maître en son absence parce que Coco ne s'en était presque pas occupée.

— La vie ne t'a pas épargnée, entre la mort de tes parents, la leucémie de Bethanie, les mecs à problèmes. Tout bien considéré, tu as plus que géré. Alors que moi, j'ai 30 ans et ma vie est fichue.

— Ce n'est pas ta faute non plus. Et surtout, ta vie n'est pas fichue. Tu t'es marié trop jeune et sans doute pas avec la femme qu'il te fallait. Tu as peut-être besoin d'un peu plus de brillant dans ta vie... et moi d'un petit moins... jusqu'au passage de la prochaine comète qui m'entraînera dans son sillage.

Toutefois, ils savaient l'un et l'autre qu'elle ne se laisserait plus avoir aussi facilement. Elle avait résisté à Jeff Armstrong, aussi séduisant et brillant soit-il. Alors même qu'il avait sauvé Bethanie, ce qui était essentiel à ses yeux. La petite fille avait été suivie régulièrement à Paris par l'équipe à laquelle il l'avait adressée : elle était toujours en pleine santé. Aux yeux de Coco, rien d'autre ne comptait vraiment.

— Les quelques clients que j'ai ici sont tous des Américains installés en Angleterre, expliqua Sam. J'aimerais beaucoup développer cette branche de mon activité et venir travailler plus souvent à Londres. Si tu connais des gens que mes services pourraient intéresser, n'hésite pas à leur parler de moi.

— Je vais y penser, c'est promis. De toute façon, on se voit très vite à New York, dit-elle comme ils sortaient du restaurant. Que vas-tu faire, pour Tamar ?

— Attendre de voir ce qu'elle fait, elle. Elle m'a annoncé qu'elle allait consulter un avocat pour tenter de rédiger un accord de séparation. Elle a passé les tests d'admission aux écoles de droit et aimerait commencer en janvier si elle est prise. Elle voudrait se spécialiser dans la fiscalité. Cela aurait parfaitement collé avec mon activité, mais ça m'étonnerait qu'on travaille ensemble… On va déjà essayer de se partager les enfants, même s'ils sont essentiellement avec moi. Ils sont bien petits pour avoir des parents divorcés et vivre en garde alternée.

— C'est peut-être plus facile quand ils sont petits, avança-t-elle pour le réconforter.

— J'avais envie qu'on aille s'installer en banlieue mais je ne le ferai pas si je suis seul. J'aime mieux habiter en ville.

— Et tu vas plus t'y amuser ! Tu es encore jeune, Sam !

Il n'avait même pas encore l'âge auquel la plupart des hommes se mariaient. Être divorcé à 30 ans, ce n'était pas la fin du monde. Malgré ce détour de cinq ans par un mariage qui n'avait pas marché, il avait la vie devant lui et tout le temps de rencontrer la femme idéale. Sans compter qu'il adorait ses enfants, dont il s'occupait avec le plus grand dévouement.

— Au moins, je vais te voir pendant que tu seras à New York.

Elle aussi se réjouissait de cette perspective. Elle le raccompagna à son hôtel et, avant de descendre de voiture, il la serra dans ses bras.

— Merci de m'avoir remonté le moral.

— C'est un juste retour des choses, tu remontes le mien depuis presque dix ans.

Ils avaient toujours été là l'un pour l'autre. Heureusement, parce que c'était bien difficile d'être adulte, à n'importe quel âge.

Au mariage de Leslie, très réussi, Coco fut témoin et Bethanie demoiselle d'honneur. Coco s'occupa de l'agence le temps du voyage de noces et, quelques jours après le retour des jeunes mariés, elles s'envolèrent direction New York.

La mère et la fille passèrent la première semaine à Southampton, à profiter du beau temps. Elles s'y plaisaient énormément l'une et l'autre. Coco commença à rafraîchir un peu la maison, à la réaménager pour se l'approprier enfin. Elles firent de grandes promenades sur la plage, construisirent des châteaux de sable, ramassèrent des coquillages qu'elles mirent à sécher au soleil. Sam vint passer une journée avec ses enfants, sans Tamar. Elle avait vu un avocat et lui aussi en avait engagé un. Tout en travaillant à un accord de séparation, ils vivaient toujours sous le même toit. C'était très tendu, lui avoua-t-il. Forte de ses bons résultats aux tests, Tamar avait postulé aux écoles de droit de l'université de New York et de Columbia. Il n'était pas étonné qu'elle ait aussi bien réussi. Elle était intelligente et avait toujours été très bonne élève.

Sam et Coco, détendus, regardaient leurs enfants jouer dans le sable. Bethanie et Nathan semblaient s'adorer, jusqu'au moment où ils se disputèrent une pelle et où elle lui mit un coup de seau sur la tête. Coco la gronda et lui rappela qu'il fallait être gentille avec les autres, et qu'on ne tapait sous aucun prétexte.

— Ça commence de bonne heure, fit remarquer Sam en souriant.

Ils rentrèrent préparer des sandwichs au beurre de cacahouète et à la confiture pour les petits, et mangèrent ceux qui restaient. Ce fut une journée simple et joyeuse.

— Tu as rencontré ton investisseur ? s'enquit Sam.

— Oui, il est très sympa. Il était agent immobilier. Quand un ami lui a parlé de ce que nous faisions, il a adoré l'idée. Il est gay, son mari est décorateur et ils ont deux adorables petites filles. Une agence comme la nôtre, c'est idéal pour eux. Ils sont charmants et sérieux tous les deux, et ils ont déjà un beau portefeuille de contacts. Surtout des entreprises qui font venir leurs cadres à New York ou les envoient à l'international. C'est en plein dans notre cœur de cible.

Leslie et elle commençaient à récolter les fruits de leur travail et de leurs investissements.

Sam et Coco firent dîner les enfants de bonne heure, sachant qu'ils dormiraient tout le trajet du retour.

— J'ai passé une journée délicieuse, dit Sam en partant. Ça faisait bien longtemps. Je suis heureux que tu gardes cette maison. Elle me rappelle notre enfance.

— À moi aussi, confia-t-elle avec un sourire nostalgique. Et elle me fait beaucoup penser à mes parents. Ils adoraient venir ici. Ils s'entendaient si bien... Pourquoi n'arrivons-nous pas à trouver ce genre de relation ?

— Ils étaient beaucoup moins compliqués. On dirait qu'il y a trop d'options, trop de possibilités et trop de gens blessés en circulation maintenant. Regarde Ian, même si c'est un cas extrême encore aggravé par la célébrité.

Elle hocha la tête. Il n'avait pas tort. Pourtant, Tamar n'était pas une personne complexe. Seulement, il n'aurait pas dû l'épouser parce qu'il ne l'aimait pas assez.

— Mes parents n'ont jamais caché combien ils s'aimaient. Et leur amour n'a fait que croître avec le temps.

Coco était admirative. Et elle aurait tant voulu pouvoir construire une aussi belle histoire...

— Nous prenons de drôles de décisions et nous choisissons des gens compliqués. Ce qu'il faut, c'est ne pas se tromper au début. À mon avis, c'est très difficile de faire en sorte que ça marche quand on part d'une situation impossible. Même en se donnant un mal de chien. Tu as fait des mauvais choix, même s'ils te paraissaient séduisants sur le moment. Et le mien ne valait pas mieux. Ça n'a jamais vraiment collé, avec Tamar. Je le savais, au fond de moi. Les seuls qui y croyaient vraiment, c'étaient mes parents. J'aurais dû me fier à mon instinct au lieu d'essayer de me conduire noblement.

Il avait raison. Mais bon et intelligent comme il l'était, il ne pouvait que s'en sortir. Dès qu'il serait libre, les femmes allaient se jeter sur lui. Certes, elles seraient peut-être un peu refroidies par les quatre enfants au début, mais c'était un bon père et un bon mari. En tout cas, il faisait de son mieux.

Il l'embrassa, monta en voiture et fit un dernier signe en démarrant sous le regard de Bethanie et Coco qui agitaient la main. Ils avaient tous passé une merveilleuse journée.

Le dimanche, Coco et Bethanie rentrèrent à leur tour à New York. Le lundi matin, elle laissa sa fille à Theresa pour aller retrouver Evan, son investisseur. La boutique-bureau de SoHo était superbe. Jack, le mari d'Evan, avait fait des merveilles pour rendre le lieu à la fois chic et accueillant. Ils avaient été tout aussi efficaces pour le recrutement. Les assistants étaient brillants, pleins d'enthousiasme et d'énergie, et collaient parfaitement à l'image et à l'esprit de l'agence. En décembre, Evan et Jack comptaient venir à Londres avec tout le monde afin que les employés des deux sites puissent faire connaissance pour ensuite travailler ensemble de façon fluide.

La semaine fut longue. Ils avaient fort à faire d'ici l'ouverture officielle, sept semaines plus tard. Coco projetait de retourner dans les Hamptons pour le week-end mais il pleuvait tant le vendredi qu'elle y renonça. Elle rentra à 19 heures passées et, au moment où elle passait le seuil de chez elle, Sam l'appela.

— Je peux venir ? demanda-t-il d'une voix chargée de colère.

— Bien sûr. Il s'est passé quelque chose ?

— Je te raconterai.

Après avoir raccroché, elle regarda dans le réfrigérateur. Il n'y avait pas grand-chose mais elle trouverait bien de quoi le nourrir.

Quand il arriva vingt minutes plus tard, elle constata qu'il était furieux. Il ôta son imperméable ruisselant et la suivit dans le petit salon. Elle le préférait au grand, magnifique mais pas assez intime à son goût.

— Qu'est-ce qui se passe, Sam ?

— Tu avais raison. Ma mère l'a appris par une amie de la synagogue. Tamar a une liaison avec le rabbin de celle où elle va maintenant. Un religieux à la tête d'une communauté de croyants qui couche avec des femmes mariées ! Tu ne trouves pas ça magnifique ? Ça ne vaut pas mieux que les prêtres qui ne respectent pas leur vœu de célibat. Il paraît que ça dure depuis environ neuf mois. Ils seraient tombés amoureux quand elle est allée lui parler de nos difficultés conjugales. Il est veuf, sans enfant. Il a 55 ans et elle 28.

— Eh bien, ça promet.

— Je te laisse imaginer dans quel état est ma mère. Au début, elle ne voulait pas y croire. Tu sais comme elle aime Tamar. Mais elle s'est renseignée auprès d'autres gens. Tout le monde semblait être au courant, et ils lui ont confirmé la rumeur. Elle est venue à mon bureau pour me le dire. Au moins, elle va se calmer sur les rabbins après ça.

— Qu'est-ce que tu vas faire ? Tu as dit à Tamar que tu étais au courant ?

— Pas encore. Je veux d'abord en parler à mon avocat. Je viens de quitter ma mère. Elle a passé deux heures à pleurer et à crier. Ça m'a gâché l'après-midi. Je suis surpris sans l'être. Mais je ne m'attendais quand même pas à ça d'une femme aussi orthodoxe. Je n'aurais jamais cru qu'elle me tromperait. Et ça dure depuis des mois ! Elle devait être bien malheureuse avec moi pour en arriver là...

Comme si tout était de sa faute... Il se sentait même coupable de l'infidélité de sa femme !

— Je pense que son mal-être était surtout intérieur. Honnêtement, je ne vois pas comment on peut se sentir mal avec toi, Sam.

C'était même l'inverse. Coco se sentait toujours mieux après l'avoir vu.

— A priori, elle ne partage pas ton avis. C'est triste à dire, mais je ne souhaite plus qu'une chose : qu'elle s'en aille et me laisse les enfants. Je suis d'accord pour qu'elle ait un droit de visite, en revanche je veux la garde. Mais tu me vois, tout seul avec quatre enfants et mon boulot ? Heureusement, on a une nounou maintenant. Dire qu'à la base, on l'a engagée à cause de la dépression de Tamar... Son petit ami le rabbin est un orthodoxe de stricte obédience, ça doit beaucoup lui plaire. L'amie de ma mère dit qu'il est gentil et très religieux.

Grâce à sa mère, Sam en savait donc bien plus sur l'amant de sa femme qu'il ne l'aurait souhaité. Ce qui ne l'avait pas empêché de faire en prime une petite recherche de son côté sur Internet. Le rabbin Israël Seligson était bel homme – et assez âgé pour être le père de Sam comme de Tamar. Était-ce ce qu'elle recherchait, justement ? Sam ne savait plus que penser. Était-ce Seligson qui lui avait conseillé de reprendre des études de droit ? Sans doute pas, elle en parlait déjà avant. Symboliquement, être femme de rabbin serait un sacré statut, pour elle. Bien mieux que femme de comptable ou même de conseiller en investissements.

— Tu as faim ? lui demanda Coco pour lui changer les idées.

— Je t'avoue que oui. Je mangerais bien un énorme sandwich au jambon et un cocktail de crevettes, répondit-il avec un regard noir qui la fit rire.

— Ah, c'est à ce point ?

— Pire. Elle m'a trahi, Coco. Elle m'a menti. Nous n'avons pas fait l'amour depuis la conception de David, il y a deux ans. Et elle dort à mes côtés tous les soirs alors qu'elle a un amant. Comment peut-elle concilier ça avec ses principes religieux ?

— Peut-être qu'elle le justifie en se disant que, si elle ne couche pas avec toi, ça va ? C'est fou les excuses que les gens s'inventent parfois. Regarde Nigel... Au moins, elle ne doit pas amener le rabbin dans ton lit pendant que tu es au bureau !

— Qui sait ? Peut-être que si, pendant que la nounou est au parc avec les enfants ? Tout est possible.

C'était vrai, malheureusement. Coco était bien placée pour le savoir. Elle était profondément désolée pour son ami. Il se sentait trahi, sali, et il n'avait pas tort. Tout compte fait, malgré son sex-appeal que Coco jugeait inexistant, Tamar était très humaine.

— Je ne sais pas comment je vais faire pour la regarder en face tout le week-end sans rien dire. Il faut vraiment que j'arrive à parler à mon avocat avant. La bonne nouvelle, c'est qu'au moins ma mère ne me fera pas un scandale pour le divorce. Elle pense que Tamar devrait être lapidée en place publique.

Ce n'était pas la plus belle fin pour un mariage. Il avait été trompé, on lui avait menti, on s'était servi de lui... Coco savait très exactement l'effet que ça faisait.

Après avoir mangé une salade et du poulet froid, Sam partit vers 23 heures.

— On peut dîner ensemble demain ? lui demanda-t-il avec espoir sur le pas de la porte.

— Malheureusement, Evan et Jack m'ont invitée à une soirée, répondit-elle, embêtée. Je sais qu'ils tiennent à ma présence. Mais quand tu veux la semaine prochaine !

— Je ne sais pas encore ce qui va se passer, mais la semaine prochaine risque d'être explosive. Je préfère ne pas faire de projets pour le moment. Amuse-toi bien demain, conclut-il en l'embrassant sur la joue.

Après son départ, elle lut un peu en s'interrompant de temps en temps pour penser à lui, puis elle éteignit. Sam entrait dans une passe difficile.

19

Evan et Jack habitaient, dans le quartier très chic des East Seventies, une magnifique maison de grès brun décorée avec un goût exquis aussi bien en matière d'art que de mobilier. L'étage réservé aux enfants était un paradis pour petites filles, avec ses posters de danseuses et une grande salle de jeu qui donnait sur le jardin. Leurs deux filles, âgées de 3 et 4 ans, descendirent dire bonsoir aux invités vêtues d'adorables petites robes roses à smocks. Elles étaient charmantes et très bien élevées. Evan avait déjà proposé que Bethanie vienne jouer avec elles un après-midi.

La liste des convives était aussi impressionnante que la maison. Âgés d'une trentaine d'années pour l'un et de près de 50 ans pour l'autre, Evan et Jack fréquentaient le gratin. Jack était membre du conseil d'administration du Metropolitan Museum of Art, du Metropolitan Opera et du New York City Ballet tandis qu'Evan avait ses entrées au MoMa. Coco apprit au cours du dîner qu'ils étaient ensemble depuis dix ans. Ils étaient charmants, brillants, intéressants – mais cela, elle le savait déjà. La tablée était composée de pas mal de noms connus, notamment une célèbre écrivaine qui se trouvait être la principale rivale de Ian, un agent littéraire réputé et son épouse, un artiste à succès et un grand collectionneur d'art, Charles Bartlett, qu'ils avaient placé à côté d'elle et qui était de loin le plus bel homme de la soirée. Captivant, il possédait des maisons à Londres, en Sardaigne, en Toscane, à Saint-Barth, et un triplex à New York décoré par Jack, ainsi qu'un jet pour se rendre plus facilement de l'un à l'autre. Magnat du pétrole texan, il était aussi, à 45 ans, très bien implanté dans le milieu de l'investissement en capital-risque. Il avait été marié – et divorcé – deux fois, d'abord avec une star de cinéma puis avec une danseuse russe. À côté de lui, Coco se sentait toute petite. Elle avait craint que la robe Oscar de la Renta en dentelle noire qu'elle avait achetée pour l'occasion soit un peu trop suggestive, mais son voisin semblait ravi et les autres femmes étaient tellement élégantes qu'elle ne regrettait pas de s'être un peu emballée pour faire honneur à ses hôtes.

Malgré toutes ses maisons et sa collection fabuleuse – dont il venait de prêter une partie à la Tate de Londres –, elle trouva Charles étonnamment modeste et drôle, avec autant d'humour que d'autodérision. Elle dut se faire violence pour bavarder aussi un peu avec son autre voisin, l'artiste connu. Charles Bartlett lui faisait l'effet d'être de loin le plus intelligent des invités. Lorsque tout le monde passa au salon pour le café, il vint directement s'asseoir à côté de Coco.

— J'espère que vous ne m'en voudrez pas de vous dire cela, mais j'ai connu votre père. Nous avons fait quelques affaires ensemble. Quel homme incroyable…

J'ai d'ailleurs eu l'occasion de rencontrer votre mère également. Je suis extrêmement peiné de ce qui est arrivé. Vous deviez être toute jeune.

Sa compassion évidente la toucha et la conquit d'emblée.

— J'étais étudiante. Ç'a été atroce. Par la suite, je suis partie à Londres. Les premiers temps, j'étais complètement perdue.

— Je suis navré, vraiment, dit-il avant de changer de sujet.

Il recommença à la faire rire et resta auprès d'elle toute la soirée. Elle s'était fait un nouvel ami. À peine était-elle arrivée chez elle qu'elle reçut un message d'Evan qui lui demandait s'il pouvait donner son numéro à Charlie Bartlett.

Elle apprécia qu'il lui pose la question et répondit aussitôt par la positive, le remerciant également pour la délicieuse soirée qu'elle venait de passer.

Charlie l'appela dès le lendemain matin pour lui proposer un brunch au Carlyle. Après une promenade dans Central Park, il la mit à contrecœur dans un taxi qui la ramena chez elle.

Il la rappela le lundi pour l'inviter à un dîner de gala au Metropolitan Museum, sur lequel elle avait lu beaucoup de choses sans jamais y être allée. Il déjeuna avec elle à SoHo lorsqu'il passa voir les nouveaux locaux, et l'emmena dîner à La Grenouille pendant le week-end. Elle reçut aussi de lui un énorme bouquet de roses rouges. Chaque soirée avec lui était plus amusante que la précédente. Il dut se rendre à Londres et à Dubaï la semaine suivante, mais l'emmena dîner dès son retour et l'invita à visiter son incroyable triplex de la Cinquième Avenue. En comparaison, l'appartement des parents de Coco passait presque pour un taudis. Elle avait accepté avec un peu d'hésitation de venir chez lui et apprécia beaucoup qu'il ne cherche pas à la mettre dans son lit. Il lui faisait la cour de façon très respectueuse et ne la traitait pas comme un bout de viande à sa disposition. C'était un parfait gentleman, avec juste la pointe d'accent texan qu'il fallait pour le rendre irrésistible. Elle avait bien du mal à garder la tête sur les épaules pour ne pas tomber folle amoureuse de lui. Il avait tout ce qu'on peut attendre d'un homme, et même davantage. Bien plus riche qu'elle, il n'en voulait certainement pas à son argent. Il était gentil, drôle, intelligent, et semblait se plaire en sa compagnie. Chaque moment passé avec lui était agréable. Il débordait d'initiatives et d'idées de choses à faire ensemble. Il connaissait toutes les pièces de théâtre, toutes les expositions, tous les nouveaux restaurants de New York. La journée, elle travaillait comme une folle et le soir, elle s'amusait avec Charlie. Pourquoi ne l'avait-elle pas rencontré plus tôt ? Elle n'aurait pas perdu son temps avec des sales types comme Ed ou Nigel, ou des hommes complètement bloqués sur le plan affectif tels que Ian. Elle ne trouvait rien à redire à Charlie Bartlett, et c'était réciproque. Elle commençait même à se demander si elle ne rêvait pas. C'était trop beau pour être vrai.

Il attendit deux semaines pour l'embrasser. Lorsqu'il le fit, ce fut avec un mélange de douceur et de ferveur brûlante dont elle ne put bientôt plus se passer. Ils s'embrassaient beaucoup, se caressaient, mais Coco voulait prendre son temps, savourer chaque instant et laisser venir les choses. Lui n'était pas pressé non plus. Cela se ferait comme elle en avait envie. Jamais elle n'avait connu un homme plus facile à vivre et plus désireux de la rendre heureuse.

Sam, qui s'était rendu compte que quelque chose avait changé, l'interrogea un soir où ils dînaient ensemble.

— Dis donc, je t'ai vue deux fois en Page Six, la semaine dernière. Comment connais-tu Charlie Bartlett ?

— C'est un ami d'Evan, mon investisseur.

— Il a une excellente réputation, dans le monde de la finance. Il paraît que c'est un vrai plaisir de faire des affaires avec lui, et qu'il est honnête.

— Il est d'une gentillesse incroyable. Figure-toi qu'il a connu mon père. J'ai l'impression que, cette fois, j'ai rencontré un mec génial. Je ne presse pas les choses. Nous prenons notre temps, nous nous amusons un peu. Et toi, où en es-tu, avec Tamar ?

Cela faisait plusieurs jours que Sam et Coco ne s'étaient pas parlé. La fois précédente elle l'avait trouvé stressé, ce qui n'était pas étonnant vu la situation. Quand il avait interrogé sa femme sur sa liaison supposée avec le rabbin, elle avait avoué. Elle était même suffisamment amoureuse de lui pour renoncer à la garde de ses enfants.

— C'est dingue mais je crois vraiment qu'elle ne va demander qu'un droit de visite. Ça ne doit pas faire rêver le rabbin, d'avoir quatre enfants de moins de 5 ans dans les pattes. Mais elle veut une grosse prestation compensatoire. Il n'y a plus que ça à régler. Elle ne va pas tarder à déménager, j'imagine. Il va falloir que je prépare les petits...

Toute la vie de Sam s'était défaite en quelques semaines, précisément au moment où il semblait à Coco que la sienne recommençait. Avec Charlie, elle renaissait. Elle avait l'impression d'être une princesse de conte de fées. Quand elle y songea, ce fut comme si un refrain connu lui revenait en tête. Oui, elle avait déjà éprouvé cela. Avec Nigel. Et avec Ed. Et avec Ian. Elle voulait être bien certaine qu'elle n'était pas en train de rejouer une énième version de toutes ses erreurs précédentes. Mais il lui semblait que non. Il était si parfait à tout point de vue...

Sam était fatigué, irritable, à cran à cause des négociations financières tendues avec Tamar, avec qui il vivait toujours. Elle réclamait une bien grosse somme pour lui avoir donné cinq années de sa vie. Et la mère de Sam lui avait déclaré la guerre au nom de son fils, ce qui ne simplifiait pas les choses. Pour couronner le tout, le petit dernier avait une otite et Nathan une grippe intestinale, de sorte qu'il ne s'était pour ainsi dire pas couché. Tamar ne s'occupait absolument pas des enfants. Il semblait que c'était désormais son problème à lui. En esprit, elle était déjà partie.

La bonne nouvelle était que Bethanie avait passé des examens de contrôle au Sloan Kettering et que tout était parfait. Il n'y avait plus le moindre signe de leucémie. Comparé à cela, tout le reste était insignifiant.

Charlie et Coco se fréquentaient depuis un mois quand il l'invita en week-end dans sa maison de Saint-Barth. Bien sûr, la proposition n'était pas totalement innocente, mais ils s'étaient beaucoup vus et elle avait terriblement envie de lui. Elle accepta donc volontiers. Ils devaient partir dès le vendredi avec son jet privé puis embarquer à bord de son bateau. Il ne lui avait pas encore parlé du voilier de deux cent quarante pieds construit par un chantier naval italien des plus réputés, et qui faisait l'envie des marins les plus chevronnés. Le dimanche soir, il l'emmènerait à une soirée à Palm Beach, et ils rentreraient le lundi matin à temps pour aller au bureau. Le programme était parfait. À l'heure du déjeuner, elle fit un saut à la boutique Chanel de SoHo pour s'acheter une robe de soie blanche à porter sur le bateau. Ils allaient passer le week-end en tête à tête, jusqu'à la soirée du dimanche où il y aurait un monde fou. Elle avait également acheté une robe pour l'occasion. Elle faisait beaucoup de shopping, ces derniers temps, pour être à la hauteur de leur vie sociale. Pour lui, c'était facile, c'était toujours costume ou smoking. Ce n'était pas l'existence qu'elle se serait choisie si elle avait été seule. Elle se contentait de choses plus simples et les moments passés avec Bethanie, Sam et ses enfants suffisaient à son bonheur. Toutefois, ce qu'elle vivait avec Charlie était grisant. En sa compagnie, elle se sentait belle, sophistiquée et séduisante.

Lorsqu'elle eut Sam au téléphone le jeudi soir, elle n'évoqua pas ses projets pour le week-end. Vu ce qu'il traversait, elle trouvait indécent de lui mettre sous le nez sa nouvelle vie trépidante et son histoire d'amour naissante. Du reste, quelque chose lui disait qu'elle n'aurait pas eu sa bénédiction. Il était très négatif, ces derniers temps. Et elle admettait bien volontiers que sa relation avec Charlie avait quelque chose d'irréel. Ses parents n'avaient jamais aimé l'ostentation, et elle non plus. Pourtant, elle s'amusait beaucoup.

— Tu veux qu'on dîne ensemble demain ? lui proposa son ami. La nounou peut rester, si besoin.

— Oh, je suis désolée, Sam. Je ne peux pas.

— Encore une grande soirée mondaine du cercle Bartlett ?

Elle sentit une note un peu acide dans sa voix. Était-il jaloux qu'elle passe de bons moments alors que lui traversait une période difficile ? De bons moments, il n'y en avait guère dans sa vie, entre ses batailles avec Tamar et ses enfants qui semblaient constamment malades maintenant que les deux aînés rapportaient tous les microbes de la maternelle. Sam lui-même avait traîné un rhume deux semaines et attrapé une gastro. Il était à bout, épuisé, découragé.

— Désolé, j'ai l'impression d'être au purgatoire, commenta-t-il.

Cela la fit rire mais elle évita de lui dire ce qu'elle faisait de son week-end. Elle se sentait un peu coupable de le laisser tomber de la sorte. Elle menait la grande vie quand lui jonglait entre une ex-femme qui lui réclamait de l'argent alors qu'elle l'avait trompé et ne levait pas le petit doigt pour l'aider, une mère qui jetait de l'huile sur le feu, et quatre petits enfants. Le tout en plus de son travail. Il vivait un cauchemar un peu trop réel.

Charlie passa la prendre le vendredi matin dans sa Bentley pour aller à Teterboro, dans le New Jersey, où son jet les attendait. C'était un Gulfstream qui pouvait accueillir confortablement une douzaine de passagers et parcourir de longues distances sans refaire le plein de carburant, ce qui lui permettait de se rendre en Europe. Le pilote et le copilote lui parurent aussi aimables que professionnels. Ils décollèrent vingt minutes après leur arrivée et prirent un petit déjeuner tout chaud servi par deux hôtesses. Ils avaient un exemplaire du *New York Times* et du *Wall Street Journal* bien pliés à côté d'eux.

Ils atterrirent à Saint-Martin, où son bateau les avait rejoints pour leur éviter le vol dans le terrifiant coucou qui assurait d'ordinaire la liaison avec Saint-Barth. Le voilier était plus que fabuleux, d'un confort absolu, décoré de magnifiques œuvres d'art. À Saint-Barth, la Rolls de Charlie, conduite par son majordome, les emmena jusqu'à la maison qui jouissait d'une vue sensationnelle sur l'océan et d'une piscine immense.

Coco avait une chambre pour elle avec une salle de bains attenante, ce qui lui garantissait son intimité. Ils pourraient ainsi avancer au rythme qui leur semblait le plus naturel. Même s'ils savaient tous les deux pourquoi ils étaient là et ce qui allait arriver ce week-end,

Charlie n'exerçait aucune pression sur elle. Cela faisait un mois qu'ils attendaient ce moment.

À leur arrivée, la maison était pleine de fleurs, jusque dans la chambre de Coco. Ils se mirent en maillot de bain et s'installèrent au bord de la piscine pour déjeuner au champagne.

Il ne la quittait pas des yeux. En le regardant, elle songea qu'il faisait tout pour lui rendre la vie agréable, ainsi qu'à lui-même. Il aimait profiter du confort et des avantages que lui procurait son énorme réussite. Une curieuse question lui vint soudain à l'esprit.

— Tout cela ne te semble jamais irréel, Charlie ? lui demanda-t-elle en souriant.

— Non, pourquoi ? C'est ma vraie vie, telle que je la souhaite. Certains d'entre nous ont la chance de vivre comme ils l'entendent et j'en fais partie. Rien ne m'encombre, je n'ai pas d'enfant à charge et c'est ce qui me convient.

Se sentait-il parfois coupable de n'agir que selon son bon plaisir ? Cela ne lui manquait-il jamais d'aller au McDo ou de prendre le métro, de faire ce que faisaient les gens ordinaires ? Son père à elle avait bâti une belle fortune, mais elle n'avait jamais vu ses parents se prélasser au bord d'une piscine, entourés de domestiques, ni se déplacer en jet pour rejoindre leur yacht privé. À un certain point, cela devenait excessif. Où Charlie fixait-il cette limite ? Existait-elle seulement pour lui ?

Bien sûr, c'était extrêmement agréable et elle en profitait pleinement. Mais elle avait aussi l'impression de perdre contact avec la réalité. C'était l'éblouissement maximum, le mont Everest de la consommation. Étaient-ce les Texans qui voyaient tout plus grand ? Quoi qu'il en soit, elle ne l'imaginait pas s'occupant de quatre enfants, comme Sam. Ni même d'un seul, comme elle. Elle aussi appréciait le confort d'une existence privilégiée, bien sûr. Cependant, le style de vie de Charlie le privait de moments précieux auxquels elle tenait tout autant. Les moments où l'on pouvait être seul ou dîner en tête à tête, comme le faisaient ses parents, sans être entourés de personnel. Mais Charlie aimait se faire servir.

Ils se baignèrent avant de déguster la langouste cuisinée par le chef français de la maison. Le déjeuner fini, ils somnolèrent un petit moment au soleil. Elle se réveilla en sentant qu'il lui caressait doucement le dos. Elle avait dégrafé le haut de son maillot. Il lui avait proposé de l'enlever parce que tout le monde se baignait topless à Saint-Barth, mais elle n'était pas encore prête à cela devant lui. Quand elle tourna la tête vers lui, il se pencha pour l'embrasser.

— Tu as envie de descendre au bateau ? lui proposa-t-il.

Elle hocha la tête, rattacha son haut, et ils rejoignirent le port en Ferrari. L'équipage les accueillit à bord du yacht, amarré parmi d'autres du même genre. Ils firent une petite sortie pour profiter de la brise et du soleil sur le pont.

— Quand je suis ici, j'ai toujours du mal à choisir entre la maison et le bateau, avoua-t-il. J'adore ce bateau.

Quoique marin chevronné, il laissa la navigation à l'équipage pour rester avec Coco. Chaque instant avec lui était parfait, songea-t-elle tandis qu'ils rentraient au port. Elle n'imaginait pas comment le réel pouvait venir troubler ce conte de fées permanent. Elle aurait aimé partager cela avec Bethanie, sauf que le monde d'adultes et de luxe qu'il s'était bâti n'était pas fait pour les petits. Coco se sentait d'ailleurs prise en charge comme une enfant, sans plus aucun souci. Dans le monde de Charlie, on était protégé, à l'abri du moindre désagrément.

Elle éprouva un petit pincement au cœur en songeant à Sam, dont la vie était un peu trop réelle ces derniers temps. La sienne l'avait aussi été, par moments, et bien douloureuse. Charlie lui-même ne pouvait empêcher le malheur de frapper, éviter le deuil ou la maladie. La sécurité de son univers n'était donc qu'une illusion. Il était aussi vulnérable que tout le monde. Seulement il l'ignorait et se protégeait bien.

De retour à la maison, elle se baigna et se prépara pour le dîner. Elle allait mettre sa nouvelle robe Chanel blanche, parfaite pour la circonstance. En se coiffant, elle croisa son regard dans le miroir et prit conscience de ce qu'elle était en train de faire. Elle poursuivait encore un mirage. C'était l'éblouissement dans toute sa splendeur. Soudain, elle sut où elle avait envie d'être et avec qui. Comment se pouvait-il qu'elle ne l'ait pas compris plus tôt ?

Elle posa sa brosse et se détourna du miroir. Elle aurait aimé appeler Bethanie mais elle ne voulait pas l'interrompre dans ses jeux. Elle avait aussi envie d'appeler

Sam. Lui ne s'amusait pas, c'était certain. Il n'était pas sur un yacht dans les Caraïbes. Faute de nounou pendant le week-end, il devait être en train de nettoyer derrière ses enfants. Avec un peu de chance, ils n'étaient pas tous malades...

Elle ôta sa robe de soie blanche, la plia et la remit dans sa valise. À la place, elle enfila un jean et un tee-shirt, une paire de ballerines, refit ses bagages et descendit trouver Charlie au salon. Il l'y attendait avec une autre bouteille de Cristal dans un seau à glace en argent et deux flûtes à champagne rafraîchies.

Il eut l'air étonné de sa tenue, mais pas contrarié. Il devait songer à la suite de la soirée. Elle aussi y avait pensé. Et si elle voulait être honnête avec lui et avec elle-même, elle ne pouvait pas.

Elle s'avança vers lui, très gênée de ce qu'elle allait lui dire. Mais à présent qu'elle était réveillée, elle ne pouvait pas refermer les yeux. Après s'être laissé enivrer l'espace de quelques semaines par les vapeurs luxueuses de la vie de Charlie, elle venait de dégriser d'un coup.

— Charlie, je sais que ça va te paraître invraisemblable, mais il faut que je rentre chez moi.

Calme, sérieuse, elle ne jouait plus.

— Il est arrivé quelque chose à ta fille ? s'inquiéta-t-il aussitôt. On t'a appelée ?

Au courant des problèmes de santé qu'avait eus Bethanie, il était plein de compassion et de gentillesse.

— Non, elle va bien. Mais pas moi. Je ne devrais pas être ici, je viens de le comprendre. Je refais toujours la même erreur. Je me laisse entraîner dans le rêve de quelqu'un d'autre et j'essaie de le vivre avec lui. Mais c'est ton rêve, pas le mien. Dans le mien, il y a aussi une petite fille qui peut tomber malade – et qui l'a été, gravement, l'année dernière –, qui pleure parfois et qui met de la glace au chocolat plein mon jean, un métier que j'adore, des gens que tu n'aurais sans doute même pas envie de connaître. Ta réalité n'est pas la mienne. Il faut que je rentre chez moi.

C'était bien la première femme à lui dire cela. Un instant, il se sentit gagné par une bouffée de colère qui céda vite la place au respect. Elle se connaissait bien, elle savait ce qu'elle voulait et elle était courageuse. Il ne savait qu'une fraction de ce qu'elle avait vécu, mais il la devinait forte. Si elle le lui avait permis, il aurait pu l'aimer. Hélas, il allait en être autrement.

— Si tu veux bien me conduire à l'aéroport, je trouverai un vol pour New York.

Elle ne voulait ni le déranger ni lui faire payer les frais de son erreur à elle.

— Tu restes quand même cette nuit ? s'enquit-il avec espoir.

Peut-être parviendrait-il à la convaincre…

— Non. Je n'ai pas tellement confiance en nous, et surtout pas en moi, avoua-t-elle en souriant. Tu es très séduisant. Je crois que je suis déjà un peu amoureuse de toi, alors j'aime mieux arrêter tout de suite. Si on tarde, ça tournera mal et tout le monde souffrira.

Elle était trop sage pour se laisser prendre à son jeu. Tout en restant fair-play, il usait de stratagèmes et de ce qu'il avait à sa disposition pour obtenir ce qu'il voulait. Mais elle n'allait pas le laisser faire. Elle s'était arrêtée juste à temps, avant de commettre une bêtise qui aurait peut-être demandé des années pour être réparée.

— Je le regrette, fit-il en souriant. Tu es une femme admirable. Et il n'est pas question que je te laisse prendre l'avion-suicide qui décolle de Saint-Barth. Je ne me le pardonnerais jamais. Le bateau va te ramener à Saint-Martin, il n'y en a que pour une heure. Là, tu pourras attraper un avion ou passer la nuit à bord au besoin.

Il se retint de l'accompagner pour essayer de la faire changer d'avis. Même s'il ne la désirait que davantage maintenant qu'elle se refusait à lui, il savait que, si une femme n'avait pas envie de lui, il ne fallait pas insister. Il se rendait bien compte que Coco avait vraiment changé d'avis et que rien ne la ferait revenir en arrière. Pas même lui.

— Merci, Charlie. Très sincèrement. Merci d'avoir tout rendu si facile, y compris ceci. Je suis réellement désolée de ne pas pouvoir rester.

— Je me disais que c'était trop beau pour être vrai. Que j'avais beaucoup de chance.

— Tu as beaucoup de chance. Et moi aussi, j'en ai eu. Tu es quelqu'un de formidable. Seulement, il me faut autre chose.

Elle l'embrassa sur la joue. Il s'était conduit en parfait gentleman d'un bout à l'autre. Il aurait aussi bien pu lui rétorquer de se débrouiller pour rentrer, si elle ne voulait pas de lui. Au lieu de cela, il mettait à sa disposition son yacht avec tout l'équipage. Cinq minutes plus tard, elle redescendait avec ses bagages. Il l'embrassa, vraiment cette fois, et avec sincérité. Elle le remercia encore et le chauffeur la conduisit en Rolls jusqu'au port. Elle embarqua et, un quart d'heure après, ils avaient appareillé. Ils furent à Saint-Martin à 22 heures. Un membre de l'équipage l'accompagna même en taxi à l'aéroport. Elle avait manqué le dernier avion mais le premier décollait à 7 heures le lendemain matin. Elle passa donc la nuit à bord du bateau, comme le lui avait proposé Charlie. Elle eut droit à la cabine du propriétaire, ce qui lui permit de voir tout ce qu'elle allait manquer : les Picasso et les Warhol aux murs, les autres œuvres d'art de sa collection, le luxueux confort de la cabine. Au-delà de ces aspects matériels, Charlie était un être exceptionnel et très attirant. Et elle l'avait éconduit. Elle était folle, peut-être, mais elle espérait avoir bien fait. Elle ne voulait pas encore perdre des années de sa vie à poursuivre une étoile filante pour finalement s'apercevoir que ce n'était qu'une chimère. Dans son genre, Charlie était très au-dessus du lot. Sauf que la vie qu'il lui offrait n'était pas pour elle.

À 5 h 30, on la conduisit à l'aéroport, et elle remercia chaleureusement celui qui l'avait accompagnée. L'avion était complet, et le vol fut très loin du confort de l'aller dans le jet de Charlie. Mais elle se sentait bien dans sa peau, contente d'elle. Et aussi un peu nerveuse à cause de ce qu'elle s'apprêtait à faire.

L'avion se posa à 9 h 30. Le temps de récupérer ses bagages et de faire le trajet, elle était à New York à 11 heures. Elle laissa ses bagages au portier de l'immeuble. Elle ne voulait pas monter et voir Bethanie tout de suite. Elle avait passé un gilet rouge. Malgré le soleil, il faisait frais à New York.

Elle se rendit chez Sam en taxi et quand elle sonna, elle eut la surprise de voir Tamar lui ouvrir. Elles restèrent quelques instants à se dévisager sans rien dire. Il y avait des sacs et des valises autour d'elle ; elle devait être sur le point de partir. Coco vit qu'elle avait pleuré.

— Bonjour, Tamar, désolée de débarquer sans prévenir. Sam est là ?

— Non, il a emmené les enfants au parc. Tu sais, ce n'est pas aussi facile qu'il croit, ajouta-t-elle en fondant en larmes. C'est même très dur.

— Je n'en doute pas. Je suis désolée.

Après tout, cette séparation impliquait des êtres humains, de très jeunes enfants – et deux hommes. Cependant, Coco n'avait aucune envie de l'écouter tout déballer. Elle la salua et tourna les talons. En bas de l'immeuble, elle traversa la rue pour aller le retrouver au parc. Ils habitaient le même immeuble que Mme Stein, ce qui n'avait pas dû faciliter les choses à Tamar. Coco n'avait jamais eu de belle-mère, mais se doutait qu'il ne devait pas être très agréable de voir la sienne épier ses moindres faits et gestes. D'autant qu'elle connaissait bien la mère de Sam et savait combien elle pouvait être difficile. Surtout maintenant que Zippora était au courant que sa belle-fille avait trahi son fils.

Elle l'aperçut de loin, seul sur l'aire de jeux avec ses quatre enfants. Le petit dernier sanglé dans un porte-bébé, Ruth pendue à sa jambe, il surveillait d'un œil

Hannah qui jouait dans le bac à sable tout en aidant Nathan à faire ses lacets. Il lui aurait fallu dix mains et quatre paires d'yeux pour tout gérer. Il n'y avait ni yacht ni bouteille de Cristal frais à l'horizon. Il eut l'air surpris de voir arriver Coco.

— Qu'est-ce que tu fais là ? demanda-t-il en essayant de la regarder sans perdre de vue les petits. Quand j'ai appelé hier, Theresa m'a dit que tu étais à Saint-Barth.

— Je suis revenue.

— Voyage éclair alors.

— Voilà.

Il devinait sans peine avec qui elle y était allée. Désormais, sa vie était à des années-lumière de la sienne. Mais il ne lui en voulait pas. De son côté, il ne savait plus où il en était.

— Comment as-tu su où me trouver ?

— Je suis passée chez vous. Tamar m'a dit. Elle avait l'air de faire ses bagages.

— Elle déménage la semaine prochaine. On l'a annoncé aux enfants hier. Ça a l'air d'aller ; je ne sais pas trop ce qu'ils comprennent. Pourquoi es-tu rentrée aussi vite ? C'était prévu ou il y a eu un problème ?

Il lui trouvait un drôle d'air, à la fois déterminé, un peu coupable et inquiet.

— J'ai oublié quelque chose, répondit-elle. J'ai failli faire une énorme erreur mais je me suis arrêtée à temps.

— Il s'est mal conduit ?

— Non, au contraire. Il a même été incroyablement gentil et compréhensif.

— Qu'est-ce que tu as oublié ?

— Une chose que j'ai apprise en primaire et que j'ai oubliée au bout d'un an. Et pendant vingt ans. Je ne sais pas comment ça a pu me sortir de la tête.

— Quoi donc ?

Il ne comprenait pas où elle voulait en venir, et sautillait d'un pied sur l'autre pour que David ne se mette pas à pleurer.

— Je t'aime, Sam. Je t'ai toujours aimé et je t'aimerai toujours. Tu es le seul homme au monde que j'aime, qui me connaisse vraiment et m'aime quand même. Je ne sais pas comment j'ai pu me laisser distraire par tout ce qui brille. Saint-Barth, c'était encore la même chose : jet privé, maison fabuleuse, yacht de deux cents pieds, piscine, champagne...

— Merde, fit-il en souriant. Moi, je serais resté. On ne m'emmène jamais dans ce genre d'endroit.

— Là-bas, je n'ai pensé qu'à toi, à nos enfants, à tout ce que nous avons traversé, à ce que tu vis en ce moment avec Tamar. Je t'aime, Sam. C'est toi qui m'éblouis. Je ne veux pas d'autre comète que toi. Si tu veux de moi, je suis à toi.

Malgré les larmes qui lui brouillaient la vue, elle vit avec quel émerveillement il la regardait. Elle songea à ses parents. Elle avait toujours voulu une histoire semblable à la leur, et avec Sam, c'était possible. À la différence de Charlie, Ed ou Nigel, il était vrai. Quant à Ian, il était brisé. Malgré les embûches de la vie, Sam et elle étaient encore entiers.

— Tu as renoncé à tout ça pour moi ? Tu es folle. Je t'aime, moi aussi. J'ai eu l'occasion d'y réfléchir, au fil des ans, mais je me disais que tu ne voudrais pas de moi. Que je n'étais pas assez flamboyant pour toi.

— Toi et les enfants, je ne demande rien de plus, assura-t-elle simplement.

Alors il la prit dans ses bras et l'embrassa pour la première fois, sous les yeux médusés de ses enfants. Quand il détacha ses lèvres des siennes, Sam rayonnait de bonheur.

— Je te répète que tu es cinglée de laisser tomber tout ça pour moi. Mais si c'est vraiment nous que tu veux, on est tout à toi. Moi aussi, j'ai eu une idée. Je veux fermer la partie compta du cabinet et ne plus m'occuper que d'investissements privés. Je peux le faire de n'importe où. Alors si je venais à Londres, avec les enfants, et que j'essayais de travailler là-bas ?

Elle sourit à son tour. Soudain, tout s'éclairait. Ils étaient là, les enfants qu'elle attendait pour remplir la trop grande maison que Nigel lui avait fait acheter. Les chambres destinées à tous ceux qu'ils n'avaient jamais eus allaient accueillir ceux de Sam – et peut-être ceux qu'ils auraient ensemble.

— Ça me paraît parfait. Tout compte fait, il vaudrait mieux que je garde l'appartement de mes parents pour quand nous séjournerons à New York. Je crois que je vais le faire refaire.

Tout se mettait enfin en place. Il avait fallu vingt ans. Il avait fallu mille détours et des hommes bien ou moins bien. Il avait fallu que Tamar quitte Sam pour un autre. Chaque détour avait ses raisons. Dire que l'histoire avait commencé à l'école primaire ! Tout semblait si simple...

— Ta mère avait raison.

— À quel sujet ?

— Quand elle disait que, si on continuait à traîner ensemble, on allait finir par se marier.

— Tu as mis le temps..., se plaignit-il.

— Pas tant que ça... Vingt ans seulement.

— J'ai faim, papa, annonça alors Nathan.

Sam lança un regard interrogateur à Coco.

— McDo ?

— Super ! répondit-elle en allant chercher Hannah dans le bac à sable.

Quelques minutes plus tard, ils sortaient ensemble du parc. Sam avait passé son bras autour des épaules de Coco.

— Je t'aime, lui chuchota-t-il à l'oreille.

— Moi aussi, je t'aime, répondit-elle sur le même ton.

Ils se sourirent. Comme quand ils étaient enfants. Enfin, ils étaient revenus là où tout avait commencé, là où tout était écrit depuis le début. Il leur avait fallu un peu de temps pour s'en rendre compte, mais les leçons apprises en chemin n'étaient pas perdues. Elles avaient permis de les mener à cela.

Après un long voyage ils étaient enfin à bon port, ensemble.

Très chers lecteurs,

J'espère que vous avez pris autant de plaisir à lire ce roman que j'en ai eu à l'écrire !

Et je suis très heureuse de vous rappeler tous nos rendez-vous de 2025.

Les voici.

— *Bal à Versailles*, le 2 janvier 2025
— *Liaison*, le 6 mars 2025
— *L'Épreuve*, le 7 mai 2025
— *Palazzo*, le 26 juin 2025
— *Suspect*, le 14 août 2025
— *La Voix d'un ange*, le 6 novembre 2025

Je vous remercie pour votre fidélité.

Très amicalement,

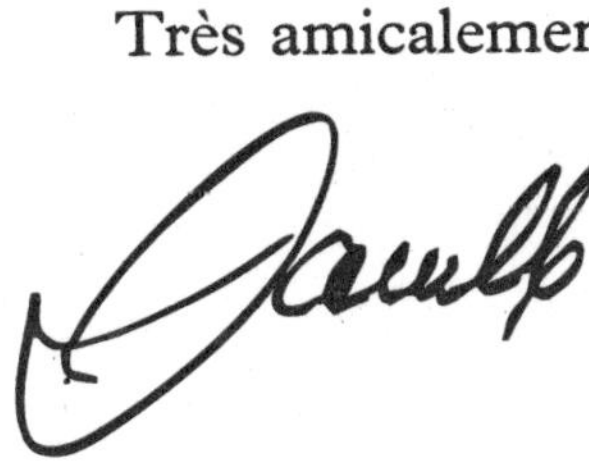

BAL À VERSAILLES

Été 1958. Le château de Versailles s'apprête à accueillir son premier bal des débutantes. Près de 300 jeunes filles, la plupart issues de l'aristocratie, vont faire leur entrée dans le beau monde. Parmi elles, quatre débutantes américaines. Cette nuit magique va changer le cours de leurs vies. Mais peut-être pas de la façon dont elles s'y attendaient.

LIAISON

Nadia McCarthy, décoratrice d'intérieur talentueuse, mène une vie paisible à Paris avec son mari Nicolas, un écrivain renommé, et leurs deux jeunes enfants. Tout bascule quand des photos de Nicolas en compagnie d'une jeune actrice sont publiées dans la presse à scandale. Dévastée, Nadia trouve du réconfort auprès de ses trois sœurs. Mais elle devra prendre sa décision seule. Est-elle prête à pardonner à son mari ?

L'ÉPREUVE

Juliet Marshall rejoint pour l'été son père, qui a quitté Wall Street pour s'installer à Fishtail, au cœur de la nature sauvage du Montana. Juliet se lie rapidement avec les autres adolescents du village. Mais un drame survient le jour où le groupe d'amis, parti en randonnée, se perd et se retrouve piégé par une rivière en crue dans la montagne la plus dangereuse de la région. Cet événement marquera profondément la vie de leurs familles, liées à jamais.

PALAZZO

À la mort de ses parents, Cosima Saverio, 23 ans, hérite de la prestigieuse maroquinerie familiale et d'un palazzo à Venise. Quinze ans plus tard, la marque Saverio prospère, mais Cosima doit s'occuper de sa jeune sœur Allegra, paralysée, et de son frère Luca, adepte des jeux d'argent. Quand ce dernier perd une somme faramineuse au casino, Cosima doit faire un choix : régler les dettes de Luca ou préserver l'héritage familial.

SUSPECT

Theodora Morgan, figure emblématique de la mode et femme d'affaires prospère, a vu l'impensable frapper sa famille. Un an plus tôt, son mari et son fils ont été kidnappés et tués dans des circonstances tragiques. Alors qu'elle tente de se reconstruire, elle rencontre Mike Andrews, un agent de la CIA qui se fait passer pour un avocat. Sa mission : la protéger des ravisseurs toujours en fuite.

LA VOIX D'UN ANGE

Iris Cooper a une voix d'ange. Dès son plus jeune âge, son père la fait chanter dans les bars avant de l'embarquer pour une série de concerts à travers les États-Unis. Mais, exploitée par ses managers et trahie par son père, Iris finit par fuir cet univers impitoyable et devient une star. Cette célébrité, bien méritée, l'expose pourtant à des dangers pires que ceux surmontés dans sa jeunesse.

ŒUVRES DE DANIELLE STEEL
AUX PRESSES DE LA CITÉ *(Suite)*

Offrir l'espoir
Affaire de cœur
Les Lueurs du Sud
Une grande fille
Liens familiaux
Colocataires
En héritage
Disparu
Joyeux anniversaire
Hôtel Vendôme
Trahie
Zoya
Des amis proches
Le Pardon
Jusqu'à la fin des temps
Un pur bonheur
Victoire
Coup de foudre
Ambition
Une vie parfaite
Bravoure
Le Fils prodigue
Un parfait inconnu
Musique
Cadeaux inestimables
Agent secret
L'Enfant aux yeux bleus
Collection privée
Magique
La Médaille
Prisonnière
Mise en scène
Plus que parfait
La Duchesse
Jeux dangereux
Quoi qu'il arrive
Coup de grâce
Père et fils
Vie secrète
Héros d'un jour
Un mal pour un bien
Conte de fées
Beauchamp Hall
Rebelle
Sans retour
Jeu d'enfant
Scrupules
Espionne
Royale
Les Voisins
Ashley, où es-tu ?
Jamais trop tard
Menaces
Les Whittier
Héroïnes
Seconde vie
À tout prix
Dernière chance
Une mère trop parfaite

Vous avez aimé ce livre ?
Si vous souhaitez avoir des nouvelles de Danielle Steel,
devenez membre du
CLUB DES AMIS DE DANIELLE STEEL.

Pour cela, rendez-vous en ligne, à l'adresse :
https://bit.ly/newsletterdedaniellesteel
Ou retrouvez Danielle Steel sur son site internet :
www.danielle-steel.fr

La liste des romans de Danielle Steel publiés aux Presses de la Cité se trouve au début et à la fin de cet ouvrage. Si vous ne les avez pas déjà tous lus, commandez-les vite chez votre libraire !

Au cas où celui-ci n'aurait pas le livre que vous désirez, vous pouvez (si vous résidez en France métropolitaine) nous le commander à l'adresse suivante :

Éditions Presses de la Cité
92, avenue de France
75013 Paris

Imprimé en France par
CPI Brodard & Taupin
en octobre 2024

Composition réalisée par Nord Compo à Villeneuve-d'Ascq

#lisez engagé !
www.lisez.com
Pour plus d'information :
Imprimé sur du papier issu de forêts gérées durablement.

N° d'impression : 3057823